T0041383

Nostalgia
de otro mundo

Ottessa Moshfegh

Nostalgia
de otro mundo

Traducción del inglés de Inmaculada C. Pérez Parra

Papel certificado por el Forest Stewardship Council®

Título original: *Homesick for Another World*
Primera edición en castellano: abril de 2022

© 2017, Ottessa Moshfegh
Publicado originalmente por Penguin Press.
Derechos de traducción por acuerdo con MB Agencia Literaria, S. L.
y The Clegg Agency, Inc., Estados Unidos
© 2022, Penguin Random House Grupo Editorial, S. A. U.
Travessera de Gràcia, 47-49. 08021 Barcelona
© 2022, Inmaculada C. Pérez Parra, por la traducción

© Diseño: Penguin Random House Grupo Editorial, inspirado en un diseño original de Enric Satué

Printed in Spain – Impreso en España

ISBN: 978-84-204-3933-4
Depósito legal: B-992-2022

Compuesto en MT Color & Diseño, S. L.
Impreso en Unigraf, Móstoles (Madrid)

AL39334

Me estoy cultivando

Mi clase estaba en la primera planta, al lado de la sala de las monjas. Por las mañanas, vomitaba en su baño. Una de ellas limpiaba siempre el asiento del inodoro con polvos de talco. Otra le ponía el tapón al lavabo y lo llenaba de agua. No entendí nunca a las monjas. Una era vieja y la otra era joven. La joven a veces me hablaba, me preguntaba qué iba a hacer el puente, si iba a ver a mi familia en Navidad y esas cosas. La vieja volvía la cara y se retorcía el hábito con los puños cerrados cada vez que me veía llegar.

Mi clase era la antigua biblioteca del colegio. Estaba vieja y desordenada, con libros y revistas desparramados por todos lados y un radiador sibilante y ventanas enormes y empañadas que daban a la calle 6. Junté dos pupitres para montarme una mesa al frente de la clase, cerca de la pizarra. Tenía guardado un saco de dormir con relleno de plumas en una caja de cartón en la parte de atrás, tapado con periódicos viejos. Entre clase y clase, lo sacaba, cerraba la puerta y dormía la siesta hasta que sonaba el timbre. Por lo general, seguía borracha de la noche anterior. Algunas veces me tomaba en el almuerzo un botellín de cerveza fuerte de trigo en el restaurante indio de la esquina, para poder seguir en pie. La cervecería McSorley's estaba cerca, pero no me gustaba nada todo ese aire nostálgico, aquel bar me sacaba de quicio. Rara vez bajaba al comedor del colegio, pero cuando lo hacía, el director, el señor Kishka, me paraba y me decía con una gran sonrisa:

—Ahí viene la vegetariana.

No sé por qué se creía que era vegetariana. Del comedor me llevaba trocitos de queso envasados, *nuggets* de pollo y panecillos de leche grasientos.

Tenía una alumna, Angelika, que se venía a la clase conmigo a comerse el almuerzo.

—Señorita Mooney —me llamaba—. Tengo un problema con mi madre.

Era una de las dos amigas que tenía. Hablábamos y hablábamos. Le dije que no engordas por que te eyaculen dentro.

—Se equivoca, señorita Mooney. Esa cosa te deja gorda por dentro. Por eso las chicas se ponen tan gordas. Son unas putas.

Angelika tenía un novio al que visitaba en prisión los fines de semana. Todos los lunes traía alguna historia nueva sobre sus abogados, sobre lo mucho que lo quería y todo eso. Siempre tenía la misma cara, como si ya supiera todas las respuestas a sus preguntas.

Tenía otro alumno que me volvía loca. Popliasti. Era uno de segundo enjuto, rubio, con acné y mucho acento.

—Señorita Mooney —decía mientras se ponía de pie en su sitio—. Permítame que la ayude con el problema.

Me quitaba la tiza de la mano y dibujaba en la pizarra una polla y dos huevos que se convirtieron en una especie de insignia de la clase. Aparecía en todas las tareas, en los exámenes, la grababan en todos los pupitres. A mí no me importaba. Me hacía reír. Pero con Popliasti y sus constantes interrupciones perdí los estribos unas cuantas veces.

—¡No os puedo enseñar nada si os comportáis como animales! —gritaba.

—No podemos aprender si se pone como loca gritando y con esos pelos revueltos —decía Popliasti, mientras corría por toda la clase y tiraba los libros que había en el alféizar de la ventana. Me las podría haber arreglado muy bien sin él.

Pero los del último curso eran todos muy respetuosos. Me encargaba de prepararlos para entrar en la universidad.

Me venían con preguntas legítimas de matemáticas y vocabulario que me costaba mucho contestar. Unas cuantas veces en cálculo admití mi derrota y me pasé la hora de clase parloteando sobre mi vida.

—Casi todo el mundo ha probado el sexo anal —les dije—. No pongáis esa cara de sorpresa.

Y:

—Mi novio y yo no usamos condón. Eso pasa cuando confías en alguien.

Por alguna razón, el director Kishka se mantenía alejado de aquella antigua biblioteca. Creo que sabía que, si alguna vez ponía el pie en ella, tendría que encargarse de limpiarla y de librarse de mí. La mayoría de los libros no servían, eran enciclopedias obsoletas desparejadas, biblias ucranianas, novelas de Nancy Drew. Hasta me encontré unas revistas con fotos de chicas. Estaban debajo de un mapa antiguo de la Rusia soviética doblado en un cajón con la etiqueta HERMANA KOSZINSKA. Uno de los grandes descubrimientos que hice fue una vieja enciclopedia sobre gusanos. Era un tomo del grosor de un puño sin cubiertas y con páginas de papel quebradizo con las esquinas dobladas. Intentaba leerlo entre clase y clase, cuando no podía pegar ojo. Lo metía en el saco de dormir, lo abría, dejaba revolotear la vista por las pequeñas letras llenas de moho. Cada entrada era más increíble que la anterior. Había gusanos intestinales y gusanos foronídeos con forma de herradura y gusanos con dos cabezas y gusanos con dientes como diamantes y gusanos grandes como gatos, gusanos que cantaban como los grillos o se podían camuflar como piedrecitas o lirios o dilatar las mandíbulas para que les cupiera dentro un bebé humano. ¿Qué basura les dan de comer a los niños hoy en día?, pensaba. Me dormía y me levantaba y enseñaba álgebra y volvía al saco de dormir. Me lo cerraba por encima de la cabeza. Me refugiaba en lo hondo y apretaba los ojos. La cabeza me latía y sentía la boca como papel de cocina mojado. Cuando sonaba el timbre, salía y allí estaba Angelika con su almuerzo dentro de una bolsa de papel marrón diciendo:

—Señorita Mooney, tengo algo en el ojo y por eso estoy llorando.

—Vale —le decía yo—. Cierra la puerta.

El suelo era de linóleo ajedrezado de colores pis y negro. Las paredes brillantes y resquebrajadas estaban pintadas de color pis.

Yo tenía un novio que no había terminado todavía la universidad y llevaba la misma ropa todos los días: unos pantalones de trabajo de color azul y una camisa fina como papel de fumar de estilo vaquero con botones a presión irisados. Se le transparentaban los pelos del pecho y los pezones. Yo no le decía nada. Era guapo de cara, pero tenía los tobillos anchos y el cuello blando y lleno de arrugas. «Hay un montón de chicas en la universidad que quieren salir conmigo», solía decir. Estaba estudiando para ser fotógrafo, cosa que yo no me tomaba nada en serio. Me imaginaba que después de licenciarse trabajaría en alguna oficina, estaría agradecido de tener un trabajo de verdad, se sentiría contento y se jactaría de que lo hubiesen contratado, tendría una cuenta en el banco a su nombre, un traje en el armario, etcétera, etcétera. Era adorable. Una vez vino su madre de visita desde Carolina del Sur. Él me presentó como a «una amiga que vive en el centro». Su madre era horrible, una rubia alta con tetas postizas.

—¿Qué crema te pones por la noche? —me preguntó cuando el novio fue al baño.

Yo tenía treinta años, un exmarido, pensión alimenticia y un seguro médico decente gracias a la Archidiócesis de Nueva York. Mis padres, que vivían al norte del estado, me mandaban paquetes llenos de sellos y de té sin teína. Llamaba a mi exmarido cuando estaba borracha y me quejaba de mi trabajo, de mi piso, del novio, de mis alumnos, cualquier cosa que se me ocurriese. Se había vuelto a casar, vivía en Chicago. Trabajaba en algo de leyes. No entendí nunca su trabajo y él nunca me explicó nada.

El novio iba y venía los fines de semana. Bebíamos juntos vino y whisky, las cosas románticas que me gustaban. Él lo soportaba; se hacía el tonto, supongo. Pero era uno de esos que se ponen pesados con el tema del tabaco.

—¿Cómo puedes fumar tanto? La boca te sabe a lomo ahumado —me decía.

—Ja, ja —le decía yo desde mi lado de la cama.

Me metía debajo de las sábanas. La mitad de mi ropa, de mis libros, las cartas sin abrir, tazas, ceniceros, la mitad de mi vida estaba embutida entre el colchón y la pared.

—Háblame de tu semana —le decía al novio.

—Bueno, el lunes me levanté a las once y media —empezaba él.

Podía seguir así el día entero. Era de Chattanooga. Su voz era bonita y dulce. Tenía un sonido bonito, como una radio antigua. Me levantaba, llenaba una taza de vino y me sentaba en la cama.

—La cola de la tienda era la normal —decía él. Luego—: Pero no me gusta Lacan. Los que son así de incoherentes es por arrogancia.

—Vagos —decía yo—. Sí.

Para cuando terminaba de hablar, ya era hora de irnos a cenar. Podíamos tomarnos algo. Lo único que tenía que hacer era dar vueltas por ahí y sentarme y decirle qué pedir. Así cuidaba él de mí. Rara vez metía las narices en mi vida privada. Cuando lo hacía, me ponía en plan sensible.

—¿Por qué no dejas el trabajo? —me preguntaba—. Te lo puedes permitir.

—Porque quiero a los chavales —contestaba yo. Se me llenaban los ojos de lágrimas—. Son personas maravillosas. Los quiero mucho —estaba borracha.

Compraba la cerveza en la tienda de la esquina de la calle 10 Este con la Primera Avenida. Los egipcios que trabajaban en ella eran todos muy guapos y amables. Me regalaban golosinas: regaliz rojo, picapica. Las echaban en la bolsa de papel y me guiñaban el ojo. Todas las tardes compraba dos o tres litronas y un paquete de cigarrillos cuando volvía a casa del instituto y me acostaba y veía en mi tele pequeña en blanco y negro *Matrimonio con hijos* y el programa de entrevistas de Sally Jessy Raphael, bebía y fumaba y daba cabezadas. Cuando oscurecía volvía a salir a por más cerveza y, a veces, comida. A eso de las diez de la noche, me pasaba al vodka y hacía como que me cultivaba con un libro o algo de música, como si Dios estuviese vigilándome.

—Todo bien —fingía decir—. Aquí cultivándome, como siempre.

O a veces iba a un bar de la avenida A. Intentaba pedir bebidas que no me gustaran para tomármelas más despacio. Pedía ginebra con tónica o ginebra con soda o ginebra con martini o una Guinness. Al empezar, le decía a la camarera de la barra, una vieja polaca:

—No me gusta hablar mientras bebo, así que a lo mejor no te hablo.

—Vale, no pasa nada —decía.

Era muy respetuosa.

Todos los años, los chavales tenían que hacer un examen muy importante para que el estado supiera lo mal que hacía mi trabajo. Los exámenes estaban concebidos para que suspendieran. Ni yo los podía aprobar.

La otra profesora de matemáticas era una filipina bajita que yo sabía que ganaba menos por hacer el mismo trabajo y vivía en el Spanish Harlem, en un piso de un dormitorio con tres niños y ningún marido. Tenía una especie de enfermedad respiratoria y una verruga gigante en la nariz y llevaba las blusas abrochadas hasta arriba con moños ridículos y broches y ostentosos collares de perlas de plástico. Era una católica devota. Los chavales se reían de ella por eso. Le decían la «mujercita china». Era mucho mejor profesora de matemáticas que yo, claro, que tenía una ventaja injusta: se quedaba con todos los alumnos a los que se les daban bien las matemáticas, todos a los que en Ucrania les habían pegado con un palo y los habían obligado a aprenderse las tablas de multiplicar, los decimales, los exponentes, todos los trucos del oficio. Cada vez que alguien hablaba de Ucrania, me imaginaba o un bosque gris y desolado lleno de lobos negros aullando o un bar de carretera de mala muerte lleno de prostitutos acabados.

A todos mis alumnos se les daban fatal las matemáticas. Me encasquetaban a los torpes. Popliasti, el peor de todos, casi no sabía sumar dos y dos. No había forma de que mis chavales aprobasen aquel examen. Cuando llegó el día, la filipina y yo nos mirábamos la una a la otra como diciendo «¿A quién queremos engañar?». Les daba los exámenes, les hacía romper los sellos, les mostraba cómo rellenar los espacios en blanco con los lápices adecuados, les decía «Hacedlo lo mejor que podáis», y luego me llevaba los exámenes a mi casa y les cambiaba las respuestas. Ni hablar de que me despidieran por culpa de aquellos imbéciles.

—¡Espectacular! —decía el señor Kishka cuando llegaban los resultados. Me guiñaba el ojo y levantaba el pulgar y se persignaba y cerraba despacio la puerta tras de sí.

Todos los años lo mismo.

Tenía otra amiga, Jessica Hornstein, una chica judía feúcha que había conocido en la universidad. Sus padres eran primos segundos. Vivía con ellos en Long Island y algunas noches se cogía el tren para salir conmigo por el centro. Aparecía en vaqueros y zapatillas de deporte y abría la mochila y sacaba cocaína y un conjunto digno de la prostituta más barata de Las Vegas. La cocaína se la daba un chaval de Bethpage que estaba en el instituto. Era horrorosa, probablemente la cortaban con detergente en polvo. Jessica tenía pelucas de todos los colores y estilos: una azul neón por encima de los hombros, una rubia larga al estilo Barbarella, una pelirroja con la permanente, una negra azabache japonesa. Tenía la cara sosa y los ojos saltones. Me sentía siempre como Cleopatra al lado de Opie, el personaje de Ron Howard en *El show de Andy Griffith,* cuando salía con ella.

—Vamos de discotecas —me pedía siempre.

Yo no soportaba todo aquello: pasar la noche bajo focos de colores, los cócteles de más de veinte dólares, que se me insinuaran ingenieros hindúes flaquitos, no bailar, que me pusieran un sello en el dorso de la mano que no me podría borrar. Me sentía maltratada.

Pero Jessica Hornstein sabía «perrear». La mayoría de las noches me decía adiós del brazo de alguno con pinta de ejecutivo anodino camino de hacerle pasar «el mejor momento de su vida» en su apartamento de Murray Hill o donde fuera que viviese ese tipo de gente. A veces, yo aceptaba la oferta de alguno de los hindúes, me metía en un taxi clandestino hasta Queens, les registraba el botiquín, conseguía que me lo comieran y me volvía a casa en metro a las seis de la mañana con el tiempo justo para ducharme, llamar a mi exmarido y llegar al instituto antes de que sonara el segundo timbre, pero la mayoría de las veces me marchaba de la discoteca temprano e iba a sentarme frente a la vieja camarera polaca, que le dieran a Jessica Hornstein. Mojaba un dedo en la cerveza y me lo restregaba para quitarme la máscara de pestañas. Les echaba un vistazo a las otras mujeres que había en el bar. El maquillaje te da aspecto de desesperada, pensaba. La gente era tan falsa con la ropa y la personalidad. Y luego pensaba: ¿A quién le importa? Que hagan lo que quieran. Por quien debería preocuparme es por mí. De vez en cuando les clamaba a mis alumnos. Hacía aspavientos. Apoyaba la cabeza en la mesa.

Les pedía ayuda, pero ¿qué podía esperar? Se giraban en el pupitre para hablar unos con otros, se ponían los auriculares, sacaban libros, patatas fritas, miraban por la ventana, hacían cualquier cosa menos intentar consolarme.

Ah, claro, tuve unos cuantos momentos buenos. Un día fui al parque y vi a una ardilla trepar por un árbol. Una nube flotaba en el cielo. Me senté en un claro de hierba seca y amarilla y dejé que el sol me calentase la espalda. Hasta intenté hacer un crucigrama. Una vez me encontré un billete de veinte dólares en unos vaqueros viejos. Me bebí un vaso de agua. Llegó el verano. Los días se volvieron insoportablemente largos. Se acabaron las clases. El novio terminó la carrera y volvió a Tennessee. Me compré un aire acondicionado y le pagué a un chico para que lo transportara calle abajo y lo subiera por la escalera hasta mi piso. Luego, mi exmarido me dejó un mensaje en el contestador:

—Voy a la ciudad —decía—. Comamos juntos, o cenemos. O tomemos algo. La semana que viene. Nada serio. Hablamos.

Nada serio. Ya veríamos. Dejé de beber unos cuantos días, hice ejercicios de suelo en casa. Le pedí prestada la aspiradora al vecino, un gay de mediana edad con largas cicatrices de acné, que me echó una mirada de perro preocupado. Me fui de paseo a Broadway y me gasté parte de mi dinero en ropa nueva, tacones, medias de seda. Fui a que me maquillaran y me compré los productos que me recomendaron. Me corté el pelo. Me hice la manicura. Me fui a comer. Me comí una ensalada por primera vez en años. Fui al cine. Llamé a mi madre. «Nunca me había sentido mejor. Estoy pasando un verano estupendo. Unas vacaciones de verano geniales», le dije. Ordené el piso. Llené un jarrón de flores alegres. Hice cualquier cosa buena que se me ocurrió. Estaba llena de esperanza. Compré sábanas y toallas nuevas. Escuché música. «*Bailar*», me dije a mí misma. Mira, estoy hablando español. La mente se me está curando sola, pensé. Todo va a salir bien.

Y entonces llegó el día. Fui a encontrarme con mi exmarido en un restaurante de moda en la calle MacDougal, en el que las camareras llevaban vestidos muy bonitos con cuellos blancos de puntilla. Me presenté temprano y me senté a la barra y observé a las camareras trasladar con cuidado las bandejas redondas y negras con cócteles de colores y platitos de pan y cuencos de aceitunas. Un sumiller bajito entraba y salía como si fuese un director de orquesta. Los frutos secos de la barra sabían a salvia. Encendí un cigarrillo y miré el reloj. Había llegado tempranísimo. Pedí una copa. Un *scotch* con soda.

—Jesús —dije.

Pedí otro, esta vez sin soda. Encendí otro cigarrillo. Se sentó una chica a mi lado. Empezamos a hablar. También estaba esperando.

—Hombres —dijo—. Cómo les gusta torturarnos.

—No sé de qué me hablas —dije, y me di la vuelta en el taburete.

Dieron las ocho y entró mi exmarido. Habló con el jefe de sala, hizo un gesto hacia donde yo estaba, siguió a una chica hasta una mesa junto a la ventana y me hizo una señal con la mano. Me llevé mi bebida.

—Gracias por quedar conmigo —dijo mientras se quitaba la chaqueta.

Encendí un cigarrillo y abrí la carta de los vinos. Mi ex carraspeó, pero no dijo nada durante un rato. Luego empezó, con sus titubeos de siempre, a hablar del restaurante, de lo que había leído sobre el cocinero en no sé qué revista, lo mala que era la comida del avión, el hotel, cuánto había cambiado la ciudad, lo interesante que era la carta, el tiempo aquí, el tiempo allí, etcétera.

—Se te ve cansada. Pide lo que quieras —me dijo, como si yo fuera su sobrina o alguna clase de niñera.

—Eso haré, gracias —dije.

Apareció una camarera a decirnos los platos fuera de carta. Mi ex la encandiló. Siempre era más amable con las camareras que conmigo.

—Ay, gracias. Muchas gracias. Eres la mejor. Guau. Guau, guau, guau. Gracias, gracias, gracias.

Decidí lo que quería pedir, luego hice como que tenía que ir al baño y me iba a levantar. Me quité los pendientes largos y los metí en el bolso. Descrucé las piernas. Lo miré. No sonrió ni hizo nada. Estaba allí sentado sin más con los codos sobre la mesa. Eché de menos al novio. Era tan fácil. Era muy respetuoso.

—¿Cómo está Vivian? —pregunté.

—Está bien. La han ascendido, está muy ocupada. Te manda recuerdos.

—Seguro que sí. Dáselos también de mi parte.

—Se lo diré.

—Gracias —dije.

—De nada —dijo él.

Volvió la camarera con otra bebida y nos tomó nota. Pedí una botella de vino. Me quedaré por el vino, pensé. Se me estaba pasando el efecto del whisky. Se fue la camarera y mi ex se levantó para ir al baño y cuando volvió me pidió que dejara de llamarlo.

—No, me parece que seguiré llamándote —le dije.

—Te pagaré.

—¿De cuánto estamos hablando?

Me lo dijo.

—Vale —dije—. Acepto el trato.

Llegó la comida. Comimos en silencio. Y entonces no pude seguir comiendo. Me levanté. No dije nada. Me fui a casa. Fui y volví de la tienda. Me llamaron del banco. Le escribí una carta al instituto católico ucraniano.

Estimado director Kishka. Gracias por dejarme enseñar en su instituto. Por favor, tire el saco de dormir que hay en la caja de cartón al fondo de la clase. Tengo que dimitir por motivos personales. Solo para que lo sepa, he estado amañando los exámenes de acceso a la universidad. Gracias otra vez. Gracias, gracias, gracias.

Había una iglesia pegada a la parte de atrás del instituto, una catedral con mosaicos enormes de gente con el dedo levantado como pidiendo silencio. Pensé en ir allí y dejarle a uno de los sacerdotes mi carta de dimisión. Además, quería un poco de ternura, creo, y me imaginaba al sacerdote poniéndome la mano en la cabeza y llamándome algo como «querida» o «cielo mío» o «pequeña». No sé en qué estaba pensando. «Criatura».

Llevaba días metiéndome cocaína mala y bebiendo. Enganché a unos cuantos hombres, los llevé a mi piso y les enseñé todas mis pertenencias, estiré medias color carne y les propuse ahorcarnos por turnos. Ninguno se quedó más de unas pocas horas. La carta para el director Kishka estaba en la mesita de noche. Llegó el momento. Me revisé en el espejo del baño antes de salir de casa. Pensé que tenía un aspecto bastante normal. No era posible. Me metí lo que me quedaba por la nariz. Me puse una gorra de béisbol. Me puse más cacao en los labios.

De camino a la iglesia, pasé por McDonald's a por una Coca-Cola *light*. Llevaba semanas sin estar rodeada de gente. Había familias enteras sentadas juntas, sorbiendo con pajitas, sedados, rumiando sus patatas fritas como caballos reventados delante del forraje. Un indigente —no pude distinguir si era hombre o mujer— se había puesto a revolver la basura de la entrada. Por lo menos, no estaba del todo sola, pensé. Hacía calor fuera. Necesitaba la Coca-Cola, pero las colas para pedir no tenían ni pies ni cabeza. La mayoría se hacinaban en grupos al azar, miraban los tableros de los menús con los ojos vidriosos, se tocaban la barbilla, señalaban, asentían.

—¿Estás en la cola? —les preguntaba.

Nadie me contestaba. Terminé por acercarme a un chico de color con gorra que estaba tras el mostrador. Pedí mi Coca-Cola *light*.

—¿De qué tamaño? —me preguntó.

Sacó cuatro vasos por orden de tamaño ascendente. El mayor medía unos treinta centímetros de alto.

—Me llevo ese —dije.

Parecía una gran ocasión. No sé explicarlo. Me sentí dotada de pronto de grandes poderes. Clavé la pajita y sorbí. Estaba rica. Era lo mejor que había probado nunca. Pensé en pedirme otra para cuando me terminase aquella, pero sería abusar, me dije. Mejor dejar que aquella tuviese su día. Vale, pensé. Una cada vez. Una Coca-Cola *light* cada vez. Ahora, al sacerdote.

La última vez que había estado en aquella iglesia había sido en alguna festividad católica. Me había sentado al fondo y había hecho todo lo posible para arrodillarme, santiguarme, mover la boca con las frases en latín y todo lo demás. No tenía ni idea de lo que significaba nada, pero me afectó. Hacía frío allí dentro. Tenía los pezones de punta, las manos hinchadas, me dolía la espalda. Seguramente apestaba a alcohol. Vi a los alumnos uniformados ponerse en fila para la comunión. Los que hacían una genuflexión ante el altar lo hacían con tanta profundidad, tan del todo, que se me rompió el corazón. La mayor parte de la liturgia era en ucraniano. Vi a Popliasti jugar con la pieza acolchada para arrodillarse, la levantaba y la dejaba caer de golpe. Había vidrieras preciosas, mucho oro.

Pero, cuando llegué aquel día con la carta, la iglesia estaba cerrada. Me senté en los escalones de piedra húmedos y me terminé la Coca-Cola *light*. Pasó por allí un tío de la calle sin camisa.

—Reza para que llueva —me dijo.

—Vale.

Me fui a la cervecería McSorley's y me comí un cuenco de cebollitas en vinagre. Rompí la carta. Brillaba el sol.

El señor Wu

Todos los días a mediodía el señor Wu cruzaba el callejón trasero, dejaba atrás el barranco apestoso y al vendedor de fuegos artificiales y el antiguo templo —que ahora era una especie de albergue para los granjeros que venían del campo al extrarradio a vender en el mercado— y las filas de tiendecitas, en su mayoría barberías y burdeles y farmacias y tiendas de ropa y estancos, y buscaba sitio en el restaurancito familiar, bajo el gran ventilador pringoso de polvo del camino que daba golpes muy fuertes, y pedía un plato de carne de cerdo con patatas y cualquier verdura fresca que hubiera a la vista y se sentaba y veía los dibujos animados y fumaba mientras le preparaban la comida y pasaban los perros y el polvo se levantaba y caía tras las camionetas y bicis y motos.

Estaba enamorado de la mujer de los recreativos, que tenía más o menos su edad, mediada la cuarentena, y una hija en el instituto. La conocía de los recreativos y del barrio, porque ella vivía con su hija a pocas casas de distancia, en un piso con su hermana y su sobrino retrasado. La mujer ignoraba al señor Wu cuando se cruzaban por la calle concurrida, pero cuando se topaba con él en los estrechos pasillos del mercado, le sonreía con amabilidad y le preguntaba por su salud.

—Mejor que nunca —mascullaba él siempre.

Él sabía que le olía mal el aliento y, como ella apartaba enseguida la mirada, también sabía que no tenía ningún interés en él.

El señor Wu no se atrevía a acudir a las prostitutas locales. Se iba a la ciudad en autobús y gastaba algo más por un poco de privacidad. Además, pensaba, es mejor no saber de dónde vienen las chicas, con quién más trabajan y todo eso. El sexo le daba mucha vergüenza e insistía en meterse debajo de las sábanas para desnudarse. Durante el acto, apoyaba las manos con levedad en los hombros de la chica y apartaba la mirada, aunque no cerraba los ojos. Había aprendido en alguna parte que si cerrabas los ojos significaba que estabas enamorado. Se imaginaba cerrando los ojos con la mujer de los recreativos. Se preguntaba si ella tendría el cuerpo parecido a aquellas prostitutas: suave, sin olor y lánguido. Le parecía que era bastante normal odiarse a sí mismo después de estar con una prostituta, así que no le sorprendía que le asaltara siempre la misma idea: Soy repugnante. En el autobús de vuelta a su casa, se comía un helado y miraba por la ventana y pensaba en la mujer de los recreativos y en qué podría estar haciendo justo en aquel momento, y le dolía el corazón.

Vivía solo en la casa más alta del barrio. Los vecinos de abajo eran una pareja joven con un bebé enorme y gordo y una cerdita de mascota. El marido se ganaba la vida recolectando sobornos para un concejal. La mano flácida de la mujer le recordaba al señor Wu a una gamba enorme. Se estremecía y le entraban náuseas cada vez que la veía. Le daba pena el niño, a quien sostenía y alimentaba aquel tentáculo retorcido, flaco, renqueante y enrojecido. La mujer de los recreativos tenía las manos pequeñas, suaves, bronceadas. Fuertes y musculadas, ni huesudas ni gordas. La medida justa, pensaba. Las manos perfectas. Iba a los recreativos por lo menos una vez al día y se quedaba tres o cuatro horas, casi siempre a última hora de la tarde. También iba por las mañanas, cuando no había chavales. Los días que no iba, le dolía el estómago y el corazón le gruñía como un animal caído en una trampa, angustiado e inútil, así que iba siempre que podía.

Los recreativos en realidad no eran unos recreativos. Era un cuarto lleno de ordenadores con juegos instalados y acceso a internet. Le compraba a la mujer un bono para el día. Le pagaba con un billete grande para que ella tuviera que darle cambio y así poder quedarse más tiempo mirándola mientras contaba el dinero, sintiéndola cerca al otro lado del mostrador.

—¿Cómo está hoy, señor Wu? —decía ella; se lo decía todos los días.

Él farfullaba algo ininteligible. Nunca sabía qué decirle. Lo único que quería decir era «Eres preciosa» y «Estoy enamorado de ti». En su mente, no tenía más que decirle.

—Gracias —decía, sin embargo, mientras cogía el cambio y la tarjetita con los datos para conectarse.

—Que se divierta —decía la mujer.

El señor Wu se iba al ordenador desde donde se la veía mejor. Se pasaba toda la tarde asomándose por encima del monitor para verla saludar a los adolescentes, cobrarles, darles las tarjetas. Cuando no había clientes, la mujer jugaba con el móvil. Le gustan los juegos, pensaba él. Qué maravilla, qué despreocupación, qué libertad. Le encantaba lo resbaladizo que era el pelo de ella, tieso y espeso; lo llevaba casi siempre suelto y cortado recto por encima de los hombros. Tenía la cara morena y brillante, la nariz pequeña y redonda y mofletes. Sus ojos eran pequeños y claros y resplandecientes. Llevaba los labios pintados y sombra de ojos azul. Cada día está más guapa, pensaba. La observaba mirarse en su polvera. Se preguntaba qué pensaba cuando se miraba en el espejo, si era consciente de su propia belleza.

Un día, se le ocurrió una idea. Le pediría el número de teléfono para ser amigos por mensaje de texto. Sacó la idea de una conversación que había oído por casualidad donde almorzaba. Dos hombres hablaban de un artículo sobre tecnología y citas que habían leído. Le parecía arriesgado pedirle su número y sabía que esa petición directa le delataría. No quería que supiera que estaba enamorado de ella.

Quería revelarle la información despacio, poco a poco, paso a paso, mientras la acurrucaba entre sus brazos. O, mejor aún, mantendría en secreto su amor por ella durante toda la vida y dejaría que ella pensara que lo había seducido. Que era ella la que estaba enamorada perdidamente, la afortunada por tenerlo a él. Se imaginaba a sí mismo frente a ella en la mesa del comedor, años después. Ella lo contemplaría con una devoción casi repugnante. Él se comería el arroz con la espalda muy recta, indiferente, rabiando en secreto de felicidad.

Decidió que no podía hacerlo. Pedirle a la mujer su número de teléfono era como pedirle la mano en matrimonio. Sabía que lo podía rechazar. Iba a los recreativos y hacía la cola y pagaba su tiempo y le olía el pelo y la miraba mientras contaba el dinero y se le rompía el corazón. El teléfono de ella estaba sobre el mostrador. Si pudiera agarrarlo un momento, pensaba él, pero no había oportunidad. Se sentó frente al ordenador y suspiró. La miró trabajar. La miró usar el teléfono. Al salir, vio algo que le pareció increíble no haber visto antes: folletos con un vale para una hora de juego entre semana, entre la medianoche y las seis de la mañana, con el teléfono de los recreativos. Se llevó uno. Llamaría más tarde. Si no contestaba la mujer, sabría que no era el número de su móvil. Podría fingir que era policía o algún mando estatal que exigía hablar con la encargada de los recreativos. Podía decir que habían quebrantado alguna norma y que tenía que hablar con ella enseguida. Podía llamar cuando supiera que no estaba allí. Tenía un plan. Practicó una y otra vez lo que iba a decir.

«Soy el teniente Liu. Póngame con la encargada».

«Deme el teléfono de la encargada».

Pero a la mañana siguiente fue a los recreativos e hizo la cola y pagó su turno y la observó juguetear con su pendiente y dar el cambio y se le rompió el corazón casi por la mitad. Estaba impaciente. Fue a sentarse en un ordenador en el rincón del fondo y llamó al número del folleto.

—¿Wei? —contestó la mujer.

Había contestado a su móvil.

Él casi saltó de alegría. La sintió al alcance de la mano.

—¿Wei? —se escuchó otra vez.

Ella estaba detrás del mostrador, garabateando en un cuaderno, con el teléfono en la oreja, impertérrita. Él esperó unos segundos más y colgó. Enseguida le mandó un correo electrónico a su hermano, que era militar y estaba en Suizhou. Le escribió que había conocido a la mujer más increíble del mundo y que probablemente se casaría con ella antes de un año. Escribió: «Es mayor y no muy guapa», porque sabía que alardear daba mala suerte.

Salió de los recreativos y volvió por el callejón trasero, dejó atrás el barranco hacia el restaurante en el que pediría un almuerzo especial aquel día. Todo parecía tan bonito. El sol, el cielo, los pardos caminos secos de gravilla. Una pancarta roja que anunciaba la apertura de un nuevo supermercado le incendió el corazón mientras cruzaba la pequeña pasarela peatonal. Se compró el paquete de cigarrillos más caro. Compró una lata de refresco de naranja y una botella pequeña de *baijiu*. En el albergue del viejo templo se arrodilló y rezó una oración de gracias por el número de teléfono de la mujer.

Ahora que tenía su número de móvil, le mandaría un mensaje. Pero no sabía cómo arrancar el intercambio. Pensó en escribirle: «¿Quién eres? Acabo de encontrarme tu número guardado en el teléfono, pero no sé quién eres».

Claro que aquella no era forma de empezar el romance de su vida. Se devanó los sesos buscando una buena presentación.

«Te he visto en los recreativos».

«Te he visto por ahí y me pareces preciosa».

«Creo que eres preciosa y me gustaría poder conocerte mejor».

«Te encuentro atractiva».

«Me gusta ver cómo cuentas el dinero».

«Tienes el pelo bonito y las manos bonitas», pensó en escribirle.

Ninguna valía. Decidió esperar hasta dar con la frase perfecta en vez de precipitarse a un intercambio chapucero en el que se podría equivocar. Más que nada en el mundo, quizá más que ganarse el corazón de ella, no quería parecer poco elegante.

«Iré al burdel», se dijo Wu, y salió y se fue a la parada de autobús y esperó.

Ahora bien, sabía perfectamente que cualquier otro hombre en su situación la invitaría a cenar sin más, pero a él le parecía la peor táctica posible. Si le daba la oportunidad de rechazarlo, estaba seguro de que ella la aprovecharía. «Me has visto la cara», pensó escribirle.

Su vecino de abajo estaba también allí esperando el autobús.

—Hermano Wu —lo llamó—. ¿Adónde vas?

—Voy a la ciudad a hablar con los mandamases —mintió Wu—. Queremos contratar una cuadrilla de limpieza para Hu Long Road. Hace falta ser muy convincente para que le adjudiquen más fondos al proyecto. No me corresponde a mí, pero alguien tiene que hablar.

—Eres muy valioso para la comunidad —dijo el vecino.

Parecía abatido. La garra de gamba de su mujer seguramente le deprima, pensó Wu, comprensivo y cruel al mismo tiempo.

—¿Qué tal tu mujer, el bebé? —preguntó.

—El bebé está malo. Mi mujer no le puede amamantar y el alimento que le damos le hace cagar líquido. Algo he hecho que ha enfadado a los dioses —dijo el vecino.

Levantó las manos, con las palmas hacia el cielo. Hacía tiempo que Wu no se topaba con un supersticioso de aquellos, se le había olvidado que existían. La oración que él mismo había rezado aquella mañana no había sido de agradecimiento, en realidad, sino más bien un deseo de cumpleaños infantil. Había deseado abrazar algún día a la mujer desnuda y acostarla en mitad de una cama iluminada por la luna.

—¿Adónde vas? —le preguntó Wu a su vecino.

—Al médico —respondió el vecino—. A comprar más medicamentos.

Wu no tenía nada más que decir. Miró el teléfono, como si esperase una respuesta de la mujer de los recreativos. Todavía no se le había ocurrido qué escribirle. «A lo mejor el vecino sabe», se dijo.

—Dime, vecino —empezó—. ¿Cómo conseguiste que tu mujer se casara contigo?

—Nos sentábamos juntos en el colegio —dijo el vecino sin más—. Vivíamos cerca y, por las noches, nuestras madres jugaban juntas al *mahjong,* así que jugábamos juntos, éramos amigos. Primero fuimos amigos y luego lo demás. Tiene una mano mal, ya sabes.

Miró a Wu con el rabillo del ojo.

—No me he dado cuenta —mintió Wu.

—Creo que estaba desesperada y se conformaba con cualquiera.

Aquello le dio a Wu una idea. Se dirigió al vecino y le dijo:

—Os deseo lo mejor a los dos y al niño.

—Es una niña —dijo el vecino.

Pero Wu no le estaba escuchando. Estaba pensando en la mujer de los recreativos.

Pensó mucho en el autobús y durante su desempeño con la pequeña prostituta estuvo distraído. Para mantener a raya su vergüenza, se fue a cenar a un restaurante occidental, pidió un filete, una ensalada de col fresca, una copa de vino tinto.

Se volvió a casa en taxi.

Supo qué escribirle a la mujer de los recreativos. Le escribiría: «¿Qué se siente al ser una divorciada de mediana edad que vive con un sobrino retrasado y trabaja en un cibercafé? ¿Es lo que siempre habías soñado?».

Le llevó mucho tiempo teclear todas las letras en transcripción fonética china y elegir los caracteres correctos en el teléfono. Lo leyó una y otra vez hasta que el taxi se detuvo delante de la puerta de su casa. Pulsó Enviar y le pagó al taxista.

Se fue a los recreativos. La mujer no estaba. Pagó por el tiempo que iba a estar y eligió el ordenador del rincón, apartado de la vista de los demás, y se sentó y jugó; miraba el teléfono cada uno o dos minutos hasta que salió el sol.

De camino a casa, hizo un alto en el patio del viejo campamento de verano adventista para mirar a un grupo de estudiantes de instituto practicando posturas con la espada. Se los ve muy elegantes y erguidos con sus uniformes color verde guisante, pensó. Un pájaro cantaba en alguna rama de un árbol en flor. Pasó por debajo de un arco curvado de cemento y atravesó las pistas de bádminton y salió por los altos portones de hierro forjado y subió por la carretera hasta el mercado matinal bajo la pasarela y compró un cuenco de *re gan mian* y se lo llevó a su casa y se lo comió junto a la ventana abierta.

Aquella tarde, lo despertó el teléfono. Era un mensaje de la mujer.

«En realidad, soy una persona muy triste. Estoy muy sola y afligida. ¿Quién eres?».

No se podía creer que su ataque hubiese producido una respuesta tan vulnerable y honesta.

«Soy un admirador. Me pareces preciosa», contestó él.

Y después le mandó otro mensaje: «Estoy enamorado de ti».

Se tumbó y esperó a que ella le respondiera. Esperó veinte minutos; luego no pudo esperar más.

«Al decir que estaba enamorado de ti, quería decir que te admiro mucho. Me gustaría conocerte mejor, pero estoy seguro de que no te sentirás atraída por mí».

Seguía sin ser lo bastante bueno.

«No sé qué clase de hombres te gustan. ¿De qué clase te gustan?».

Ahora sí que había cometido un gran error. Había hablado de más. Sintió que lo había arruinado todo. Supo que acababa de arruinarse la vida entera.

«Me gustan los hombres a los que no les da miedo probar cosas nuevas», respondió ella.

El señor Wu no quería estropear lo que quedaba. Pensó con cuidado lo que iba a responder, pero ella le mandó otro mensaje.

«Veámonos —le escribió—. Quiero ver cómo eres».

«¿Cuándo? Estoy libre siempre», contestó él.

«Esta noche. Veámonos en el portón de atrás junto al mercado a medianoche. Llevaré una rosa en el pelo», escribió ella.

Al hombre se le paró el corazón un momento y luego, muy despacio, volvió a arrancar. Se recostó y se tocó bajo las sábanas. Se dio cuenta de que hacía mucho que no se tocaba. Pensó en su encuentro, en su cara, en la rosa, en las sombras rayadas del portón de hierro cayéndole sobre el pecho a la luz de la luna. La observaría unos instantes antes de surgir de las sombras. Sería una sombra oscura y alargada, pensó. Estaría fumándose un cigarrillo. No, eso podría darle asco. Tendría las manos metidas en los bolsillos, la barbilla bajada. Pensó en la película *Casablanca*. Sería como en *Casablanca*. Él le acariciaría un poco la cara con el dorso de la mano. Ella se sonrojaría y se apartaría, pero luego volvería a mirarlo a los ojos. Se enamorarían y él la besaría. No un beso largo en la boca, sino besitos en las mejillas y el cuello y la frente. Al señor Wu los besos largos en la boca le parecían asquerosos. Cuando salían en las películas, apartaba la mirada. Aquel

29

pensamiento le impidió seguir tocándose. Volvió a leer todos los mensajes. Eran solo las dos. Se vistió y se fue a los recreativos.

La mujer de los recreativos parecía preocupada y descuidada. Tenía el pelo recogido en una cola de caballo y llevaba una gabardina manchada sobre el vestido. Intentó no prestarle atención a su desaliño. Una vez que fuera suya, la podría vestir como quisiera.

—¿Cómo está, señor Wu? —preguntó ella.

Apenas levantó la vista de un fajo de facturas.

—¿Cómo está usted? —respondió él inquisitivo.

Apoyó el brazo en el mostrador, intentó sonreír. Ella se volvió y le gritó a uno de los empleados del cuarto de atrás, le dio el cambio y le alargó la tarjeta.

—Que se divierta —dijo áspera, y cogió su teléfono.

Él se quedó con el ordenador que había justo delante del mostrador; así, si se sentaba de lado y cruzaba las piernas como si estuviese leyendo artículos en línea y fumando, podría mirarla con el rabillo del ojo. La observó sacar la polvera y amoldarse el pelo. Se deshizo la coleta e intentó peinárselo con los dedos. Lo único que consiguió fue empeorarlo. Se lo volvió a recoger y se rascó los rabillos de los ojos. Parecía estar quitándose alguna porquería. El señor Wu sintió un poco de náusea y apagó el cigarrillo. Miró la hora. Eran las tres y media. Ella se empolvó la cara y, mientras la observaba, él se dio cuenta de que su forma de maquillarse era un poco torpe, que se estaba empolvando la cara demasiado rápido, con excesivo entusiasmo. Pensó que se estaba poniendo el color que no era. Pensó que tenía un aspecto muy raro. Entonces, la mujer sacó el maquillaje y se lo esparció por los mofletes. No está tan mal, pensó él. Pero, acto seguido, se lamió los dedos y se quitó un poco de colorete. Él pensó en todo el dinero y las tarjetas que la mujer había tocado con aquellos dedos. ¿Besaría aquellos dedos?, pensó. Pensó en los dedos de la prostituta del día anterior y se preguntó dónde habrían estado, cuánto dinero habrían tocado y cuántos pomos pegajosos de puertas habrían abierto. Luego la mujer se puso sombra de ojos azul y pintalabios rojo. Wu no pudo evitar pensar que la mujer parecía una prostituta. Tiene peor aspecto que una prostituta, pensó, parece una madama. Se preguntó si la seguía queriendo. Sacó el teléfono y volvió a leer todos sus mensajes.

«Estoy muy sola y afligida. ¿Quién eres?».

Sonaba desesperada, pensó.

Había cometido un grave error, pensó.

Se desconectó del ordenador, se levantó, fue hasta el mostrador y devolvió la tarjeta.

—Gracias —dijo ella.

Le dieron ganas de vomitar.

Había un bar de karaoke encima de la tienda de confecciones de la esquina. Subió las escaleras. La mujer que estaba allí le puso una cerveza grande y un cuenco de cacahuetes. Se los comió rápido y se tomó la cerveza y miró por la ventana y fumó y se acordó de la mujer untándose con aquel pintalabios grasiento. Se la imaginó a cargo de un equipo de prostitutas adolescentes. Se la imaginó gritándole a una de ellas por no contentar a un cliente. Tuvo una visión horrible. Se imaginó a la mujer de los recreativos lavando las partes íntimas de la prostituta con el chorro de una letrina. Se imaginó la mano de la mujer en las partes íntimas de la prostituta. Pidió otra cerveza. No se podía creer lo que estaba pensando. Se imaginó la boca de la mujer en las partes íntimas de la prostituta. Se la imaginó limpiándole con la lengua los recovecos de las partes íntimas a su prostituta, usando la lengua como una pastilla de jabón. «Me gustan los hombres a los que no les da miedo probar cosas nuevas». ¿Y si aquellas cosas nuevas eran cosas repugnantes como las que se estaba imaginando? ¿Y si ella quería que él le lamiese las partes íntimas así?

¿Podría hacerlo? ¿Y si ella quería usar la mano de él como retrete? ¿Y si ella quería lamerle los dedos después de haber usado su mano como retrete? Era imposible que él consintiera algo así. ¿Y si después de hacer de vientre quería limpiarse sin papel higiénico, lamerse los dedos y pedirle a él un beso en la boca? No podía saber si ella se había limpiado después de hacer de vientre sin papel higiénico y se había chupado los dedos. A lo mejor quería besarle aquella noche, a medianoche. Se le llenaron los ojos de lágrimas. Apagó el cigarrillo.

—¿Quiere cantar una canción? —dijo la mujer tras la barra.

Pero Wu estaba demasiado asqueado. Bajó las escaleras y se dio un paseo por el barranco. Se imaginó a la mujer de los recreativos nadando en el vertedero. Se la imaginó succionando el agua sucia con la boca y lanzándola a chorros como en una fuente. No besaré nunca a esa mujer en la boca, decidió. Es algo que no haré nunca.

Pero intentó pensar que todavía la quería. Podría quererla todavía.

Volvió a subir dejando atrás el barranco y las tiendas y compró una botella de *baijiu* y otro paquete de cigarrillos y fue y se sentó en los escalones del albergue del templo y bebió y fumó un rato. Vino un perro y le olisqueó la pierna. Bebió y bebió y escupió y les arrojó los cigarrillos a los perros que pasaban.

—Ja, ja, ja, ja, ja —se reía socarrón.

Miró el reloj: las cinco en punto. Tenía tiempo de sobra antes de su cita. En el restaurancito familiar se tomó una sopa de cordero y pimientos picantes. Engulló el arroz como un palurdo, se lo tiró todo en el regazo y por el suelo. Mi último día de libertad, pensó. Decidió ir en taxi a la ciudad y hacerle una visita a su pequeña prostituta. Compró otra botella de *baijiu* para el camino.

Su pequeña prostituta no trabajaba aquel día.

—Lo siento —dijo la madama gorda con el pelo lleno de canas—. Tenemos otras chicas bonitas para usted.

Miró a las adolescentes sentadas en el sofá lleno de manchas. Casi ni levantaron los ojos de los teléfonos. Una de ellas tenía el pelo resbaladizo y tieso como la mujer de los recreativos, pero tenía la cara llena de granitos.

—Me quedo con la de los granitos —dijo.

—¡Wan Fei! —gritó la madama.

La chica se puso en pie. Wu se dio cuenta de que era altísima.

—Déjalo —dijo él—. Dame la más tonta que tengas.

—¡Zhu Wenting! —gritó la madama.

Se levantó una muchacha de cara gorda y pálida y el pelo corto, se metió el teléfono en el bolsillo de atrás de los vaqueros de color amarillo claro. Él la siguió al cuarto de atrás y la miró desnudarse bajo la luz roja. Tenía los pechos pequeños, duros, puntiagudos. Él se acercó a ella y se los pellizcó. Ella no reaccionó.

—¿Duele? —le preguntó él.

Ella le pellizcó la mejilla como a un niño pequeño.

—¿Duele? —le preguntó ella.

A Wu le pareció encantadora. Se quitó la ropa. Aunque estaba borracho, seguía conmocionado por sus propios actos. Bajó la mano y se tocó mientras la prostituta iba hacia la cama y apartaba las sábanas. Tenía el culo redondo y con hoyuelos y del color del bronce pulido.

—Deja que te bese —dijo, y le empujó la cara contra las almohadas.

Mientras le pasaba la lengua a la prostituta por las partes íntimas, se volvió a enamorar de la mujer de los recreativos. Bajó la mano y se tocó. La prostituta se rio y puso el culo en pompa.

—Méteme el dedo —le dijo.

Wu estaba aterrado.

Quería preguntar «¿Dónde?», pero no preguntó.

Se metió el dedo en la boca —eso hizo— y se lo metió a la prostituta en el culo. Ella chilló y se retorció y le apretó el dedo y chilló otra vez.

—Ese dedo no —dijo.

No estaba avergonzado. Metió otro dedo más. Ella chilló más fuerte. Él se los metió más adentro. Decidió que le haría así el amor, en el culo, con los dedos. Aquello era vivir, pensó. Bajó la mano y se acarició mientras. Ella se retorcía y chillaba.

—Cállate —dijo él.

Le sacó los dedos del culo y le empujó la cabeza contra la almohada para amortiguar los chillidos. Aquello le dio una idea. Deslizó los dedos entre la cara de ella y la almohada y se los metió en la boca. Le tanteó la boca buscándole la lengua e hizo todo lo posible para limpiarse los dedos en ella. Luego volvió a hacerle el amor por detrás con los dedos. Siguió acariciándose a sí mismo. Pensó en la mujer de los recreativos.

«Que se divierta», le diría ella.

Se rio. Los chillidos amortiguados de la prostituta le excitaban. Le sacó los dedos del trasero y se los metió en su propia boca. No se podía creer la felicidad que se había proporcionado a sí mismo. Se le llenaron los ojos de lágrimas.

A eso de las once cuarenta y cinco, pasó por delante del barranco y se detuvo en el claro de luna. Estaba nervioso y, sin embargo, muy sereno y cansado. Por la carretera pasaban solo unos pocos coches y unas pocas personas y unas pocas vacas atadas a una cuerda y unos pocos niños sucios que tiraban petardos al lado de la pasarela. Caminó hacia la carretera, pero entonces se frenó en seco. La mujer de los recreativos había doblado la esquina y caminaba hacia él con una rosa en la mano. No podían ir andando juntos a su cita, echaría por tierra todo el propósito del encuentro, pensó. Se quedó atrás y esperó a que ella pasara, y luego la siguió, observando la entereza de su modo de andar. Ella dobló el tallo de la rosa y empezó a ponérsela en la cabeza.

Él caminaba unos cuantos metros por detrás de ella y la observó arreglarse el cuello del abrigo y alisarse la falda mientras andaba, mientras lo buscaba ansiosa en la oscuridad. No parecía tan pintada como esa misma tarde en los recreativos. Se enrolló un mechón de pelo en el dedo, lo soltó. Estaba guapísima. Era casi como Wu se lo había imaginado, solo que a ella las sombras rayadas de las rejas de hierro no le caían sobre el pecho, porque estaba en el lado equivocado de la cancela. La luz tenue que caía sobre ella venía del letrero luminoso del otro lado de la calle. Pensó que la hacía parecer inteligente, sensata, atrevida, en cierto modo.

No estaba seguro de ser capaz de acercarse a ella.

Decidió mandarle un mensaje de texto.

«Quédate detrás de la cancela. Me pondré debajo del letrero luminoso. Si te gusto, da una palmada. Si no, silba».

Inspiró hondo y encendió un cigarrillo y fue y se puso bajo la luz. Miró el teléfono, levantó la vista y miró justo hacia donde ella estaba. Se giró a un lado, se dio la vuelta, volvió otra vez al frente. Esperó la palmada, el silbido, pero no oyó nada. Esperó cinco minutos. Tuvo su respuesta.

El señor Wu volvió a bajar la carretera y compró un montón de fuegos artificiales y los subió al bar de karaoke de encima de la tienda de confecciones y de ahí a la azotea y empezó a lanzarlos hacia el barranco. Hacían un ruido sibilante y un chasquido muy agradables antes de explotar. Miró las luces blancas y verdes y rojas y amarillas esfumarse y apagarse en el cieno sucio del barranco. Decidió tirar uno hacia arriba, hacia el cielo. Cruzó volando el barranco y chocó contra el letrero que anunciaba la apertura del nuevo supermercado. El fuego prendió en el cartel. El señor

Wu se agachó deprisa para cruzar la puerta y llegar al bar, dio las buenas noches y bajó trastabillando hasta la carretera. Pasó por debajo del cartel ardiendo camino a su casa y por la carretera oscura y silenciosa, deteniéndose de vez en cuando para levantar los brazos en señal de victoria.

Malibú

Para cobrar la prestación por desempleo, tenía que rellenar un historial de todos los trabajos a los que me había presentado, pero no me estaba presentando a ninguno, así que me limité a escribir «abogado» y me inventé un número de teléfono. Luego escribí «asistente jurídico» y puse el mismo número de teléfono. Seguí así. «Conserje de bufete». Miré el número que me había inventado. Intenté llamar. Sonó y sonó. Contestó una mujer, por fin.

—¿Quién es? —así respondió al teléfono.

—Estoy haciendo un estudio —dije—. ¿Qué opina de que la gente la vea desnuda?

—Posé desnuda como modelo en una escuela de arte —contestó—, así que me parece bien.

Dijo que se llamaba Terri y que vivía en Lone Pine con su madre, enferma de párkinson. Dijo que se quería quedar embarazada para tener algo en que pensar todo el día.

—Soy india. Chumash. ¿Qué eres tú? —dijo luego.

—Soy normal —le dije.

—Bien. Me gustan los hombres normales. Ojalá no fuese india. Ojalá fuese negra o china o algo. Bueno —dijo—, ¿y si vienes y vemos qué podemos hacer? No quiero tu dinero, si es lo que estás pensando. Me llegan cheques al correo todo el tiempo.

Sonaba como un buitre graznando de fondo. Me quedé pensando un minuto.

—Una cosa —dije—. Tengo granos. Y sarpullidos por todo el cuerpo. Y tampoco tengo muy buena dentadura.

—No espero mucho —dijo—. Además, no me gustan los hombres de aspecto perfecto. Me hacen sentir como basura y son aburridos.

—Eso suena bien —dije.

Quedamos para cenar al día siguiente. Tenía un buen presentimiento.

Era verdad: tenía granos, pero aun así era guapo. A las chicas les gustaba. Rara vez me gustaban ellas a mí. Si me preguntaban qué hacía para divertirme, les contaba mentiras, les decía que montaba en moto acuática o que iba al casino. La verdad es que no sabía cómo divertirme. No me interesaba divertirme. Me pasaba la mayor parte del tiempo mirándome en el espejo o yendo a la tienda de la esquina a buscar café. Me pasaba algo con el café. Era prácticamente lo único que tomaba. Eso y *ginger-ale light*. A veces me metía los dedos en la garganta. Además, siempre me estaba hurgando los granos. Me tapaba las marcas que me dejaban con base de maquillaje líquida que robaba en la perfumería de Walgreens. El tono que usaba se llamaba Bronceado Clásico. Supongo que eran mis únicos secretos.

Mi tío vivía en Agoura Hills. Lo llamaba algunas veces por desesperación, pero él solo quería hablar de chicas.

—Ahora mismo no me gusta nadie —le decía por teléfono mientras me miraba en el espejo del lavabo, hurgándome los granos con una mano.

—Pero las mujeres son buenas —decía él—. Son como una buena comida.

—No puedo permitirme una buena comida —le contestaba—. De todas formas, yo prefiero la cantidad a la calidad.

Me decía que fuese a pedir trabajo a Sears o a T. J. Maxx o al Burger King. Para otra persona, quizá fuese un buen consejo. Él no necesitaba trabajar. Tenía discapacidad porque estaba cojo de una pierna. También tenía una bolsa de colostomía de la que no se encargaba como era debido. Usaba muchísimo ambientador con olor a melocotón en la casa para tapar la peste. No salía casi nunca del salón y le gustaba pedir para cenar un montón de comida mexicana o pizzas enteras. Siempre estaba comiendo algo y justo después tiraba la bolsa de colostomía.

—No me siento muy bien —le decía yo—. Estoy demasiado enfermo para buscar trabajo.

—Ve al médico. Mira en la guía telefónica. No seas idiota. Te tienes que preocupar por tu salud.

—¿Me puedes dejar algo de dinero? —le preguntaba.

—No.

Encontré un médico coreano barato en un centro comercial de Wilshire. El centro comercial estaba prácticamente vacío, solo había un montón de bronce falso y ventanas empañadas y suelos naranjas de mármol falso. Miré hacia la galería de arriba. El techo de cristal estaba resquebrajado por todas partes. Una paloma volaba en círculos, luego descansó en una hilera de luces navideñas apagadas. Habían esparcido periódicos por el suelo. Había una tienda de maletas, un sitio para hacerse fotos, una peluquería. No había nada más, todos los demás puestos estaban vacíos. Una mendiga coreana pasó despacio por mi lado vestida con ropa interior larga, guateada y sucia, empujando un cochecito de bebé lleno de basura. La olfateé a fondo.

Encontré el consultorio en un pasillo oscuro de oficinas sin nombre. En la puerta había un cartel con todos los servicios que ofrecía el médico. Allí estaban mis síntomas: aumento de peso, pérdida de pelo, sarpullidos. Entré. Había una señora gorda en el mostrador delante del recepcionista.

—Esta receta es amarilla y yo necesito la rosa. Para el Percodan —decía.

Me pasaba una cosa con la gente gorda, lo mismo que me pasaba con la gente flaca: los odiaba con todo mi ser.

Después de unos minutos, una enfermera me dijo que la siguiera. Cruzamos la oficina. Dejamos atrás un cartel sin marco con bólidos y otro cartel con unos gatitos dentro de un sombrero de copa. La enfermera señaló a un hombre con una camisa de franela que sostenía un cuaderno de tamaño A4. Parecía un luchador retirado de la World Wrestling Entertainment. Los ojos se le escondían detrás de los pliegues de la piel y de lunares crecidos y de las cejas que necesitaban una depilación urgente. También le hacía falta un afeitado. La mayoría de los hombres no tienen ni idea de cómo arreglarse. Por donde la camisa se le arrugaba entre los botones, se notaba que no llevaba nada bajo la franela. Tenía la barriga atravesada de pelos negros y estropajosos. Olía a comida rancia.

—¿Es usted médico de verdad? —le pregunté.

Me condujo a una camilla grasienta para examinarme.

—Así que te pasa algo malo —dijo, mirando el formulario.

—Intento vomitar todo lo que como, pero sigo estando gordo. Y los sarpullidos —dije mientras me subía la manga.

El médico retrocedió.

—¿Lavas las sábanas alguna vez?

—Sí —mentí—. ¿Qué me pasa?

—No soy quién para juzgar —dijo, mientras se llevaba la mano al corazón.

A pesar de lo guapo que era, tenía miedo de que nadie se fuese a casar conmigo. Tenía las manos pequeñas. Eran manos de chica, pero con pelo. Nadie se casa con un hombre con las manos así. No me cuesta meterme los dedos en la garganta. Tengo los dedos finos, suaves. Metérmelos es como una brisa fresca. No sé explicarlo mejor.

—Tío —le decía por teléfono—, ¿puedo hacer la colada en tu casa?

—Claro —respondía—. Vente, pero tráete tu propio detergente. ¡Y Coca-Cola *light*!

Mi tío vivía en la salida de la 101. Me paré en un supermercado a comprar detergente y Coca-Cola *light*. También compré una tarta de queso y otra de zanahoria. Usé mi tarjeta de ayuda alimentaria de los Servicios Sociales. No me avergonzaba nunca de mi tarjeta. También pedí un café grande y cigarrillos de la gasolinera de al lado. No fumaba, en realidad, solo encendía los cigarrillos y los paseaba por la casa de mi tío. Tapaban el olor bastante bien.

—Míralo a mi niño —gritó mi tío, mientras se levantaba tambaleándose de su sillón reclinable.

Tenía un par de sillones reclinables de piel color verde pino a unos treinta centímetros de una tele gigantesca. Era una de esas teles que ponen en los vestíbulos de los hoteles. Lo único que hacía era ver la tele o hablar por teléfono o comer. Le encantaban los concursos y los programas de cocina. No estoy diciendo que fuera un idiota, solo que era igual que yo: cualquier cosa buena le daba ganas de morirse. Es una característica que tenemos algunas personas inteligentes.

—Hola —dije.

Mi tío llevaba la bata abierta. Se le veía la maldita bolsa de colostomía.

—Cuéntame —dijo, mientras yo sacaba los trozos de tarta—. ¿Estás viendo a alguien?

—A lo mejor, pero no quiero gafarlo. No quiero hablar de eso.

—Siempre me defraudas.

Nos sentamos en los sillones. Me comí la tarta de queso y mi tío se comió la de zanahoria. Vimos el final de una película titulada *Mientras dormías*. Mi tío vació la bolsa de colostomía y luego yo vomité la tarta de queso por el inodoro. Puse la lavadora. Tomé café y volví al baño a vomitar un poco más. Cuando terminé, cogí la cuchilla de afeitar de mi tío y me afeité el vello de los nudillos. Se los enseñé a mi tío.

—Alguien debería masajearme los pies con unas manos así, claro que no tú —dijo.

Me senté, olisqueé un poco y encendí un cigarrillo.

—No me siento muy bien todavía —dije— y estoy sin dinero.

—No te voy a dar nada —contestó—, pero si cortas el césped, te pagaré por tu tiempo.

—¿Cuánto tiempo?

—El que valga veinte dólares.

—Sopesaré la oferta y te mantendré al tanto —dije; a mi tío le gustaba ese tipo de lenguaje oficial.

—Espero recibir pronto tus noticias —contestó.

Buscó debajo de la bata y movió la bolsa de un lado a otro. Lo miré con desdén.

Vimos *Ley y orden,* el programa de Oprah, la telenovela *Days of Our Lives.*

Corté el césped.

Había tenido citas antes. Nunca había pasado nada espectacular. Una de las chicas había sido monja de más joven. Me gustaba, pero no dejaba de hablar de sí misma. Era como si ella estuviese esperando a que se me iluminase la cara, pero no pasó.

—No soy un personaje de la tele —le expliqué—. Solo quiero verte desnuda y luego replanteármelo.

Me siguió hasta el baño. Estábamos en un restaurante asiático en Century City. Era todo de cemento pulido. La iluminación era fría y tenue. Se desnudó por mitades. Primero se quitó la camisa, se la puso, se bajó la falda, se la volvió a subir. Salimos unas cuantas semanas; mucho manoseo, nada de meter y sacar. Le terminé mintiendo y le dije que había contraído una enfermedad por el arañazo del gatito de un vecino y que necesitaba estar un tiempo solo para recuperarme. Al final, dejó de llamarme.

Solo una vez me había levantado a una prostituta. Me la encontré sentada en la acera del motel Super 8, cerca de Little Armenia. Llevaba sus pertenencias en una bolsa de plástico transparente: un estuchito de maquillaje, un par de zapatillas de deporte, dos plátanos y una flor de plástico.

—¿Qué te parezco? —le pregunté en la habitación del motel—. ¿A qué huelo?

—Hueles a ambientador —dijo—. No hueles a nada.

—Genial —dije. Me quité la camisa y le pregunté—: ¿Estoy gordo?

Entrecerró los ojos y apretó los labios.

—No estás flaco y no estás gordo —dijo.

Su forma de señalarme con el dedo me recordó al director de mi instituto.

—¿Parece que tengo la cara hinchada? —le pregunté.

—¿Qué quieres decir? —dijo.

Sacó un plátano de la bolsa de plástico y empezó a pelarlo.

—¿Ves mis granos desde ahí? —le pregunté.

Estaba sentada en la colcha llena de pelusas. Fui hasta la ventana.

—Sí, cualquiera podría —dijo.

Di unos pasos hacia la parte oscura del cuarto.

—¿Y ahora?

—Todavía los veo —dijo.

Corrí las cortinas y volví a preguntarle. Asintió con la cabeza.

Me senté a su lado y puse las manos abiertas encima de la cama.

—¿Qué te parecen? —le pregunté.

Nadie me daba nunca la respuesta que yo quería. Nadie decía nunca «¡Ay, qué bonitas son!».

Al día siguiente seguía teniendo los sarpullidos. No podía hacer nada antes de mi cita de aquella noche con Terri. Me tumbé en la cama y me agaché hasta el suelo y quité miguitas y pelos de la alfombra. Me dolía el estómago. Llevaba días sin hacer de vientre. Me bebí cuatro litros de agua salada y encendí la radio. Escuché unos temas de hip-hop. Me gusta el hip-hop porque me anima sin confundirme el pensamiento. Cuarenta minutos más tarde, hice de vientre. Si alguna vez escribo un libro, estará lleno de trucos y consejos para hombres. Por ejemplo, si tienes la cara hinchada, llénate la boca de café molido. Si tienes la mandíbula poco marcada, déjate barba. Si no puedes dejarte barba, lleva ropa de color más claro que tu tono de piel. Si deseas algo y no puedes conseguirlo, desea otra cosa. Desea lo que te mereces, es probable que lo consigas. Sobre todo, contrólate. Algunos días, para contenerme y no comer, golpeaba la pared con la cabeza o me daba puñetazos en el estómago. A veces hiperventilaba o me estrangulaba un poco con una toalla. Rodeaba con líneas de puntos dibujadas con rotulador permanente los bultos de grasa que tenía en los costados y en los muslos. Hacía ejercicios de calistenia en el suelo en la cocina. En vez de espuma de afeitar, usaba crema hidratante. En vez de jabón, champú con suavizante dos en uno.

Entonces sonó el teléfono.

—Estoy escribiendo mi testamento —dijo mi tío—. Te lo dejo todo, incluida la tele.

—Gracias —dije—. ¿Me podrías dar doscientos pavos por adelantado?

—Con una condición. Quiero que mis cenizas se esparzan en el espacio. Una vez vi un anuncio. Me parece que cuesta más de lo que vale, pero me sentiría mejor sabiendo seguro que no me pasará nada malo cuando esté muerto. A lo mejor tienes que vender parte de los muebles y la tele.

—Eso es mucho pedir —dije—. ¿No te conformarías con la cima de la montaña, al lado de la playa?

—Tendría que ver el sitio primero —dijo después de una larga pausa.

—Si podemos quedar esta tarde, lo prefiero.

—¿Tienes una cita esta noche? —preguntó emocionado—. ¿Con quién?

—Paso a por ti dentro de una hora —le dije.

Tenía un presentimiento muy bueno sobre Terri. Me
puse a pensar que a lo mejor era la indicada. Me la imaginaba como una india con largas trenzas y una pluma atada en
la frente. Me la imaginaba en un tipi, con un retal de piel de
venado puesto. Me la imaginaba desnuda, viendo la tele en
el sillón de mi tío y bostezando. Me la imaginaba yendo al
baño, leyendo un libro viejo sobre espiritualidad. A lo mejor
podíamos ir juntos al casino. A lo mejor podíamos ir a un
bufé libre. Al fin y al cabo, me había dicho que tenía dinero.

—¿Tienes dinero en efectivo? —le grité a mi tío desde
dentro del coche mientras salía tambaleándose de la casa.

—¿A esto lo llamas tú cortar el césped? —gritó mientras señalaba la hierba con el bastón.

—¿Has traído efectivo? —necesitaba saberlo—. ¿Lo has
traído?

—Sí —dijo mi tío, mientras se subía la cremallera del
chubasquero y le daba palmaditas al sitio donde llevaba la
bolsa de colostomía. Golpeó la ventanilla del coche con el
puño del bastón.

—Enséñame el dinero —le dije.

Sacó la billetera y abanicó los billetes de veinte dólares.

Le quité el seguro a su puerta.

Cuando llegamos al pie de la montaña, mi tío negó con
la cabeza.

—Esto no me gusta —dijo—. Demasiado sol. ¿Dónde estamos, de todas formas? ¿Qué clase de sitio es este?

—Malibú —dije.

El aparcamiento estaba casi vacío y había mesas de pícnic y un letrero tallado de madera y un sendero que llevaba

a un valle repleto de arbolitos. Mi tío estiró el cuello para mirar por la ventanilla la cima de la montaña.

—Seguro que hay animales ahí arriba —dijo—. Pumas, coyotes. ¡Mira todos los pájaros que hay! —echó un vistazo nervioso mientras retorcía las manos sobre el regazo—. Y hay basura por todas partes.

—En eso tienes razón —dije, poniendo los ojos en blanco.

Se cruzó de brazos y volvió a negar con la cabeza.

—No quiero que ningún animal se mee encima de mis cenizas.

—Si quieres, rociaré veneno en tus cenizas —le dije—. Te lo prometo.

—Sube y echa un vistazo —dijo—. Estoy muy viejo. Estoy cansado. Me quedaré en el coche. Si encuentras un sitio a la sombra, sin animales, supongo que podemos cerrar el trato.

Así que salí y empecé a caminar, aunque no iba a subir hasta arriba de la montaña. Encontré un claro llano de hierba entre los árboles e hice abdominales y sentadillas y me tumbé y pensé en Terri. Me la imaginé posando desnuda en el desierto, callada, quieta, con el pelo negro largo y resbaladizo esparcido sobre sus senos perfectos. Cuando la besaba, su boca era como un helado de fresa. «Eres muy guapo —me diría—. Estás en forma». La vida era maravillosa, pensé, mientras andaba hacia una roca que sobresalía de la colina. Podía ver el océano y las colinas y la autopista. Parecía un buen sitio para pasar toda la eternidad. Estaba lleno de ardillas.

—Bastante bien —le dije a mi tío cuando volví al coche—. Págame.

Le miré a la cara, estaba de color ceniciento y demacrado.

—Estaba pensando —empezó a decir. La voz le sonaba ahogada y aguda, y le oía chasquear la flema en la garganta—. ¿Cuántas veces más te voy a ver? ¿Unas cuantas docenas?

Parecía que le resultaba difícil respirar. Le palmeé la espalda.

—¿Te está dando un infarto? —le pregunté—. ¿Necesitas una ambulancia?

—Llévame a casa —dijo quejumbroso.

Sacó la billetera y me alargó el dinero.

Aquella noche, de camino a Lone Pine para encontrarme con Terri, no podía dejar de pensar en mi tío. Cuando lo dejé en su casa, no me invitó a entrar ni me preguntó por mi cita ni dijo nada de nada. Había salido del coche y se había quedado en la acera, apoyado en el bastón y mirando fijamente el césped. Es verdad que no lo había cortado bien. Me había dejado largos trozos triangulares sin cortar y el cortacésped en el camino de entrada en vez de llevarlo arrastrando de vuelta al garaje. Pero ¿qué esperaba por veinte dólares? ¿Cómo podía molestarse conmigo después de todo lo que había hecho por él?

—Has venido —dijo Terri, de pie en el porche.

La casa era de estilo ranchero, con un viejo perro gris durmiendo en el patio. Atardecía. Los pájaros volaban en círculos.

Me dolía la cabeza.

—He hecho la cena —dijo Terri.

Era bajita y ancha de caderas y parecía tímida allí de pie con los vaqueros y una blusa con el cuello de volantes. Subí los escalones del porche y me fijé bien en ella. Llevaba sombra de ojos azul y un collar del que colgaban piedras rojas alargadas. Tenía los pechos grandes, pero parecía que se quedarían colgando desparramados por todos lados si el sujetador no los levantase. Intenté imaginarme qué verían en ella aquellos estudiantes de arte. Le miré la cara. Era redonda y morena, y una cicatriz la recorría desde el ojo izquierdo. Me dio una sensación no muy buena. Tenía el pelo grueso y recogido en una cola de caballo. Tenía la nariz rechoncha y ancha y granitos alrededor de las fosas nasales. Intenté no mirarlos.

—¿Tienes hambre? —preguntó con una sonrisa.

Tenía los dientes amarillos y bastos. Intenté mirarle el interior de la boca, detrás de los dientes.

—Tengo galletas también —dijo, señalando la casa a través de la puerta mosquitera.

No sabía qué decirle. La casa olía a ajo y a colada. Me hizo pasar a la sala de estar; el sofá estaba cubierto de plástico y los muebles eran blancos y dorados y chabacanos. Sacó una silla de la mesa de la cocina y apagó la tele pequeña en blanco y negro de la encimera. Supuse que se pasaba todo el día sentada delante de la tele comiendo galletas. Pensé que a lo mejor podría tener un aspecto decente si la ponía a dieta, le compraba algunos DVD de ejercicios, hacía que se arreglara los dientes. No era la mujer que me había estado imaginando, pero tenía algo agradable.

—¿Tienes familia? —me preguntó.

Puso un plato de galletas de mantequilla de cacahuete. Me metí una en la boca y asentí con la cabeza.

—¿Hermanos y hermanas? —preguntó Terri.

Negué con la cabeza. Se levantó y me llenó un vaso de agua del grifo. El vaso era de Disneyland.

—Tengo un tío —dije, mientras cogía otra galleta.

—Yo solo tengo a mi madre —dijo—. Está durmiendo. Es lo único que hace, dormir.

La cara de Terri se veía hinchada y triste. Me figuré que mejoraría después de un tratamiento con diuréticos, un poco de peróxido de benzoílo. Me comí unas cuantas galletas más.

—¿Tienes hambre? —preguntó otra vez.

Intenté imaginarme subido encima de ella. Imaginé que sería como acostarse en un colchón de agua.

—Mejor lo hacemos antes de comer —dije, apartando el plato de galletas.

Terri se sonrojó. Yo sabía que era más guapo que ella. Sabía que me estaría agradecida le hiciese lo que le hiciese. Se levantó y me llevó al dormitorio. La miré pelearse con los vaqueros. Al meterse en la cama, las caderas se le balancearon de un lado a otro. Se dejó puesto el sujetador, gracias a Dios.

—Eres muy guapo —dijo.

Me puse encima y me quité la camisa. Terri estiró la mano para tocarme. Yo no tenía ningún interés en que me tocara. No quería que notase los sarpullidos. Lo que quería era meterle los dedos en la boca. Cerré los ojos y le palpé la cara y le metí el dedo índice. Lo lamió con la lengua y lo chupó y le metí otro dedo. Siguió chupándome los dedos. Era una sensación buenísima. Era como salir del frío y entrar en una habitación acogedora con un fuego encendido. Era como meterse en un baño caliente. Quería meterle la mano entera en la boca. Le sujeté la nuca con una mano y con la otra llegué hasta la garganta. Se ahogaba e intentó hablar, pero yo seguí empujando hacia dentro. Podía ver el bulto de la mano en la garganta desde fuera. Al final dejó de forcejear. «Buena chica», quise decir, pero no lo dije. Cuando miré hacia abajo, vi que algo le brillaba en los ojos.

Después no la besé ni la acaricié ni nada. No fue nada de eso. Nos levantamos y nos comimos la comida que había hecho: espaguetis y albóndigas y flan de chocolate. Luego vomité y me despedí. Le dije que la llamaría. Se quedó en el porche con una bata rosa mirando cómo me iba.

Más tarde, cuando mi tío me preguntó qué tal había ido la cita, le conté todos los detalles.

—Terri es la mujer más guapa del mundo. Tiene un pelo castaño cautivador, la naricita chata, los ojos de una cervatilla. Tiene clase, ¿sabes?, no como todas las putas que hay por aquí. Además, es divertida. Nos lo montamos muy bien. Nos lo pasamos muy bien.

Mi tío refunfuñó y ajustó el ángulo del respaldo del sillón.

—Ten cuidado con las mujeres —me dijo—. Solo quieren amor y dinero.

—Terri es diferente —dije—. ¿No puedes alegrarte por mí sin más?

Junté las manos como para rezar y las levanté hacia mi tío, como si le estuviera suplicando. Desde lo de Malibú, se portaba como si todo lo que yo hacía fuese una estupidez, como si todo lo que yo hacía le molestara. No me miraba, se quedaba mirando fijamente a la tele que tenía enfrente.

—Si es tan estupenda —dijo mi tío—, ¿por qué no está aquí sirviéndonos helado de tres sabores? ¿Dónde está?

Cogió un puñado de cacahuetes del recipiente que tenía en el regazo y los dejó caer del puño a la boca. Lo observé masticar y darle golpecitos a la bolsa de colostomía. No contesté a sus preguntas.

Vimos el programa de Maury Povich y una telenovela y una película sobre la gente que vive en los túneles del metro de Nueva York.

Corté el césped otra vez.

Los raritos

En nuestra primera cita, me invitó a un taco, habló largo y tendido sobre antiguas teorías de la luz, de cómo fluye en ángulos para que se armonicen los acontecimientos en el espacio y en el tiempo, de que es la fuente de toda información, determina todos los resultados, cómo se puede invocar a los extraterrestres reflejándola en cuencos espejados de agua. Le pregunté cuál era el sentido de todo aquello, pero él no pareció escucharme. Mientras estábamos tumbados en la hierba, al lado de una pista de tenis, me sostuvo la cara contra el sol, se quedó mirándome fijamente a los ojos y empezó a llorar. Me dijo que yo era la señal que había estado esperando y que, como si estuviese mirando una bola de cristal, acababa de leer un mensaje privado de Dios en el vórtice plateado de mi pupila izquierda. Lo ignoré; en cambio, me dejó impresionada la facilidad con la que rodó hasta ponerse encima de mí y me metió las manos por dentro de la parte de atrás de los vaqueros, me agarró las nalgas con las palmas y me las apretó, todo aquello delante de una familia mexicana que estaba haciendo pícnic en el césped.

Era el administrador de un complejo de apartamentos en una parte de la ciudad en que las palmeras estaban enfermas. Las había infestado un parásito que las ablandaba como si fuesen cañitas flexibles y se arqueaban sobre las calles, dobladas bajo el peso de sus propias coronas, con las hojas rozando la superficie de hormigón de los edificios y metiéndose a través de las ventanas abiertas. Cuando soplaba el viento, repiqueteaban y se combaban y se las oía rechinar.

—Alguien debería cortar las palmeras —dijo mi novio una mañana. Lo dijo como si de verdad le diese pena, como si de verdad le doliera, como si alguien, no sé quién, lo hubiese defraudado en serio—. No está bien.

Lo miré hacer la cama. Las sábanas eran de algodón y poliéster de colores pastel, y estaban manchadas, desteñidas y llenas de bolitas. Con lo que se suponía que nos teníamos que abrigar por la noche era un saco de dormir de color verde pino. Mi novio tenía una colcha de ganchillo que según él había tejido su abuela, un revoltijo apelmazado de lana marrón y amarilla que él había colocado en la esquina de la cama de forma asimétrica como toque decorativo. Yo procuraba ignorarla.

Odiaba a mi novio, pero me gustaba su barrio. Era un conjunto de adosados sombríos y derruidos y talleres mecánicos. El complejo de apartamentos se levantaba unos cuantos pisos por encima de todo, y desde la ventana de nuestro dormitorio se podía ver el valle de abajo, cubierto siempre por una niebla anaranjada. Me gustaba lo feo y vulgar que era aquello. Todo el mundo andaba por el barrio con la cabeza gacha por culpa de los pájaros. Algo de los árboles atraía a una variedad rara de palomas negras con las patas de color rojo vivo y las garras con las puntas doradas y afiladas. Mi novio decía que eran cuervos egipcios. Creía que los habían enviado para espiarlo, así que se comportaba con más cuidado que nunca. Cuando pasaba por delante de un sin techo por la calle, negaba con la cabeza y mascullaba una palabra que no creo que supiera deletrear: «ingrato». Si le daba la espalda un momento en el desayuno, decía:

—He visto que has derramado un poco de café, así que lo he limpiado.

Si no le daba las gracias con profusión, soltaba el tenedor y me preguntaba:

—¿He hecho bien?

Era un niño pequeño, en realidad. Tenía ocurrencias infantiles. Me decía que «andaba como un policía» para asustar a los criminales de noche por la calle.

—¿Por qué crees que nunca me han robado?

Me hacía reír.

Me explicó algo de la inteligencia que según él no entendía casi nadie.

—Sale del corazón —dijo, golpeándose el pecho con el puño—. Depende mucho del grupo sanguíneo. Y de los imanes.

Aquello me dio que pensar. Le estudié con detenimiento. Su cara tenía una textura espesa, como de cuero aceitado. La única sonrisa que me dedicaba era una que hacía agachando la cabeza, sacando la barbilla, estirando las comisuras de la boca de oreja a oreja, con los ojos centelleando estúpidamente a través del batir de las pestañas. Al fin y al cabo, era un actor profesional.

—Estoy pasando desapercibido —explicaba—, esperando el momento perfecto para darme a conocer. Los que se hacen famosos rápido están condenados.

Y era supersticioso. Talló un escarabajo en una pastilla de jabón blanco y lo instaló con masilla por encima de la puerta del apartamento, dijo que nos protegería de los allanamientos y les haría saber a los extraterrestres que éramos especiales, que estábamos de su parte. Todas las mañanas, salía a la fachada y despegaba los excrementos verdes y fluorescentes de los pájaros de la escalera de entrada con una manguera de alta presión. Odiaba a aquellos pájaros. Volaban en círculos en lo alto, se escondían en las frondas de las palmeras cuando pasaba un coche de policía, chillaban y graznaban cuando a algún niño se le caía una piruleta, hacían fila en los cables eléctricos y, según mi novio, contemplaban nuestras almas.

—Además —siguió, metiéndose las manos en los bolsillos, un gesto destinado a hacerme saber que estaba indefenso, que era un buen chico—, tengo que recoger un paquete en correos.

Lo dijo como si fuera una misión secreta, como si lo que tenía que hacer fuese tan difícil, tan peligroso y requiriese tanta fuerza de voluntad que necesitara mi apoyo. Como prueba, deslizó el papelito de recogida del cartero por la encimera.

—Lo harás genial —le dije, intentando denigrarlo.

—Gracias, nena —dijo, y me besó en la frente.

Miró las baldosas de la cocina, se encogió de hombros y levantó la barbilla para mostrarme su gesto valeroso. Lo dejé solo para que limpiara el suelo, lo que hacía recogiendo cada miguita con los dedos y frotando la suciedad pegada con trozos de papel de cocina que mojaba en el fregadero. Tenía una teoría para mantenerse en forma, que era tensar enérgicamente el cuerpo mientras hacía las actividades cotidianas. Iba andando con las nalgas apretadas, los brazos rígidos, el cuello y la cara colorados. Cuando me fui a vivir con él, subió corriendo las escaleras con mi maleta y se me quedó mirando como si yo fuese a aplaudir. Una vez, cuando vio que le estaba mirando el brazo sin parpadear, dijo:

—Básicamente, soy un atleta olímpico, solo que no me gusta competir.

Tenía en el hombro un tatuaje mal dibujado de un perro salivando, y escrito debajo ¡VOY A POR TI!

Y era bajito. Era la primera vez que salía con un hombre bajito. Se me pasó por la cabeza que a lo mejor yo estaba aprendiendo a ser humilde. A lo mejor ese hombre era la respuesta a mis plegarias. A lo mejor estaba salvando mi alma. Debería haber sido amable con él, pero ni era amable ni le estaba agradecida. Observé asqueada cómo vaciaba una caja de libros que se había encontrado en la basura, haciendo sentadillas rítmicamente cada vez que colocaba un libro en la estantería. Aquella era su calistenia constante. Sus piernas eran de acero, por cierto. Tenía los isquiotibiales tan duros que casi no podía doblar la cintura. Cuando lo intentaba, ponía cara de alguien a quien estuvieran penetrando por detrás.

—Cuando me paguen —dijo mientras limpiaba el mantel—, me pondré mi americana amarilla y te llevaré a la ciudad. ¿Te he enseñado mi americana amarilla? La compré en una boutique *vintage*. Carísima. Es impresionante.

La había visto en el armario. Según la etiqueta, era una chaqueta actual de mujer de la talla treinta y ocho.

—Enséñamela —le dije.

Salió corriendo remetiéndose la camisa por dentro, lamiéndose las palmas de las manos para repeinarse el pelo hacia atrás, y volvió con la chaqueta puesta. Los dedos apenas le asomaban por las mangas. Las hombreras casi le daban en las orejas, porque prácticamente no tenía cuello.

—¿Qué te parece?

—Estás muy guapo —dije, disimulando la mentira con un bostezo.

Me agarró, me levantó inmovilizándome los codos, me dio vueltas con cara de dolor por el esfuerzo, a pesar de su fuerza olímpica.

—Muy pronto, nena, te llevaré a Las Vegas y me casaré contigo.

—Vale —dije—. ¿Cuándo?

—Nena, ya sabes que no puedo —dijo mientras me bajaba, de pronto serio e incómodo, como si la idea hubiese sido mía.

—¿Por qué no? —pregunté—. ¿No te gusto?

—Necesito el consentimiento de mi madre —dijo, encogiéndose de hombros y frunciendo el ceño—, pero te quiero mucho —confirmó, y estiró los brazos con efusión por encima de la cabeza.

Vi cómo se le tensaba el botón amarillo de plástico de la chaqueta y saltaba. Mi novio dio un grito ahogado, se puso a buscar de rodillas como loco el botón con la cara aplastada contra la base del sofá mientras tanteaba a ciegas por debajo con sus cortos brazos. Cuando se incorporó, tenía la cara al rojo vivo y la mandíbula apretada. Su aspecto de sincera frustración era reconfortante. Lo miré mientras cosía el botón con hilo azul, haciendo rechinar los dientes y jadeando. Luego lo escuché en el baño gritar contra una toalla. Me pregunté quién le habría enseñado a hacer eso. Me dejó un poco impresionada.

Volvió de la oficina de correos dos horas después, con una gran caja de cartón oblonga.

—Me ha dado uno de los pájaros esos —dijo, volviendo la cabeza para que viera la mancha de color verde brillante de mierda de pájaro que le cruzaba la cara—. Es una señal. Seguro.

—Será mejor que te limpies —le dije—. Ha llamado tu agente.

—¿Me ha conseguido una prueba? —preguntó. Vino hacia mí con los brazos abiertos—. ¿Te ha dicho para qué era?

—Un anuncio de cerveza —dije mientras daba un paso atrás y señalaba hacia él—: Tu cara.

—Ahora lo arreglo —dijo—. Nena, vamos a ser ricos.

Lo miré mientras se quitaba la ropa y se metía en la ducha. Me senté en el inodoro y me corté las uñas de los pies.

—El truco para actuar —dijo desde la ducha— es que tienes que entregarte de verdad al ciento cincuenta por ciento. El actor medio se entrega al ochenta, como mucho al noventa por ciento. Pero yo me entrego hasta el final y todavía más. Ese es el secreto.

—Ajá —dije, tirando las uñas de los pies por el retrete—. ¿Ese es el secreto del éxito?

—Sí, nena —me aseguró, mientras abría de un golpe la cortina de la ducha.

Su cuerpo era un montón pecoso de músculos tensos y vello incipiente. Se afeitaba el pecho casi todos los días.

Tenía una cicatriz en la caja torácica allí donde le habían apuñalado en una pelea de bar, según me contó. Decía que en Cleveland, de donde era, solía andar con mafiosos. Una vez pasó la noche en la cárcel después de darle una paliza a un chulo al que había visto patear a un pastor alemán; un animal sagrado, me explicó. La única historia que sonaba verdadera era la de que quemó una casa abandonada cuando tenía dieciséis años.

—¿Y sabes qué más? —dijo, poniéndose en cuclillas en la bañera y frotándose la toalla entre las piernas. Todas sus toallas apestaban a moho y estaban llenas de manchas de óxido, por cierto—. Soy guapo.

—¿Lo eres? —pregunté con inocencia.

—Soy un auténtico semental —dijo—. Pero te pilla desprevenido. Por eso doy bien en la tele. Porque no intimido.

—Ya veo.

Me levanté y me apoyé contra el tocador, lo observé mientras se envolvía con la toalla alrededor de la cintura y sacaba su neceser de maquillaje.

—Me cambia la cara, además —siguió—. Un día parezco el vecino de al lado. Al día siguiente, un asesino impávido. Pasa, sin más. Me cambia la cara sola por la noche. Soy un actor nato.

—Es cierto —concordé, y miré cómo se untaba crema correctora por toda la nariz.

Mientras él estaba en la prueba, caminé por el complejo de apartamentos, pateando la basura hacia los rincones. Me senté en el patio de cemento. Había pájaros por todas partes, picoteando la basura, atestando las terrazas, ronroneando como gatos entre las suculentas. Miré a uno que venía hacia mí con el envoltorio de un caramelo en el pico. Lo dejó a mis pies y pareció hacerme una reverencia, luego extendió las alas y me enseñó el precioso brillo irisado de su pecho negro azabache. Batió las alas poco a poco, con sutileza, y ascendió desde el suelo. Pensé que a lo mejor estaba intentando seducirme. Me levanté y me fui y él siguió planeando, suspendido como una marioneta. Nada me hacía feliz. Salí a la piscina, rocé la superficie de agua azul con la mano mientras rezaba para que uno de los dos, mi novio o yo, nos muriésemos.

—Lo he clavado —dijo cuando volvió de la prueba. Se sacó la chaqueta amarilla por los brazos agarrotados, la dejó en el respaldo del taburete de la barra de la cocina—. Si no me contratan, no saben lo que les conviene. Ha sido un golazo.

Seguí escurriendo los espaguetis. Asentí con la cabeza e intenté sonreír un poco.

—Y he visto lo que hacían los demás tíos en la prueba y, tía, eran todos lo peor. Es pan comido. ¿Ha llamado ya mi agente?

—No —dije—. Todavía no.

—Debería frotar mi calavera de cristal —dijo—. Ahora mismo vuelvo.

Tenía un mal presentimiento sobre lo que había traído mi novio de la oficina de correos. La caja estaba sin abrir en el sofá. Él estaba fregando con energía los platos de la cena en el fregadero, con las nalgas apretadas y vibrantes.

—¿Qué hay dentro? —pregunté.

—Ábrela, nena —dijo, girándose un poco para asegurarse de que atisbaba su sonrisa pícara. Era la misma que ponía en los primeros planos—. Échale un vistazo.

Lamí el cuchillo para limpiarlo y corté el precinto. La caja estaba llena de bolitas de poliestireno. Rebusqué dentro y encontré una larga escopeta envuelta en plástico de burbujas.

—¿Para qué es?

—Para dispararles a los cuervos —dijo mi novio.

Sostuvo un plato en alto para mirarlo a la luz y lo abrillantó frenético con un trozo de papel de cocina. Me quedé pensando.

—Deja que me encargue yo —le dije—. Tú concéntrate en tu carrera.

Pareció quedarse asombrado; soltó el plato.

—Ya haces bastante en casa —dije—, a menos que te divierta disparar a los pájaros.

Cogió el plato y me dio la espalda.

—Pues claro que no —dijo—. Gracias, nena. Gracias por tu apoyo.

Aquella noche durmió con el teléfono en la almohada cerca de la oreja y no me tocó ni dijo nada salvo «Buenas noches, calaverita» a la calavera de cristal que tenía en la mesita de noche.

Apoyé la cabeza en su hombro, pero él se dio la vuelta.

Cuando me desperté por la mañana, él estaba mirando el sol a través de la niebla del balcón, abriéndose los ojos con los dedos, llorando, al parecer, aunque no estoy segura.

No había limpiado todavía el apartamento vacío cuando apareció la pareja que venía a verlo por la tarde. Me los encontré vagando por la parte de atrás de la piscina, compartiendo una bolsa enorme de patatas fritas. El hombre era más joven, de unos treinta y tantos quizá, y llevaba una camisa demasiado grande para lo enjuto que era, con arrugas rectangulares como si la acabase de sacar del paquete. Llevaba unos vaqueros cortos y zapatillas de deporte y una gorra roja de béisbol de los St. Louis Cardinals. La mujer era mayor, estaba muy bronceada y gorda, y tenía el pelo largo entrecano peinado con raya en medio. Llevaba un montón de joyas con turquesas y algo tatuado en la frente, entre los ojos.

—¿Habéis venido a ver el apartamento? —pregunté.

Llevaba conmigo la carpeta con los formularios que hacían falta y las llaves.

—Nos encanta esto —dijo la mujer con franqueza. Se limpió las manos en la falda—. Nos gustaría mudarnos enseguida.

Fui hacia ellos. El tatuaje en la frente de ella era como un tercer ojo. Parecía un diamante de lado con una estrella dentro. Me quedé mirándolo un segundo de más. Luego intervino su novio.

—¿Eres la administradora? —preguntó, tocándose nervioso la nariz con el pulgar.

—Soy la novia del administrador. Pero ¿no queréis ver el sitio primero? —hice tintinear las llaves.

—Ya lo conocemos —dijo la mujer, mientras movía la cabeza.

Se movía con suavidad, como si bailara con música lenta. Parecía agradable, aunque hablaba de forma mecánica, como si estuviese leyendo el texto de una tarjeta. Miraba fija y resuelta la pared de estuco por encima de mi cabeza.

—No necesitamos verlo. Nos lo quedamos. Tú dinos dónde firmar.

Sonrió de oreja a oreja, revelando la peor dentadura que hubiese visto yo nunca. Tenía los dientes dispersos y amarillos y negros y puntiagudos.

—Estos son los impresos que hay que rellenar —dije, alargándoles la carpeta.

El hombre siguió comiendo patatas fritas y anduvo hasta el borde de la piscina y se quedó mirando al cielo.

—¿Qué pasa con los pájaros?

—Son cuervos egipcios —le dije—. Los voy a matar a todos a tiros.

Me figuré que eran unos raritos y que no importaba lo que les dijera. Por la manera en que asintió el hombre y volvió a enterrar la mano en la bolsa de patatas fritas como una ardilla, me pareció que estaba en lo cierto.

—Ahora escucha —dijo la mujer, agachándose con la carpeta puesta sobre las rodillas y respirando muy fuerte—. Vamos a vender la finca que tenemos en el norte del estado y queremos pagar un año de alquiler por adelantado. Hasta ese punto vamos en serio con lo de alquilar este apartamento.

—Vale —dije—. Se lo diré a los dueños.

Se levantó y me enseñó el impreso. Se llamaba Moon Kowalski.

—Os avisaré —dije.

El hombre se limpió las palmas de las manos en los pantalones cortos.

—Eh, muchas gracias —dijo con sinceridad.

Me dio la mano. La mujer se mecía de un lado a otro y se frotaba el tercer ojo. Cuando volví a mi apartamento, había un mensaje de la agente de mi novio en el contestador diciendo que lo habían llamado para una segunda prueba. Me volví a la cama.

—Te he traído munición —dijo mi novio. Me puso la caja en la almohada delante de la cara—. Para que mates a los pájaros.

Parecía como si hubiese pasado alguna página importante. Parecía estar de muy buen humor.

—Llama a tu agente —le dije.

Luego le volví la cara. No podía soportar verlo aullar y levantar el puño y bailar emocionado y dar empellones con la entrepierna para celebrarlo.

—¡Lo sabía, nena! —gritó.

Se me tiró encima en la cama, me puso boca arriba y me besó. Tenía un sabor raro en la boca, como a alguna sustancia química amarga. Le dejé que me abriese la camisa hasta la garganta; enrolló la tela hasta que pudo usarla como cuerda para tirar de mí hacia arriba, hacia él. Se desabrochó los pantalones cortos. Le miré la cara solo para ver lo feo que era y abrí la boca. Es verdad que me entusiasmaban algunos aspectos suyos. Cuando terminó, me besó en la frente y se arrodilló al lado de la mesita de noche, puso el dedo índice en la calavera de cristal y rezó.

Cogí la caja de balas. No había disparado nunca un arma. Había instrucciones de cómo cargar y disparar la escopeta en la caja en la que venía, con diagramas de cómo sujetar la culata contra el hombro y unos pajaritos flotando en el aire. Escuché a mi novio hablar por teléfono con su agente.

—Sí, señora. Sí, señora. Muchas gracias. Ajá, ajá —estaba diciendo.

Lo odiaba de verdad. Llegó un cuervo a posarse en el alféizar de la ventana. Pareció que lanzaba una mirada de desdén.

Había gente a la que podría haber llamado, claro. No era como si estuviese en la cárcel. Podría haber paseado hasta el parque o la cafetería o haber ido al cine o a la iglesia. Podría haber ido a que me dieran un masaje barato o a que me leyeran la buenaventura, pero no me apetecía llamar a nadie ni salir del complejo de apartamentos, así que me senté y miré a mi novio mientras se cortaba las uñas de los pies. Tenía los pies pequeños y nudosos. Recogía los trozos de uña en un montón arrastrando el meñique por el suelo como un neurótico. Me resultaba doloroso verlo tan contento consigo mismo.

—Oye, nena —dijo—. ¿Qué me dices de subir al tejado y probar la escopeta?

Yo no quería subir. Sabía que subir le haría feliz.

—No me siento bien —dije—. Creo que tengo fiebre.

—Vaya, hombre —dijo—. ¿Estás mala?

—Sí —dije—. Creo que estoy mala. Me siento fatal.

Se levantó y corrió a la cocina, volvió dándole tragos a un cartón de zumo de naranja.

—No puedo ponerme malo ahora —dijo—. Sabes que este anuncio va a ser tremendo. Después de esto, seré famoso. ¿Quieres oír mis frases?

—La cabeza me da vueltas —dije—. ¿Ese es tu nuevo peinado? ¿Es gomina?

Siempre se ponía gomina en el pelo y siempre entornaba los ojos y fruncía los labios.

—No —mintió—. Mi pelo es así.

Fue al espejo, hundió las mejillas hacia dentro, se movió el pelo para un lado y para el otro, marcó pectorales.

—Esta vez, cuando entre, seré una especie de James Dean, como si me importara todo una mierda pero triste, ¿entiendes?

No podía soportarlo. Me volví de cara a la pared. Por la ventana las palmeras se cernían y se sacudían y se acobardaban con la brisa. No quería que fuera feliz. Cerré los ojos y recé para que ocurriese un desastre, un terremoto enorme o un tiroteo desde un coche o un ataque al corazón. Cogí la calavera de cristal. Estaba grasienta y era liviana, tan liviana que pensé que a lo mejor estaba hecha de plástico.

—¡No toques eso! —gritó mi novio ansioso mientras saltaba encima de la cama y me quitaba la calavera de las manos—. Genial. Ahora tengo que buscar una masa de agua para lavarla en ella. Te dije que no tocaras mis cosas.

—Nunca me has dicho que no la tocara —dije—. La piscina está justo fuera.

Se metió la calavera en un bolsillo de los pantalones cortos y se fue.

La tarde noche siguiente sonó el timbre. Contesté al telefonillo.

—¿Quién es? —pregunté.

—Somos los Kowalski —dijo la voz. Era la voz de Moon—. No podíamos esperar. Traemos el dinero y una furgoneta de mudanzas. ¿Nos abres?

Mi novio no había vuelto todavía de la segunda prueba. Había llamado para decir que se quedaba por ahí hasta tarde para ver el eclipse lunar y que no lo esperase y que me perdonaba por haber tocado la calavera de cristal y que me quería mucho y que sabía que cuando los dos estuviésemos muertos nos encontraríamos en un largo río de luz y que allí habría esclavos que nos llevarían remando en una barca dorada hasta el espacio y nos darían de comer uvas y nos masajearían los pies.

—¿Ha llamado ya mi agente? —me había preguntado.

—Todavía no —le había dicho.

Me puse la bata y bajé, sujeté la cancela con un ladrillo para que se quedara abierta. Allí estaba Moon con un sobre de papel manila lleno de dinero. Lo cogí y le di las llaves.

—Como te dije, no podíamos esperar —dijo Moon.

Su marido estaba descargando la furgoneta de la mudanza, arrastrando bolsas de basura negras desde la parte de atrás y poniéndolas en fila en la acera. Aquellos malditos cuervos cruzaban al vuelo el cielo violeta, se encaramaban encima de la furgoneta, se graznaban tranquilos unos a otros.

—Es tarde —le dije a Moon.

—Es la hora perfecta para mudarse —dijo—. Es el equinoccio. Justo a tiempo.

Su marido bajó una cabeza de alce enmarcada en un trozo de contrachapado con forma de escudo.

—Le encanta ese alce. Te encanta ese alce, ¿verdad? —le dijo Moon a su marido.

Él asintió, se secó la frente y volvió a escabullirse hacia la furgoneta de la mudanza.

Volví arriba y empecé a hacer la maleta, metí el dinero que me había dado Moon en el fondo, vacié mi cajón, el estuche de maquillaje de mi novio, envolví la escopeta en aquella colcha de ganchillo horrenda, cerré la cremallera. Mientras observaba desde el entresuelo a Moon, que llevaba un gran árbol plantado en una maceta, y a su marido desplomado tras ella bajo una bolsa de palos de golf, me sentí esperanzada, como si fuésemos nosotros los que nos estábamos mudando, empezando una nueva vida. Me sentí motivada. Cuando les ofrecí mi ayuda, Moon pareció ablandarse, se echó el pelo hacia atrás, sonrió y señaló un cesto trenzado lleno de cubiertos. Ayudé al marido de Moon a sacar el viejo colchón a la acera. Lo pusimos contra el tronco de un árbol y vimos cómo el árbol viraba hacia atrás peligrosamente, hacia el complejo de apartamentos. Un grupo de cuervos salió de entre las hojas.

—Almas cándidas —dijo el hombre, y encendió un cigarrillo.

Cuando la furgoneta estuvo vacía, Moon me dijo que me sentara en la cocina, restregó el asiento de una silla con un trapo. Me senté.

—Debes de estar cansada —dijo—. Deja que busque la cafetera.

—Debería irme —dije.

—No, no deberías —dijo Moon. Su voz era extraña, avasalladora. Cuando hablaba sonaba como un golpe de tambor—. Serás nuestra invitada. ¿Quieres galletitas saladas?

El tercer ojo parecía guiñarme cuando Moon sonreía. Encontró un plato y colocó las galletitas.

—Gracias por tu ayuda —dijo.

Miré las paredes, que estaban moteadas y arañadas y sucias.

—Podéis pintar, ¿sabes? —le dije a Moon—. Se supone que mi novio tendría que haber pintado, pero por supuesto no lo ha hecho.

—¿El administrador? —gritó el marido desde el sofá de terciopelo marrón que habían puesto en mitad del salón.

—¿Cuánto tiempo lleváis juntos? —preguntó Moon. Puso las manos abiertas sobre la mesa de la cocina. Eran como dos lagartos marrones parpadeando al sol.

—No mucho —dije—. Lo voy a dejar —y añadí—: Esta noche.

—Déjame preguntarte algo —dijo Moon—. ¿Es bueno contigo?

—Me pega —mentí—. Y es un imbécil. Tendría que haberlo dejado hace un montón.

Moon se levantó, le echó un vistazo a su marido.

—Tengo una cosa para ti —dijo.

Desapareció en el dormitorio, donde habíamos apilado todas las bolsas de basura llenas de cosas. Salió con una pluma negra.

—¿Es de los cuervos? —pregunté.

—Duerme con esto debajo de la almohada —dijo, frotándose el tercer ojo—. Y cuando te empieces a dormir, piensa en toda la gente que conoces. Empieza por los fáciles como tus padres, tus hermanos y hermanas, tus mejores amigos, e imagínatelos uno a uno. Intenta imaginártelos de verdad. Intenta pensar en todos tus compañeros de clase, tus vecinos, la gente que te cruzas por la calle, en el autobús, la chica de la cafetería, tu dentista, toda la gente que has conocido a lo largo de los años. Y luego quiero que pienses en tu novio. Cuando pienses en él, imagínatelo a un lado y a todos los demás en el otro.

—¿Y luego qué? —le pregunté.

—Luego fíjate en qué lado prefieres.

—Si necesitas cualquier cosa —dijo el marido—, ya sabes dónde estamos.

Me fui a casa y me puse la americana amarilla. No me sentaba mucho mejor que a mi novio. Puse la pluma debajo de la almohada.

Aquella noche soñé que había un mono en el árbol de fuera de mi ventana. El mono estaba tan triste que lo único que hacía era taparse la cara y llorar. Intenté alargarle un plátano, pero él negó con la cabeza. Intenté cantarle una canción. Nada lo animaba.

—Eh —dije bajito—, ven aquí, déjame que te abrace.

Pero me volvió la espalda. Me partió el corazón verlo llorar. Habría hecho cualquier cosa por él. Me habría muerto solo por darle a aquel monito un momento de felicidad.

Mi novio volvió a casa a la mañana siguiente con un ojo morado.

—No puedo hablar contigo —me dijo mientras frotaba la calavera con sus manitas rugosas.

Me senté en la cama y lo miré. Tenía el ceño fruncido como el de un viejo.

—No puedo ni mirarte —dijo—. Andan diciendo que eres una lacra. Una lacra mala.

—¿Andan diciendo? —le pregunté—. ¿Sabes lo que es una lacra?

Ladeó la cabeza. Vi cómo giraban las ruedas de sus engranajes.

—Eh... —dijo.

—Me quieres, ¿te acuerdas? —dije.

—*Lacra* significa que lo vas a estropear todo —contestó después de un largo silencio.

—¿Qué te ha pasado en el ojo? —le pregunté, alargando la mano.

Me bloqueó el brazo con un rápido golpe de karate. No me dolió, pero vi cómo le latía el corazón a través de la camisa y el sudor le corría brazo abajo.

—No es bueno que hable contigo —dijo.

Entró en el baño. Escuché el portazo, la ducha corriendo y, al rato, los golpecitos nerviosos de la maquinilla de afeitar contra los azulejos. Me senté en la cama un rato. El sol titilaba inofensivo a través de las palmeras que se balanceaban.

Cogí la maleta y la subí a cuestas por los dos tramos de escaleras hasta el tejado. Solo había estado allí una vez, una noche de insomnio poco después de mudarme. Mi novio había subido y me había encontrado sentada en la cornisa. Habíamos hablado un rato y nos habíamos besado.

—Si consigues antorchas y las agitas hacia el cielo, es como una señal para los extraterrestres —me había dicho.

Se levantó y se puso a girar los brazos como si fuesen hélices—. La luz los atrae —me miró fijamente a los ojos—. Te quiero —dijo—. Más que a nada en la Tierra. Más que a mi madre. Más que a Dios.

—Vale —le dije—. Gracias.

Cuando subí al tejado, abrí la maleta, saqué la escopeta. Era bastante fácil deslizar la bala dentro del cargador tubular, como lo llamaban, hacer retroceder la recámara. Eso decían las instrucciones que había que hacer. Pero no había pájaros. Intenté disparar una vez, esperando que se sobresaltaran los cuervos egipcios, esperando que algo, lo que fuera, me saltara encima, pero me temblaba la mano. Me asusté. No podía hacerlo, así que me senté un rato y me quedé mirando fijamente todo el cemento de abajo, las palmeras que se agitaban de acá para allá entre los cables de la electricidad, luego arrastré la maleta escaleras abajo de vuelta hasta nuestro apartamento.

Después de aquello, mi novio desaparecía un montón, me llamaba desde algún callejón sinuoso, hablaba rápido, me explicaba que se arrepentía, me pedía que me casara con él y, al poco, volvía a llamar para mandarme a la mierda, decirme que yo era escoria, que no le valía la pena perder el tiempo conmigo. Terminaba llamando a la puerta con costras enormes en los brazos y la cara, el cuerpo martilleándole de metanfetamina, la cabeza inclinada como la de un niño malo, pidiendo perdón. Siempre escondía su vergüenza y su desprecio por sí mismo bajo una expresión de vergüenza y desprecio por sí mismo, balanceando el puño adelante y atrás, «Caramba», actuando siempre, incluso entonces. No creo que hubiese experimentado nunca ninguna alegría ni humor verdaderos. En el fondo, seguramente pensaba que yo estaba loca por no quererlo. Y quizá lo estuviera. Quizá fuera el hombre de mis sueños.

Una carretera oscura y sinuosa

Mis padres tenían una cabañita en las montañas. Era una cosa sencilla, solo cuatro paredes, muy oscura en el interior. Una pesada cortina de fieltro bloqueaba cualquier luz que traspasara las copas de los enormes pinos hasta la única ventana de la cabaña. Había una cama de matrimonio, un sillón y una estufa de leña. No era una cabaña vieja. Creo que mis padres la montaron en los años setenta con un kit. En unos cuantos sitios, las tablas de madera tenían grabada la marca de la tienda de muebles de Pensilvania. Sin embargo, el espíritu del lugar me recordaba a tiempos más sencillos, a los viejos tiempos, a antaño, a cuando fuera que la gente apenas hablaba, salvo para decir que venía una tormenta o que las bayas eran venenosas o lo que fuese, lo esencial. Había un silencio de muerte allí arriba. Podías oírte el latido del corazón si te parabas a escucharlo. Me encantaba, o al menos creía que debería encantarme, nunca me quedó muy clara la distinción. Me refugié en la cabaña aquel fin de semana a principios de la primavera, después de una pelea con mi mujer. En aquel entonces estaba embarazada, y supongo que creía tener derecho a tratarme fatal, así que subí allí por despecho, sí, con la esperanza de que terminaría apreciándome gracias a mi ausencia, pero también para disfrutar de un último fin de semana para mí solo antes de que naciera el bebé y mi vida como había sido hasta entonces se arruinara para siempre.

El camino en coche hasta la cabaña es fácil de imaginar. Era un camino como todos los caminos que llevan a una cabaña. Era una carretera oscura y sinuosa. El último kilómetro o así estaba muy mal pavimentado. Si hubiese habido nieve en el suelo, habría tenido que aparcar en un claro y hacer a pie el resto del camino, pero para cuando llegué la nieve se había fundido. Era abril. Aún hacía frío, pero todo se había descongelado. Todo estaba precioso y oscuro y poderoso, como la naturaleza es. Compré las cosas que más me gustaban para comer y me las comí casi nada más llegar: pepinillos, trucha ahumada, galletitas de centeno, queso feta de oveja, aceitunas aliñadas, pasas de cereza, dátiles cubiertos de coco, Toblerone. También me había llevado una botella estupenda de Château Cheval Blanc, un regalo de boda que tenía escondido y guardado desde hacía tres años, pero no encontré sacacorchos, así que recurrí a los restos de una botella de *scotch* barato que me sorprendió y alivió encontrar en una estantería del armario, al lado de un rollo reseco de papel atrapamoscas. Luego, después de dormitar en el sillón durante bastante tiempo, salí a buscar leña y astillas. A esas alturas la noche ya había caído y no tenía linterna, ni se me había ocurrido traer una, así que fui más o menos tanteando con las manos para buscar palos al resplandor de los faros delanteros. Mi esfuerzo dio como fruto un fuego muy breve pero efectivo.

Nunca he sido muy aficionado a las actividades al aire libre. De niños, mis padres rara vez nos traían a la cabaña. Casi no había sitio para una pareja joven, mucho menos para dos padres peleándose y dos hijos peleándose. Mi hermano tenía solo tres años menos que yo, pero aquellos tres años parecieron estirarse hasta el abismo del distanciamiento al hacernos mayores. A veces me preguntaba si mi madre no se habría extraviado por el camino, de lo distintos que éramos. No sería justo llamarme esnob a mí y a mi hermano chusma, pero no distaría mucho de la verdad. Él se hacía llamar MJ y yo respondía a Charles. De pequeño yo tocaba el clarinete, jugaba al ajedrez. Mis padres le compraron a MJ una batería, pero a él no le interesó. Jugaba a videojuegos, armaba jaleo. En el recreo, lo veía lanzarles puñetazos fingidos a los niños más pequeños y limpiarse los mocos en la manga. No nos sentábamos juntos en el autobús. En séptimo conseguí una beca para un instituto privado de élite, empecé a llevar corbata, a jugar al rugby, a leer los periódicos, y en casa me pasaba todo el tiempo en mi cuarto con mis libros. Terminé teniendo éxito, aunque nada especial. Me convertí en abogado de bienes raíces, me casé con mi novia de la universidad, me compré un piso caro en Murray Hill, nada que ver con lo que había querido hacer.

MJ era un tipo distinto de hombre. Tenía cero ambición. Sus amigos vivían de verdad en campings de caravanas. Dejó el instituto público en tercero, se metía drogas, consiguió trabajo en el almacén de un outlet, creo, desembalando cajas todo el día. No estoy muy seguro de cómo se gana la vida ahora. Solía aparecer en Navidad sin duchar con una sudadera andrajosa con capucha, se desplomaba en el sofá, se despertaba y comía como un jabalí salvaje, eructando y riéndose, y luego desaparecía por la noche. Estaba en forma, podía levantarme sin problema y darme vueltas, lo que hacía bastante cuando éramos adolescentes, solo para burlarse de mí. Cuando estábamos en el instituto tenía un acné quístico terrible, grandes forúnculos rojos de pus que se estrujaba con descuido delante de la televisión. No le importaba su aspecto. Era un verdadero macho. Yo siempre fui más del estilo de mi madre. Compartíamos un cierto refinamiento; estoy seguro de que a mi hermano le molestaba: me llamaba marica cada vez que podía. En cualquier caso, hacía unos cuantos años que no lo veía, desde mi boda, y no había subido a la cabaña desde que mi mujer y yo empezáramos a salir. Habíamos pasado una noche rara en ella juntos una primavera, hacía un siglo, pero no es una historia muy interesante.

Me lie un porro en el coche con las luces encendidas y me lo fumé sentado en el sillón en la oscuridad. No había cobertura para el móvil allí arriba, lo que me ponía nervioso. No sé por qué seguí fumando marihuana tanto tiempo. Casi siempre me daba pánico existencial. Cuando fumaba con mi mujer, tenía que fingir que estaba completamente exhausto para disculparme y no salir a dar el paseo que a ella le gustaba. Me ponía muy paranoico, mi ansiedad era muy profunda. Cuando me colocaba, sentía como si corriesen una cortina oscura entre el mundo y yo y me dejasen allí solo temblando en las frías y oscuras sombras. Nunca me atrevía a fumar solo en mi casa, no fuera a ser que me tirase por la ventana de nuestro piso doce, pero cuando fumé aquella noche en la cabaña me sentí bien. Silbé canciones, di golpecitos con los pies. Silbé una tonada especialmente difícil, una canción de Stevie Wonder de melodía muy compleja, y tras unos intentos podía silbarla a la perfección. Me acordé de lo que era practicar y aprender a ser bueno en algo. Pensé en lo buen padre que sería. «La práctica hace la perfección», le diría a mi hijo, un tópico quizá, pero que de pronto me pareció dotado de gran profundidad y sabiduría. Y entonces me sentí muy bien conmigo mismo, me olvidé del extraño mundo exterior. Llegué a pensar que, cuando naciera mi hijo, seguiría subiendo a la cabaña una o dos veces al mes, solo para guardar el secreto de lo genial que era yo. Silbé un rato más.

A eso de las nueve, saqué el saco de dormir y lo desenrollé sobre la cama, que estaba cubierta de mantas viejas y polvo y caca de ratones, y dormí sin ningún problema. Por la mañana me tragué un litro de agua mineral y conduje por la carretera oscura y sinuosa hasta la ruta 11, donde había un Burger King. Desayuné allí. Además del sándwich y del café, compré varias Whoppers que supuse que podría calentar en la estufa de leña para el almuerzo y la cena, si me decidía a quedarme otra noche. También compré en la gasolinera seis latas de cerveza, un paquete de Doritos tamaño familiar y medio kilo de regaliz rojo. Y compré los periódicos locales y una revista llamada *Fly Tyer* sobre cómo hacer señuelos de pesca para leerla mientras comía. En el móvil tenía una llamada perdida de mi mujer. La ignoré feliz.

Cuando volví a la cabaña, sacudí el polvo de las mantas de la cama porque quería tumbarme a la luz que entraba por la ventana y leer la *Fly Tyer* y comer regaliz. Algo de color carne entre las mantas me llamó la atención. Primero pensé que había visto el antiguo diafragma de mi mujer, del color de las tiritas, que siempre había odiado mirar. Luego pensé que podía ser una prótesis de brazo vieja o una muñeca, pero cuando retiré la otra manta, me di cuenta de que era un dildo. Un dildo grande y curvado de goma color tirita. Mi primer impulso fue, por supuesto, cogerlo y olerlo, que fue lo que hice. Tenía solo un leve olor a goma, un olor anónimo. Lo coloqué en el alféizar de la ventana y salí a recoger más leña. Estaba decidido a encender un fuego de verdad. ¿Me perturbó encontrar el dildo? Solo me fastidió igual que te fastidia oír a los vecinos dando golpes a las cacerolas a través de las paredes. En aquel momento, me pareció más vandalismo que prueba de cualquier actividad sexual. Parecía una broma. Fuera me sorprendió felizmente encontrar una gran provisión de troncos secos en el semisótano de debajo de la cabaña.

Una vez que tuve el fuego crepitando, me senté y me maldije por haberme olvidado de comprar un sacacorchos en la gasolinera, ya que aquella última hora de la mañana frente al fuego parecía el momento perfecto para tomarme el vino. Maldije en voz alta. El amigo que me había regalado aquella botella era un antiguo compañero de universidad. En el último curso, me había acostado con su novia un fin de semana mientras él estaba visitando a sus padres y no se lo había contado. Su novia se llamaba Cindy y era mitad paquistaní y le gustaba el *popper* y se tiraba pedos mientras dormía. Fue la última chica con la que me acosté antes de mi mujer, así que para mí aquella botella era más que un buen vino. De ninguna manera iba a compartirlo con mi mujer. Sopesé la idea de volver a la gasolinera, pero nada me garantizaba que fueran a tener un sacacorchos. Además, me daba demasiado miedo dejar el fuego encendido sin supervisión. No había extintor y el agua estaba cortada. No poder lavarme las manos era el único inconveniente verdadero del sitio. Me alivié fuera, mientras observaba cómo la chimenea de metal expulsaba el humo como un tren de vapor. Luego me puse desinfectante en las manos y me volví a sentar en el sillón.

La noche anterior había tenido suerte, pero después de fumarme otro porro aquella mañana y encender el fuego, con el corazón latiendo furioso por el vino impenetrable y las piernas morenas de Cindy colgando fuera de la cama, supe que estaba en apuros. Empecé a pensar en los anhelos primitivos de los primeros hombres y busqué en mi corazón algún remanente de libertinaje primario y, como lo estaba buscando, lo encontré. Me lie otro porro y me lo fumé y me quité la camisa y alimenté el fuego a conciencia y me senté en el suelo desnudo de la cabaña y gruñí y me mecí como un bebé y anduve a gatas apoyado en las manos y las rodillas. Pero el suelo de la cabaña estaba asqueroso. Encontré una escoba y barrí. Quien fuera que estuviese yendo allí a hacer cosas con el dildo no tenía la menor consideración por la limpieza, me dije. Limpié hasta que me entró hambre y volví a alimentar el fuego y puse una de las Whoppers en la estufa de hierro. La salsa especial se derritió y el pan se quemó por debajo, pero cuando la mordí, estaba toda correosa y tibia y me recordó al comedor del colegio y aquella comida de poca calidad que con tanta desesperación deseaba que me reconfortara pero no lo había hecho.

La cabaña apenas parecía más limpia después de tanto barrer. De hecho, es probable que al barrer hubiese levantado más polvo del que había sacado por la puerta. Estornudé y me tomé unas cuantas cervezas y me alivié otra vez y usé más desinfectante de manos y me senté en el sillón.

Me fumé otro porro. Aquel último fue un error, porque solo unos minutos más tarde me estaba imaginando a mi hijo aún por nacer llorando sobre mi tumba cincuenta años después y sentí la gravedad de su pena y su resentimiento hacia mí y lo desprecié. Luego me imaginé todas las cosas malas que les contaría a sus hijos sobre mí cuando me muriese. Me imaginé las caras malvadas de mis nietos. Los odié por no venerarme. ¿No sabían nada de mi sacrificio? Allí estaba yo, absolutamente maravilloso, y nadie se daría cuenta. Miré hacia arriba y vi un murciélago colgando de las vigas. Me fui a un lugar muy oscuro. El vacío oceánico de mis entrañas se agitó. Me imaginé mi cuerpo anciano pudriéndose en el ataúd. Me imaginé la piel arrugándose y ennegreciéndose y desprendiéndose de los huesos. Me imaginé mis genitales en descomposición. Me imaginé el vello púbico lleno de larvas. Y después de todo aquello, la oscuridad infinita. No había nada.

Justo cuando estaba sopesando colgarme con el cinturón, llamaron a la puerta de la cabaña y una chica voceó:

—¿MJ?

La única novia de MJ a la que había conocido tenía el extraño nombre de Carrie Mary. Siempre creí que Carrie Mary debía de ser un poco retrasada porque tenía esa clase de papada doble y sonrisa débil y los andares típicos de algunos retrasados, y llevaba el pelo recogido en coletas pequeñas sobre la cabeza, adornadas con lazos infantiles. Creo que mis padres eran demasiado educados para cuestionar la relación, pero cuando MJ la trajo a casa un día de Acción de Gracias, me enfrenté a él. «¿Te estás aprovechando de Carrie Mary porque es deficiente mental?». Mi hermano no contestó; lo que hizo fue coger el rulo de queso de cabra que estaba untándome en un biscote y lo tiró al suelo y lo pisoteó con sus sucias zapatillas de deporte. Paseó aquel queso de cabra por toda la casa; aquella misma noche escuché a mi hermano tirándose a Carrie Mary. Hacía el mismo ruido que un oso gruñendo. No había oído a nadie gruñir así. Era tan auténtico. Me asustaba. No pude mirarlo a los ojos durante días.

Pero la mujer de la puerta no era Carrie Mary. Me recompuse y la recibí de un modo que pensé que era completamente normal.

—¿Cómo estás? Soy Charles.

Estaba muy drogado. No llevaba camisa y crucé los brazos sobre la barriga como si fueran una camisa de fuerza.

—¿Está aquí? —preguntó, sin advertir, por lo visto, ni mi grandeza ni mi torpeza.

Era de allí; llevaba el pelo largo teñido, como morado, una sudadera gris enorme, vaqueros ajustados, pintalabios oscuro, sin abrigo. Parecía el tipo de chica que trabaja en una tienda abierta veinticuatro horas o en una pizzería o en una bolera, aguanta un montón de críticas de sus jefes, ha terminado solo la enseñanza obligatoria.

—¿Está MJ por aquí? —preguntó, moqueando del frío.

Un perfume escalofriante, como a vodka y miel, cortó el aire. Creí que me moría.

—No —dije. Me parecía fundamental sonar despreocupado—. No lo he visto.

Se mordió los labios decepcionada, se frotó las manos. Vi que llevaba la cara cubierta de maquillaje. Polvos traslúcidos apelmazados en las mejillas, colorete, sombra de ojos azul. Parecía joven, veinte quizá. Intenté preguntarle su nombre.

—¿Y con quién tengo el placer? —le dije, y escuché de inmediato el eco de mi voz resonando a través de los árboles como si fuera la voz de un pervertido nervioso o un memo, alguien que nunca hubiese tenido una conversación antes.

—¿Volverá pronto? —preguntó—. ¿MJ?

—Sí, MJ —dije antes de poder siquiera entender la pregunta.

—¿Te importa si lo espero? Mi hermano no me puede recoger hasta las cuatro.

Asentí. Se acercó a mí, y por un instante pensé que quería que la abrazara, así que levanté los brazos de forma rara, después los bajé. Tuvo el detalle de no quedarse mirándome la barriga, los pezones.

—¿Puedo entrar? —preguntó.

—Perdona —dije, y me giré para dejarle espacio y que cruzara la puerta.

No sé por qué seguí con la mentira sobre MJ. Desde luego, no estaba de humor para entretener a aquella muchacha, cuyo nombre no tardé en saber que era Michelle, pero escrito con no sé qué *x* porque, según dijo, era de familia europea. Quizá en el fondo sentía que hacerle compañía sería una afrenta aún mayor a mi mujer, que era todo el objetivo de mi viaje, al fin y al cabo. Admito que agradecí que hubiese llegado a alterar el hilo de mis pensamientos. Lo primero que hizo fue encenderse un cigarrillo y dar vueltas y señalar el dildo y expulsar un anillo de humo y decirme como si me estuviese preguntando la hora:

—¿Eres marica?

—No —contesté indignado. Y por alguna razón, quizá quisiera educarla, impresionarla, dije—: No soy marica, soy *homosexual*.

Pronuncié la palabra muy despacio, alargando las vocales y exagerando la *u,* lo que pensé que era una pretenciosidad muy en consonancia con mi declaración.

—¿En serio? —dijo, mientras sacudía el cigarrillo y me miraba la entrepierna—. ¿De qué conoces a MJ?

Me volví a poner la camisa.

—Es un amigo —dije.

—¿Qué clase de amigo? —preguntó.

—Un amigo *muy* querido —contesté.

Las palabras me salieron solas. Me senté en el sillón y crucé las piernas. Michelle pareció leerme el pensamiento y me ofreció un cigarrillo. Me miró con desconfianza. Fumé todo lo amariconadamente que pude, me llevaba el cigarrillo a los labios fruncidos hundiendo las mejillas, luego alargaba el brazo hacia fuera e hiperextendía el codo mientras exhalaba el humo hacia un lado. La tenía engañada, lo sabía. Era como un gato que ronroneaba.

—¿Vienes mucho? —preguntó—. ¿A ver a MJ?

—De vez en cuando —contesté, balanceando el pie—. Cuando los dos podemos escaparnos.

La chica seguía sorbiéndose los mocos. Tiró el cigarrillo por la puerta abierta y la cerró, fue a arrodillarse al lado del fuego, se calentó las manos.

—¿Dónde habrá ido? —preguntó.

Estaba inquieta, pero no era el tipo de chica que se ofende. Conocía a chicas así, adolescentes de clase trabajadora. Rondaban por ahí cuando estudiaba en la universidad, fuera del campus. Había una como Michelle que trabajaba de camarera en unos billares pequeños a los que íbamos mis amigos y yo porque nos parecían pintorescos. Aquella chica era guapísima; si hubiese querido, podría haber sido una estrella de cine, pero solo masticaba chicle y tenía los ojos muertos y parecía inmune a cualquier halago o maltrato. Así era Michelle. Parecía inmune. Y por aquella razón, me sentí impelido a hacerle daño.

—Ha salido a comprar un sacacorchos.

Señalé el Château Cheval Blanc que estaba en el suelo al lado de mi bolso de viaje.

Levantó la botella, se limpió la nariz con la manga. Era guapa. Una cara indiferente de rasgos pequeños como los de un niño, sin arrugas, sin expresión. Sostuvo la botella por el gollete y la balanceó, miró de reojo la etiqueta.

—¿Te gusta el vino? —preguntó.

Estaba siendo amable, sacando conversación. Me daba miedo que dejase caer la botella y la rompiese. Intenté sonar relajado.

—Me encanta el vino. Tinto, blanco, rosado —dije. Probé con otra palabra—. Clarete.

—MJ no me comentó que estarías aquí —dijo, mientras dejaba el vino en el suelo—. Habíamos fijado la hora y todo.

Se encogió de hombros, se revolvió el pelo.

—Volverá —dije—. Lo arreglaremos.

Asintió y sorbió y se cruzó de brazos y miró al suelo.

—¿Tienes hambre? —le pregunté.

La segunda Whopper seguía en la bolsa sobre la encimera al lado del fregadero. Se la señalé.

—No, gracias —dijo.

—Yo soy vegetariano. A MJ le gusta ese tipo de comida —dije. Me sentía muy ingenioso, muy atrevido—. Eso es lo que me encanta de él, sus gustos infantiles —con esta afirmación sentí que había superado la mala representación y me había graduado en fraude, de novicio a experto—. Le gusta jugar. Jugar y jugar. Supongo que es lo que hacéis juntos.

Se sentó en la cama, dobló las piernas al estilo indio.

—Fumamos —dijo—. ¿Cristal?

Se sacó una pipa pequeña de vidrio del bolsillo, una bola arrugada de papel de aluminio y me los mostró en la palma de la mano, como si fuese una pitonisa o un crupier de blackjack, y después los dejó a su lado en la manta.

—Ajá —dije.

A ella debía de parecerle un abuelo. Se posó en la cama como un pájaro, se movió el pelo mágicamente con un movimiento rápido de muñeca a la luz trémula de la ventanita. Pasamos un minuto o dos de largo silencio dramático. Sentí que estaba en presencia de algún gran poder. Entonces se me ocurrió, de pronto, que MJ podría aparecer.

—A lo mejor debería irme —dije—. Os dejo a lo vuestro.

No intentó detenerme. Recogí mis cosas. Me puse las botas. Pero no podía dejar a la chica allí sola. Era mi cabaña, al fin y al cabo. Volví a sentarme. Estuvo mirando el teléfono un rato.

—No llega la señal —murmuró, mordiéndose los labios. Bostezó.

Había una cosa de mi hermano que me encantaba. Era leal. Me pegaría puñetazos, me insultaría, pero no me traicionaría. A pesar de todas nuestras diferencias, creo que me entendía. Cuando éramos pequeños, siete y diez años, creo, nuestra madre cuidaba niños después de las clases en una parroquia y nos dejaba jugar en el patio, en el que había un columpio y un arenero y un arbusto con bayas que nos habían advertido que no tocáramos. Pero a mí me gustaba coger bayas. Me llenaba los bolsillos y las tiraba por el retrete cuando llegaba a casa. MJ y yo casi no hablábamos en toda la tarde. Él era un niño pequeño. Cavaba en la arena y meaba dentro, escupía, les tiraba piedras a las ardillas, sacudía los postes del columpio, me amenazaba con tirarme un zapato a la cabeza. Yo por lo general me sentaba en el columpio o debajo de un árbol. Era demasiado listo para jugar a nada.

Conforme fueron pasando las semanas, nos aburrimos y empezamos a pasear por el vecindario. Era un barrio residencial de ricos; había casas bonitas de estilo colonial holandés, algunas mansiones de estilo victoriano. Deambulábamos sin más, mirando por las ventanas. A MJ le gustaba hurgar en los buzones o tocar los timbres y salir corriendo luego, dejándome allí con las manos metidas en los bolsillos, pero nadie salía nunca de aquellas casas. MJ debía de saber que no saldría nadie. Me desafiaba a que hiciera cosas, estupideces, pero yo era un cobarde. «Cerebro de coño», me llamaba MJ. Me traía sin cuidado. Que dijera lo que quisiese. Que me hiciera lo que le diera la gana. Sabía que, llegado el momento, me vengaría.

Una tarde encontramos una casa vacía y nos aupamos el uno al otro a través de una ventana abierta. MJ se fue derecho al sótano, pero yo me quedé helado en la cocina, esperando, sin atreverme a llamarlo, con el corazón desgarrándome el pecho. Cuando MJ volvió a subir, llevaba un martillo en las manos. «Para las ardillas», dijo. Abrió el frigorífico. Dentro había las comidas más deliciosas que había visto nunca. Un jamón asado, un surtido de quesos y una tarta (de arándanos, creo). En aquel momento, algo se apoderó de mí. Me saqué las bayas venenosas del bolsillo y las espachurré dentro de la tarta, en la parte de encima, bajo la cobertura. MJ me hizo señas de aprobación. Aquella fue la primera vez que nos metimos juntos en una casa. Aquel día robé un trocito de roquefort. Volvimos al día siguiente y robé lo que quedaba. Aquello siguió, creo, durante meses, hasta que nuestra madre nos matriculó en las actividades extraescolares. Todavía tengo una moneda de búfalo de cinco centavos que robé de un secreter antiguo en una de las casas. Robamos y tiramos muchas otras cosas: notas garabateadas, agendas, un tenedor, una baraja de cartas, un cepillo de dientes, trastos así. A veces me sentaba en el tocador de alguna mujer, olía sus perfumes y cremas, me miraba la cara en el espejo mientras MJ hacía el tonto en la habitación de los niños. Me empolvaba las mejillas con la borla de maquillaje. Me tumbaba en el inmanejable colchón de agua. Olisqueaba, chupaba, luego lo volvía a poner todo en su sitio.

Veinte años después, seguía sintiendo que las cosas buenas, las que quería, le pertenecían a otro. Observé cómo la luz que declinaba jugaba en los ojos sombríos de Michelle. Me devolvió la mirada un momento. Estaba claro que para ella también había terminado el espectáculo. Compartimos un instante de reconocimiento, creo, solos en la cabaña que se iba oscureciendo.

—No creo que MJ vaya a venir —dijo por fin. Me miró directamente a los ojos mientras se encogía de hombros—. Si al final viene... —empezó.

—Le diremos que no podíamos esperar. Le diremos: «Camarón que se duerme, se lo lleva la corriente» —coincidí con ella mientras ella se dedicaba a desarrugar el papel de aluminio.

Pasamos juntos una tarde maravillosa. Parecíamos estar interpretando los dos nuestro papel, el de amantes despechados. Cuando lo recogió del alféizar, tuve la sensación de que íbamos a llevar a cabo grandes cosas. Le dejé hacerme lo que quiso aquel día en la cabaña. No fue doloroso, tampoco aterrador, pero fue asqueroso, justo como siempre había esperado que fuera.

No es lugar para los buenos

Un año después de que muriese mi mujer, conseguí trabajo en Offerings, un complejo residencial para adultos con discapacidades del desarrollo moderadas. Todos eran de familias adineradas. Eran cortos, claro. Se podría decir «retrasados», esa palabra no me ofende mientras se use de forma apropiada, sin lástima. Había cumplido ya sesenta y cuatro años cuando acepté el trabajo. No necesitaba el dinero, pero tenía el resto de mi vida libre y quería pasarla con gente que llegara a apreciarme. Por supuesto, completé la formación necesaria durante el verano y era estable y voluntarioso, así que allí fui.

Me encargaba de la atención diaria de tres hombres adultos. Eran bastante razonables, amables, conversadores y educados en general, y mi atención y mi compañía parecían resultarles beneficiosas. Cada día los orientaba de la forma más flexible que podía en las actividades que el complejo hubiese planificado y los alejaba de cuanto pudiera ser perjudicial o autodestructivo. Casi todas las noches cenábamos juntos en el comedor, una habitación con un diseño parecido al de un club de campo con manteles de color pastel, papel pintado oscuro con flores, camareros con camisas blancas y delantales granates que rellenaban las copas de vino. Había un bar bien provisto. Hasta estaba permitido fumar en algunas zonas. Al fin y al cabo, los residentes eran adultos. No estábamos allí para castigarlos, cambiarlos, mejorarlos ni nada de eso. Se nos pagaba simplemente para ayudarlos a vivir como quisieran. El título oficial de mi puesto era «acompañante de día», aunque me fui quedando en

Offerings hasta cada vez más tarde conforme fue pasando el tiempo.

A Paul, el mayor a mi cargo, le entusiasmaban de verdad la comida y el fuego. Le gustaba hacer chistes, casi siempre malos juegos de palabras, y tenía unos cuantos latiguillos que provocaban invariablemente las risas en la mesa del comedor.

—Hay caca en el cacao —decía todos los jueves, con los ojos y la boca bien abiertos, a la expectativa.

El jueves era el día del pastel de chocolate, por supuesto. El CI de Paul rayaba el setenta. Podría haber vivido solo con ayuda ocasional para hacer la compra y la limpieza, pero decía que le gustaba estar en Offerings. Se divertía.

—Larry —me dijo Paul un día, haciéndome señas para que lo siguiera.

Su habitación olía a Navidad todo el año. Le permitían encender velas también, así que no paraba de prender velas con olor a canela y pino, casi religiosamente. Me lo solía encontrar en su escritorio, alucinado con los ojos fijos en las llamas que parpadeaban, llevándose la mano como un robot del paquete de patatas a la boca.

—Mira esto —dijo mientras sacaba una caja de cartón llena de revistas *Penthouse* y *Hustler* y *Playboy* de debajo de la cama.

Me miró y abrió una por una rubia a toda página tumbada con luz tenue en una cama de hojas otoñales, con las rodillas bien abiertas. Llevaba puestos unos pequeños mocasines de piel en los pies y una pluma atada al cuello y nada más: Miss Noviembre. Puso un dedo de una mano en la página, justo sobre las partes íntimas de la chica, luego se presionó con un dedo de la otra mano los labios fruncidos y sonrió. Volvió a poner la revista en la caja y se quedó mirándome, sonriente.

—Está muy bien, Paul —dije mientras le daba un golpe flojo en el hombro.

No me habían dado mucha formación sobre cómo manejar aquel tipo de situaciones. Lo hacía lo mejor que podía.

No hay mucho que decir de Claude. Era más joven y más campechano. Deseaba de todo corazón ser padre algún día, como si fuese un estatus que pudiese alcanzar solo por el hecho de ser considerado y caerle bien a todo el mundo, así que intentaba ser amable, tierno incluso. Tenía una tía que venía a visitarlo de vez en cuando y le traía animales disecados y libros ilustrados y cruasanes.

—¿Es feliz? —me preguntaba mientras Claude se recogía las migas de la perilla pálida.

Me limitaba a asentir y a rodear a Claude por los hombros. Cada vez que lo hacía, él me apoyaba la cabeza contra el pecho y cerraba los ojos. Era difícil tenerle respeto alguno a Claude.

Francis me resultaba todavía más difícil. Tenía solo diecinueve años, era un tipo miedoso con tics nerviosos como pellizcarse la piel y morderse las uñas y alisarse el pelo, costumbres que se suponía que yo tenía que intentar restringir dándole un Slinky o un cubo de Rubik para que tuviera las manos ocupadas, pero rara vez lo hacía. Me limitaba a sonreírle cuando se inquietaba, intentaba decirle algo tranquilizador, hacía todo lo posible para no ser condescendiente.

—Está bien, Francis —le decía—. Nadie te va a morder.

Pero pocas veces se tranquilizaba. Tenía que contenerme siempre que me advertía que no condujera demasiado rápido la furgoneta de Offerings en las excursiones o que no me pusiera demasiado azúcar en el café.

—Te pudre los dientes —decía Francis, meneando el dedo.

Los otros lo rechazaban por aguafiestas, por cenizo. «Francisvatillo», lo llamaba Paul. Francis parecía el redrojo de la camada: hombros pequeños, pálido, puntos negros y espinillas alrededor de las comisuras de la boca y las fosas nasales. A veces, su ansiedad era ridícula.

—Cuando muera, ¿me comerá alguien? —preguntó un día.

La mayoría de los días, eran felices. Igual que los niños, los residentes parecían tener la maravillosa capacidad de olvidarse de sí mismos haciendo actividades sencillas. Podían estar de mal humor, pero era raro que alguna preocupación o algún cuidado se transfiriesen de un día al siguiente. Todas las noches pasaba por la oficina de Marsha para entregarle mi informe. Ella y yo compartíamos cierto sentido del humor sobre el trabajo, sobre cómo podían pasarse el día entero jugando al juego de la pulga o viendo dibujos animados o un maratón de episodios de *Family Feud,* un programa de culto entre los residentes de Offerings. Marsha era una mujer amable y atenta y la aquejaban los problemas de una manera que yo no podría entender nunca. Yo intentaba ser agradable, alabarle los pendientes, desearle buenas noches y cosas por el estilo. Estaba casada y tenía veinte años menos que yo, así que por supuesto nunca pasó nada entre nosotros.

No mucho después de que muriese mi mujer, mi hija Lacey vino y arrambló con los mejores muebles de la casa. Eran las cosas de mi mujer —su ojo, su gusto— y verlas allí cogiendo polvo me alteraba. Me alegré de que desaparecieran. Nunca me interesaron mucho las cosas bonitas ni el dinero, de todas formas. Había sido idea de mi mujer que me metiera en negocios con su padre. El hombre había montado una empresa de alquiler de maquinaria de construcción, se había hecho a sí mismo, había tenido éxito. A mí no me importaba nada aquel negocio. Me dejó la parte interna de la oficina, lo que me mantenía al margen de los pormenores descarnados. Lo peor que tuve que hacer fue despedir a una de las limpiadoras de la oficina por robar comida de la sala de empleados. «Viene de arriba —le dije—. Si fuera por mí, no trabajaríamos aquí ninguno». Se lo tomó bastante bien y yo volví a mis archivos, literalmente cambiando papeles de sitio en el escritorio hasta que podía irme a mi casa. La mejor parte del día era el camino de vuelta por la autopista al atardecer, ver las siluetas de los altos pinos negras contra el cielo color pastel, el sol llameante mientras desaparecía.

Así siguió la cosa durante décadas, yo de brazos cruzados detrás de aquel escritorio, mi mujer llenando la casa de antigüedades y flores artificiales, metiendo los dedos en tartas de queso y glaseados y salsa holandesa y salsa para la carne. Murió joven de un ataque al corazón, de repente. No estaba tan gorda como otras mujeres que he visto, y nunca fue vulgar ni incapaz de expresarse, pero hacía años que no la encontraba atractiva. A veces tengo la impresión de que apenas la conocía. Solo parecía realmente feliz cuando salía de compras o a la peluquería y a la manicura. Mi pobre mujer. No supe lo poco que la quería hasta que se murió.

Una vez vacía de todas las cosas de mi mujer, la casa pareció haber vuelto a la tierra, a algún estado natural del ser. Quizá por eso, cuando por Pascua Marsha Mendoza me dio una pequeña suculenta en una maceta de plástico color terracota, me pasé por la biblioteca pública y saqué un libro sobre la especie. Son unas cabroncitas muy resistentes. Si clavas una hoja en una taza llena de tierra, le brotarán solas las raíces. Su capacidad de regenerarse, de prosperar, es asombrosa. A mediados de mayo, había plantado una docena de esquejes nuevos en tazas de porcelana y fuentes y cuenquitos de sopa que mi mujer guardaba en un aparador. Mi hija se había llevado el aparador y había dejado la vajilla en pilas sobre el suelo de madera. No iba a usar los platos para comer. Comía en platos de papel, era un solterón en el sentido clásico. Me llenaba de gran orgullo ver crecer las suculentas. Cogí la costumbre de regalarlas cuando llegaba la ocasión. Hasta le di una a Paul por su treinta cumpleaños.

—Chupa-lenta—dijo mientras dejaba la plantita en la mesa.

Abrió la palma de la mano y la mantuvo así para que se la chocara. Nos habíamos reunido todos para verle soplar las velas de la tarta de cumpleaños.

—¿Y si se muere? —preguntó Francis—. ¿Y si la mata?

—Esas plantas son casi imposibles de matar —dije—. Su nombre en latín es *Sempervivum*. Siempre viva. No te preocupes por ella.

Claude repartió porciones enormes de tarta por toda la mesa. Ayudé a Paul a levantarse de la silla y lo abracé. Tenía unos treinta kilos de sobrepeso. Sus padres vivían en Florida, lo visitaban muy poco, discrepaban con los gastos adicionales en los que incurría en Offerings, casi todos por comida suplementaria. Por lo menos una vez a la semana un repartidor vagaba por el vestíbulo buscando a Paul con un morral lleno de pizzas y alitas de pollo. Paul podía pasarse horas sentado satisfecho delante de la televisión con bolsas de pretzels bañados en yogur y palomitas con caramelo. En ocasiones comía de más, hasta el punto de sentir náuseas. «Tengo que vomitar, Larry», decía, y a los quince minutos hacía otra vez lo mismo. ¿Qué podía hacer yo? No estaba allí para ponerlo a dieta. Al margen de ciertas reglas de seguridad del edificio, los residentes podían hacer lo que quisieran. El manual solo estipulaba que el contrato de un residente de Offerings se podía rescindir si él o ella atacaba con violencia a un miembro del personal o a otro residente. Y las visitas nocturnas no estaban permitidas.

Me solía preguntar si Paul entendía lo que implicaba hacerle el amor a una mujer, la realidad básica de qué va dónde, lo que significaría empezar y terminar. Quizá había tenido experiencias con mujeres que no quería compartir conmigo, aunque creía que si hubiese tenido alguna, habría alardeado mucho de ello.

—Las sexo en punto, Larry —decía cada día antes de entrar andando como un pato en su cuarto, cerrar la puerta y sacar su caja de pornografía, suponía yo.

La visita a Hooters por su cumpleaños había sido idea suya. Había estado en Hooters una vez en Las Vegas, aseguraba, y no se lo había pasado mejor nunca.

—Las Vaginas —bromeaba—. Comida y chicas, chicas y comida. Mmm —se chupaba el glaseado de los dedos—. Hooters lo tiene todo.

—Tengo dinero —dijo Claude, aunque no creo que Claude fuese muy sexual.

—Hay comida *aquí* —nos recordó Francis, señalando la tarta con el meñique.

—Larry nos llevará a Hooters —anunció Paul, sonriendo con orgullo—. Chicas. Oooh.

Cerró los ojos y levantó los brazos, retorciendo pomos invisibles como si fuesen pezones de mujer. Se dio la vuelta, se lamió la mano. Oculté mi repulsión tosiendo.

—Chicas —gritó otra vez, poniendo los ojos en blanco en éxtasis—. Chicas, chicas, chicas.

Lacey y yo nunca habíamos estado muy unidos. Nunca tuvimos un vínculo. Me quería tanto como yo quería a su madre, supongo, con ese afecto crispado que tan bien captaban los estirados retratos familiares que nos hacían en el centro comercial, una mano ahuecada sobre un hombro, una benévola inclinación de cabeza, los ojos bien abiertos y vacíos para la cámara. Mi mujer había insistido en que posáramos para esas fotos todas las Navidades y yo había obedecido hasta que no pude soportarlo más.

—Haced la foto sin mí —le dije un año—. Madre e hija.

Esperaba que opusiera resistencia, pero se limitó a remover la crema del café, dejó una mancha de pintalabios de color rosa vivo en el filo de la porcelana. La observé mientras tomaba sorbitos y entrecerraba los ojos como si se lo estuviera imaginando. Madre e hija.

—Tienes razón, Larry —dijo—. Es mejor sin ti.

Así hablábamos. Se compraba joyas caras con el dinero de su padre —pulseras de diamantes, colgantes con forma de corazón, algo llamado diamantes chocolate— y las envolvía y firmaba con mi nombre en las tarjetas. «Para mi querida esposa, con amor, Larry».

—Ay, cariño, no deberías haberte molestado —decía después de cenar, mientras sacaba la caja de debajo de su almohadón. Se ponía la pulsera, levantaba la muñeca con admiración. Por supuesto, me sentaba fatal—. Te quiero, Larry —susurraba, levantándose para besarme en la mejilla.

Siempre llevaba el pintalabios espeso y grasiento. Necesitaba crema facial y un afeitado para quitármelo de la cara a la mañana siguiente. Tenía sus joyas en pilas altísimas de cajitas en el tocador, hasta que se murió y vino Lacey y las echó en una cesta de la ropa de plástico junto a unas cuantas cosas del armario: un abrigo de pieles, unos cuantos bolsos, zapatos elegantes. Todo lo demás se donó. Tiré el maquillaje y los perfumes a la basura, mucho sin usar, sin abrir.

Francis decidió quedarse mientras nosotros íbamos a Hooters. Se unió a un grupo en la sala de la tele que iba a ver *Les Misérables*. A todos los residentes de Offerings les encantaban las obras de Broadway. Debía de haber un par de docenas de cintas VHS de musicales en la estantería. *La reina del Oeste, Un beso para Birdie, Sonrisas y lágrimas, West Side Story, El mago de Oz. Grease* era el gran favorito. Todos se sabían las letras de memoria.

—Los Mistetables —dijo Paul con una risotada.

—¿Cuánto dinero debería llevar? —preguntó Claude, pasando el dedo por la cartera.

—Llévatelo todo —dijo Paul.

No hice nada por refrenar su emoción. Claude se puso un pisacorbatas. Paul se paseaba por el pasillo mientras yo rellenaba el impreso para tomar prestada la furgoneta.

—¿Vais a salir? —preguntó Marsha Mendoza al pasar por nuestro lado.

—Cena de cumpleaños —contesté, haciendo gestos hacia Paul y sonriendo lo mejor que pude.

Marsha abrazó a Paul. Él gruñó mientras se abrazaban, con los ojos abriéndosele de lujuria. Aparté la mirada.

—Hooters, ¿eh, Paul? —le pregunté cuando Marsha se hubo ido.

—Hooters —dijo, y se rio y se limpió la boca con el antebrazo peludo.

De camino en la furgoneta de Offerings, nos paramos en un semáforo en rojo; observé a la gente normal paseando por la acera. Por aquel entonces, rara vez interactuaba con alguien que no fuese retrasado. Cuando lo hacía, me impresionaba lo pretenciosos e impacientes que eran, siempre sopesando las palabras, tergiversando las cosas. Estaban todos tan obsesionados con que los entendieran. Me ponía enfermo. Le eché un vistazo a Paul en el retrovisor mientras se tocaba los labios gruesos y agrietados. Le olían las manos siempre a butano y al queso en polvo y las especias que recubrían sus aperitivos de maíz favoritos. Escuchaba respirar a Claude en el asiento de atrás. Siempre estaba congestionado, la nariz le silbaba siempre como una ventana con corrientes de aire. Me revisé en el espejo del parasol. Me rocié la boca con Binaca.

—¿Qué es eso? —quiso saber Claude, pero no contesté.

—*Hoot hoot* —dijo Paul, echándose el pelo sudado hacia atrás cuando el semáforo se puso verde.

Yo había estado en Hooters una vez. Con todos los restaurantes buenos que había en la ciudad, mi suegro me había llevado allí a almorzar por mi cincuenta cumpleaños.

—Sin faltarle al respeto a mi hija —dijo, abriendo la puerta a aquel olor nauseabundo a patatas fritas y humo de cigarrillos y cerveza.

Mi cumpleaños cae más o menos por Navidad, así que todas las camareras llevaban medias con una pernera verde y otra roja bajo diminutos pantaloncitos cortos naranjas, pequeños gorros de Papá Noel con grandes borlas blancas, un manojito de muérdago artificial atado con cinta plateada al cuello como si fuera un colgante. Los tops que llevaban puestos dejaban muy poco a la imaginación. Intenté disimular mi inquietud, pero era imposible. Hooters no era sitio para los buenos.

—Sé un hombre, Larry —había dicho mi suegro, dándole un puñetazo a la carta que yo sostenía. Fue años antes de que muriera mi mujer—. La vida es corta. Feliz cumpleaños, hijo.

En aquel entonces tenía setenta y pocos y una barriga que le tensaba los botones de las camisas de vestir, el cinturón en el último agujero. Se aflojó la corbata, miró a su alrededor.

—No es tan bueno como el Hooters que hay en Galveston, pero tienen unas cuantas chicas guapas. ¿La chica negra? —asintió.

La iluminación del reservado era muy fuerte, la mesa oblonga de madera clara estaba bordeada de manteles de papel individuales con lechuzas gigantes de enormes pupilas dilatadas, como si nos estuviesen observando, indagando en algún nivel profundo de nuestra mente subconsciente, preparándonos para hechizarnos. Le di la vuelta al mantel. No me dejaría hipnotizar.

—¿Qué os traigo? —preguntó la camarera un segundo después.

Era una adolescente rubia larguirucha con pestañas postizas, los dientes como de porcelana, las uñas y la boca pintadas de un extraño morado fluorescente. Mi suegro pidió por los dos: un surtido de entrantes, hamburguesas.

—Nos quedamos la carta —dijo—, por si el chico del cumpleaños quiere postre.

Procuré sonreír con educación cuando la rubia se quedó boquiabierta.

—Me tomas el pelo —dijo—. Vaya, qué suerte la nuestra de que hayas venido a vernos en tu día. Bien, déjame que adivine —ladeó la cadera, se puso un dedo en la barbilla, levantó la vista hacia el cielo, al techo de escayola—. Treinta y ocho —movió el dedo en el aire—. ¿He acertado?

—Cincuenta justos —contestó mi suegro por mí, sonriente.

—Alguien se ha estado cuidando —siguió ella.

¿Dónde aprendían a hablar así las chicas jóvenes?, me pregunté. ¿A qué instituto había ido? ¿A qué se dedicaban sus padres?

—No es nada —dije incómodo—. De verdad que no es nada.

Aparentó enfadarse, luego aflojó, me miró desde arriba y me hizo un guiño de conspiración.

—Tú quédate con la carta y me dices qué postre te llama la atención, y deja que corra de mi cuenta. Regalo de cumpleaños. Y las chicas y yo te haremos algo especial.

—Por favor —dije mientras levantaba las manos—. No cantéis.

—¿Que no cantemos? —dijo ella.

—Larry, déjalas que canten —protestó mi suegro.

—No te molestes. No es nada. Gracias —dije.

Sentí que me ardía la cara. Le di un trago al agua helada. Ella se quedó allí fingiendo que mi sacrificio la había disgustado. Le di las gracias unas cuantas veces más.

—Bueno, vale —dijo al final, con voz cantarina, y se inclinó hacia mí. Creí que a lo mejor intentaba restregarme los senos por la cara, pero entonces dijo—: Mira aquí.

Los colgantes de su pulsera tintinearon cuando me agitó el muérdago por encima de la cabeza. Le olía el aliento a caramelos.

—Eres un amor —le dijo mi suegro.

Entonces la chica me besó en la boca. Fue horrible. Debería haberla detenido, pero no quería avergonzarla a la pobre. Me limpié la boca con la servilleta.

—Feliz cumpleaños —dijo mi suegro, dando una palmada en la mesa y riéndose mientras la chica se incorporaba echándose el pelo hacia atrás y recolocándose el gorro de Papá Noel.

—¿Queréis más agua? —preguntó, sin ninguna pestaña fuera de su sitio. Se la veía complacida, como si acabase de acariciar a un perro. Me puso una mano en el hombro—. ¿Estás bien, cariño?

—Sí —dije—. Bien. Gracias.

Para ser sincero, había perdido el entusiasmo por las mujeres en algún momento del camino. Ya viudo, fue un alivio ser célibe, continente, estar fuera del juego sexual para siempre. Después de que muriese mi mujer, mi hija me animó a salir con mujeres, a que conociera a alguna jubilada dulce pero atlética con quien cenar y tomar vino. Como si me hubiese interesado alguna vez tomar vino y cenar.

—O conocer a alguien lo bastante joven, hasta podrías tener otro hijo —dijo.

—¿Para qué iba yo a querer un niño? —contesté—. ¿Adónde quieres llegar?

—A mamá no le importaría —dijo—. Créeme.

Tenían un montón de secretos entre ellas.

—Soy feliz —le dije a mi hija—. No te preocupes. Estoy bien aquí solo.

Cuando Paul y Claude y yo llegamos, nos topamos con que habían cerrado Hooters y lo habían convertido en un Friendly's. Paul se lo tomó muy mal.

—Friendly's es para niños —se quejó mientras cruzábamos el aparcamiento.

Me figuraba que el decorado o la carta de Friendly's no se diferenciarían demasiado de los de Hooters. Di por hecho que los dos tenían un montón de plástico de color crema y gente chabacana, luz intensa y comida mala.

—Son todos iguales —le dije a Paul mientras abría la puerta.

—Tienen una máquina de chicles —apuntó Claude cuando entramos.

Se toqueteó la corbata, sonriendo con educación. El sitio estaba lleno de señoras gordas y sus maridos, arrugados y demacrados, haciendo desaparecer montañas de puré de patatas bajo las marquesinas torcidas de sus espesos bigotes. Había una mesa de muchachas con la nariz chata, aburridas y sorbiendo batidos con pajitas, entre las que había un plato de patatas fritas compartido a medio comer. Unos cuantos niños armaban escándalo y se repantigaban en sus sillitas altas. El ambiente estaba húmedo, la iluminación era fuerte y fluorescente, la moqueta gris y manchada. No era un sitio alegre. Mientras esperábamos a que alguien nos recibiera, una familia asiática pasó por nuestro lado al salir.

—Ching chang China —canturreó Paul, estirándose los rabillos de los ojos. Lo ignoré. Se volvió hacia mí y cruzó los brazos sobre su barrigota—. Odio este sitio, Larry. ¿Qué ha pasado con Hooters?

—Quizá una ordenanza municipal. Ni idea —le contesté.

Claude me agarró del brazo como para consolarme. Paul negó con la cabeza y se mordió el labio y se quedó mirando fijamente las mesas.

Seguimos a una mujer latina bajita hasta un reservado.

—¿Este sitio está bien? —preguntó; su sonrisa vaciló levemente cuando se dio cuenta de que Claude y Paul eran retrasados. Uno tiene que hacer ciertos ajustes, es normal.

Paul se encajó en un lateral del reservado y Claude se sentó a mi lado frente a él. La mujer se sacó las enormes cartas plastificadas de debajo de los brazos y las tiró sobre la mesa. Pensé en Marsha Mendoza, en su pintalabios oscuro, la tristeza fruncida de su boca en reposo. Pero la camarera no se parecía en nada a Marsha. Tampoco guardaba ningún parecido con las chicas de Hooters. Era gruesa. Llevaba los labios y los ojos perfilados de color oscuro, el pelo caoba y tieso. Tenía las manos pequeñas y carnosas. Parecía una mujer trabajadora, la madre severa de alguien, con las cejas levantadas con grandes expectativas. Se fue para que estudiásemos la carta.

—¿Lo ves, Paul? Una mujer así de guapa va a ser nuestra camarera. Ahora elige lo que quieres comer antes de que vuelva.

—No es tan guapa —dijo Paul mientras abría la carta—. En Hooters las hay más guapas.

Dudaba de que Paul fuese capaz de apreciar la diferencia. No tenía ni idea de lo que era la auténtica belleza.

—Voy a cenar helado —dijo Claude— porque es el cumpleaños de Paul. Feliz cumpleaños, Paul.

—Paul, ¿qué vas a pedir? —pregunté, intentando parecer animado.

—Caca de gallina —dijo él, riéndose a pesar de su decepción. Luego golpeó la mesa con las manos gordas y sollozó—. Este sitio es una porquería.

Claude frunció el ceño en señal de simpatía.

Cuando volvió la mujer latina, puse derechos los cubiertos de Paul. Los pucheros de él no la desanimaron. Había sacado la libreta, tenía el bolígrafo preparado, sonreía. Solo sus cejas —que entonces noté que estaban pintadas como dos anchos arcos atravesándole la frente— parecían estremecerse. Llevaba una camisa roja y pantalones negros. No tenía muy buena figura, el pecho y la tripa se le juntaban en un cubo sólido de grasa bajo el delantal atado. Las pajitas le abultaban el bolsillo de la cintura. Tenía la piel oscura y marcada y plateada de maquillaje. Sin embargo, había amabilidad en su mirada. Miró a Paul y asintió.

—Esto —dijo él, frotando el dedo sobre una foto de una gran bandeja de costillas a la barbacoa.

Después de que Claude pidiera su helado mientras la mujer hacía clic con el bolígrafo durante las pausas de la letanía de los aderezos que quería, pedí pastel de carne. Estaba en el apartado de la tercera edad del menú.

—Eso incluye una copa de helado Final Feliz —me dijo la mujer.

—Me parece bien —dije, y le di las gracias.

Cuando se hubo ido la camarera, Paul reanudó sus lamentos. No podía culparlo porque se sintiera decepcionado, pero me parecía ridículo que un hombre adulto se sentara a gimotear en la mesa, sonándose la nariz con servilletas y metiéndoselas en los bolsillos de sus pantalones cortos de camuflaje. No era capaz de mirarlo en absoluto. Se le ponía cara de simio y de bruto cuando se disgustaba. Verlo, lo sabía, me quitaría el apetito.

—En Hooters venden gorras —lloriqueó.

Se me quedó mirando y gimió.

Estaba claro que mi suculenta no era un regalo lo bastante bueno para Paul. Era un materialista, como mi mujer. ¿Cuántas blusas y pulseras necesita una mujer? ¿Cuántas acuarelas enmarcadas horribles, cojines decorativos, cositas de plata con forma de pájaros o gatos, o corazones de cerámica repletos de flores secas, o ceniceros de cristal requiere un ser humano? Mi mujer había llenado la casa con esa clase de tonterías. Y encima era una esnob. Se habría disgustado si me hubiese visto comer en Friendly's con un par de retrasados. No habría entendido nunca por qué estaba allí. No tenía ni idea de lo que significaba expandir tus horizontes.

Le pasé el brazo por encima del hombro a Claude, con la esperanza de poder cambiar de tema.

—¿Emocionado por el helado? —pregunté.

Nuestra camarera se paró a dejar los refrescos y cajitas de lápices de colores para Paul y Claude. Claude se lanzó sobre ellos enseguida y se puso a garabatear la parte de atrás del mantel individual de papel. Paul abrió la cajita y partió por la mitad todos los lápices, dejó que los trozos rotos rodasen por encima de la mesa hacia mí. Claude los recogió, los apiñó en una pila y siguió pintando.

—Te puedes quedar mi copa de helado, Paul, si te hace sentir mejor —le dije.

—No quiero tu estúpida copa de helado —dijo—. El helado se derrite, Larry. Te lo comes y se acabó. No te lo puedes llevar.

Cogió otra servilleta, se frotó los ojos, se sonó la nariz.

—Te puedes llevar los lápices —dije—. Puedo pedir una caja nueva. ¿Quieres?

Refunfuñó mientras se enjugaba las lágrimas de la cara con el dorso peludo de las manos. Se volvió hacia la ventana y empezó a quitarle el papel a su pajita muy despacio, como si estuviera arrancándole los pétalos a una flor, sumido en sus pensamientos.

—Odio la vida —dijo Paul, y enseguida sorbió el vaso de Coca-Cola.

—Tíos. El helado —dijo Claude, mirando su plato plateado flotando en el aire en lo alto de la enorme bandeja que traía la camarera.

Dejó la bandeja en un soporte pequeño al lado de la mesa y nos repartió los platos, sonriendo. Parecía no dejarse intimidar por la extraña tensión que había en nuestro grupo, lo que tomé por una muestra de la fortaleza de su carácter. Era muy profesional. Nada que ver con las chicas de Hooters. Se dio cuenta de que la estaba mirando a los ojos, grandes y negros y enterrados profundamente bajo el arco grueso y brillante de los párpados.

—¿Todo bien? —preguntó.

—Es su cumpleaños —dije, señalando a Paul.

—¿Quieres tarta? —preguntó, dirigiéndose a Paul directamente—. ¿Quieres una velita?

Paul dijo que sí, mientras se lamía los dedos con aire taciturno, con la cara cubierta de salsa barbacoa. No le daba vergüenza.

Aquellas extrañas cejas pintadas se engarzaban y se asentaban. Cuando trajo el plato con la tarta, ahuecando la mano sucia alrededor de la vela encendida, Paul se levantó apoyándose, salió rápido del reservado y se puso a su lado, mirando fijamente la llama, y ella le cantó en español, con ternura, precioso, mirando tímida los ojos pequeños e hinchados de Paul.

Por la noche, en casa, me sumergí en la bañera, puse un casete de viejos éxitos, miré cómo el agua se quedaba lechosa e inmóvil entre mis piernas. Me puse nostálgico al recordar cómo mi mujer, con una bata rosa de satén, se arreglaba el pelo delante del tocador, como si me importase el aspecto que tenía cuando nos metíamos en la cama. No era una mujer guapa, pero se vestía bien y tenía ojos pequeños, brillantes. Ojos color esmeralda, le decía yo cuando empezamos a salir. «Cariño», me llamaba ella. Cuando empezó a llamarme así, me pareció despectivo, creí que usaba aquel apodo cariñoso como forma de cubrir todo lo que había de bueno y característico en mí, que al decir «cariño» podría estar refiriéndose perfectamente a un criado o a un perro. Pero después de un tiempo empecé a percibir el amor que había en la palabra, a anhelarla y al final me hacía sentir tan bien, tan reconfortado, que cuando decía mi nombre, Lawrence, me sonaba seco y cruel, y el corazón se me encogía como si lo estuviera pellizcando y excavando con sus largas uñas color cereza. Aquella noche dormí en el sofá, con la tele parpadeando como una llama sobre mi hombro, las suculentas trepando por tazas y platitos en la repisa de la chimenea, en la mesa de centro, en todos los alféizares, toda la casa llena de mis hijitas perfectas.

R

Suburbio

Solo con mirar te dabas cuenta —las manchas de refresco de uva en las camisetas de los niños, los teñidos espantosos, la mala dentadura— de que la gente de Alna era
pobre. A algunos les gustaba juntarse en los apartaderos o
hacer autostop arriba y abajo de la ruta 4, quemados por el
sol y tatuados, pero nunca se me ocurrió pararme y recoger
a ninguno. Era una mujer sola, al fin y al cabo. Y no quería
verme obligada a hablar con ellos, llegar a conocerlos o
escuchar sus historias. Prefería que los residentes de Alna
siguieran formando parte del decorado. Adolescentes salvajes, hombres cojos, madres jóvenes, niños desperdigados
por el suelo de hormigón como las ratas o las palomas perezosas por la ciudad. De lejos los observaba congregarse,
dispersarse luego, las cabezas medio gachas, ni nobles ni
desconsoladas. La vulgaridad del pueblo era reconfortante,
como una peli antigua en blanco y negro. Imagina una
calle vacía con un coche cascado, un triciclo infantil oxida-
do abandonado en la acera, una vieja rascándose mientras
riega el césped de color pardo y la manguera se le retuerce
perversa en el puño cerrado. Aceras desmoronadas. Cuando iba allí, me dejaba llevar por la corriente, deslizaba las
monedas dentro o fuera del platito del mostrador de la
gasolinera de la calle State como si unos cuantos centavos
pudieran arreglarme el día o arruinarme.
Me ganaba la vida fatal donde vivía enseñando inglés
en un instituto, y mi exmarido rara vez me pasaba la pensión compensatoria a tiempo, pero, para el nivel de Alna,
era rica. Tenía allí una casa de veraneo. Se la había comprado al banco por casi nada, llena de telarañas y con un papel

pintado de muy mal gusto. Era un adosado de planta y media con vistas al río Omec, un afluente turbio de un kilómetro de largo que daba a un lago dos veces mayor que el mismo Alna. Los impuestos sobre los bienes inmuebles eran insignificantes. El costo de la vida era de risa. Los adolescentes que trabajaban en la bocatería de la ciudad se acordaban de mí de un verano al otro porque les dejaba de propina los cincuenta centavos del cambio que intentaban darme. Aparte de eso, no me mezclaba con ellos. Había conocido a unos cuantos vecinos, la mayoría madres solteras cuyos hijos adolescentes fumaban y paseaban a sus propios bebés por los caminos de gravilla. Había un viejo al otro lado de la calle con una barba larga con manchas doradas por el humo del tabaco.

—Eh, vecina —decía, jadeando, cuando lo veía paseando a su perro.

Pero nunca tuve la impresión de ser vecina de nadie. Solo estaba de visita en Alna. Me iba allí a vivir como los pobres. Lo sabía.

Clark me proporcionaba un flujo constante de alumnas que ocupaban la casa durante el curso escolar. Él enseñaba programación en la universidad pública a quince kilómetros de distancia, en Pittville. Le pagaba para que me cuidara la casa. A veces me daba la sensación de que me cobraba de más, que se inventaba problemas y gastos para inflar sus facturas mensuales, pero me daba igual. Me compensaba por la tranquilidad. Si algo iba mal —si se congelaban las cañerías o se retrasaban con el alquiler—, Clark se encargaría. Cubriría las ventanas al llegar el frío, arreglaría un grifo que gotease, un cortocircuito, un escalón roto. Y me alegraba no tener que tratar nunca con los inquilinos. Todos los veranos que conducía hasta Alna, me encontraba la casa cambiada: un nuevo perfume guarneciendo el ambiente húmedo, manchas menstruales en el colchón, grasa de panceta esparcida por la encimera de la cocina, una salpicadura de máscara de pestañas en el espejo del baño, como una mosca aplastada. Casi no me importaban aquellos remanentes. Tener inquilinos impedía que entraran los vagabundos en lo que de otra forma sería un refugio vacío de septiembre a junio. En Alna, los que vivían en la calle tenían la mala fama de establecer su hogar dondequiera que lo hallasen y de negarse a marcharse, sobre todo en invierno, que era, en Alna, mortífero.

No había paseos pintorescos ni museos que visitar, ni ruta turística o monumento histórico alguno. A diferencia de donde veraneaba mi hermana, Alna no tenía galería de arte naif, ni tienda de antigüedades, ni librería, ni boutique de pan. El único café que se podía comprar era el de la gasolinera o el de la tienda de dónuts. A veces conducía hasta Pittville para ver una película por dos dólares. Y a veces visitaba el centro comercial de lujo de la ruta 4, en el que te encontrabas a la gente más gorda de la Tierra yendo de acá para allá en sillas de ruedas eléctricas, arrastrando carros enormes llenos de carne de hamburguesa y preparados para bizcocho y garrafas de aceite vegetal y bolsas de patatas del tamaño de una almohada. Iba allí solo a comprar cosas como insecticida y pilas, ropa interior limpia cuando no tenía ganas de hacer la colada, una caja de polos de vez en cuando.

De lunes a viernes seguía mi dieta veraniega de un bocadillo gigante al día; una mitad para el almuerzo, la otra mitad para la cena. Me pedía los bocadillos en la charcutería del centro, al doblar la esquina de la estación de autobuses que había en lo alto de la colina, frente a Riverside Road y la avenida principal, donde se juntaban los vagabundos locales vestidos de zombis con sus perros lobo sujetos con sogas. La ciudad estaba plagada de metanfetamina y heroína. Lo sabía porque era obvio y porque tenía mis escarceos con las dos cuando estaba allí. A no ser que lloviera, todas las mañanas de entre semana recorría a pie de punta a punta los tres kilómetros de Riverside, me pedía un refresco y un bocadillo y, más veces de las que no, iba al baño de la estación de autobuses a comprar diez dólares de lo que fuese que vendieran, estimulante o sedante.

Los fines de semana me sacaba a comer a mí misma. Almorzaba ya fuera en la tienda de dónuts, donde te daban un sándwich de queso y huevo por un dólar, o en la cafetería de la calle 122. Me gustaba sentarme delante de la barra y pedir una fuente de lechuga iceberg picada cubierta de aliño ranchero y una Coca-Cola *light* que podía rellenar todas las veces que quisiera y escuchar cómo la camarera saludaba a los habituales, hombres fornidos en camiseta y tirantes con el brazo izquierdo tostado como un filete quemado. La mitad del tiempo no entendía lo que decían. Para las cenas del sábado pasaba por el bufé chino a comer brócoli salteado y vino de tetrabrik gratis, o iba a Charlie's Good-Time, un bar de ambiente familiar donde servían patatas fritas y pizza. El bar tenía adosada una sala de videojuegos combinada con una bolera. No hablaba con nadie cuando salía. Me sentaba y comía y miraba a la gente hablar y masticar y gesticular.

Fue en el Good-Time donde conocí a Clark durante mi primer verano en Alna. A través de la bruma de humo de cigarrillo y vapor de la cocina del bar, era la única persona que parecía remotamente instruida. Al principio, me sentí inclinada a no hacerle caso porque estaba casi calvo y llevaba un collar de nudos hecho de cáñamo. Cuando le di la mano, la tenía flácida y sudada. Pero era persistente. Era amable. Dejé que me pagara la jarra de cerveza e intentara impresionarme con sus conocimientos de literatura. Me dijo que no leía —no podía leer— ficción escrita después del año 93, año en que murió William Golding, y me aseguró que conocía al editor de una revista literaria muy famosa de la capital, de la que yo no había oído hablar nunca.

—Stan —dijo Clark que se llamaba—. Hace mucho que nos conocemos.

Pasé por alto todos los errores notorios de su personalidad: su arrogancia, sus aires, sus manos huesudas y peludas.

Recuerdo todavía la humillación que me supuso acceder a llevarlo a mi casa, la espantosa facilidad posterior con la que acepté sus patéticas insinuaciones llenas de gratitud y afecto. Llevaba una camisa de vestir blanca barata y vaqueros, sandalias de cuero marrón y un arito dorado en una oreja, y cuando nos desnudamos a oscuras en mi cuarto vacío de la planta de arriba y me agaché bajo el techo abuhardillado, me dio con los genitales en la cara como si fueran un puño. Después dijo que yo era una «mujer de verdad», fuera lo que fuese eso, me preguntó si tenía hijos y luego negó con la cabeza.

—Por supuesto que no —dijo, abrazándome la pelvis contra su pecho.

Le acaricié con los dedos el pelo suave, ralo.

Las semanas siguientes me ayudó a lijar la encimera de la cocina, a despegar el papel de las paredes, a pintar, a fregar, a arreglar los viejos fogones. Por la noche me masajeaba la espalda mientras veíamos películas que alquilábamos en la gasolinera. Le gustaba soplarme en la oreja; un truco del instituto, suponía yo. Hablábamos sobre todo de la casa, de lo que había que hacer y de cómo hacerlo. La cosa empezó a ir en serio cuando se trajo a un amigo con un camión para que me ayudara a transportar los muebles que yo había comprado por muy poco en la tienda de segunda mano de Pittville. Mi hermana habría dicho que eran *chic vintage*. No es que me importara. Nadie me juzgaba en Alna. Podía hacer lo que quisiera.

Clark fue quien me introdujo en la dieta del bocadillo gigante y los zombis de la estación de autobuses. Una mañana, me tendió la uña larga del meñique.

—Esnífalo —dijo.

La cosa aquella sumió el sexo y el romance en una nube oscura y sin sentido. Eliminó todos los «sentimientos mutuos», como había descrito Clark nuestra compenetración. No volvimos a dormir juntos después de aquel primer colocón, pero sí que pasamos unas cuantas semanas más en compañía, mordisqueando los bocadillos y esnifando el material de los zombis. Según lo que nos dieran, nos pasábamos el día o limpiando o desmayados en el frágil sofá cama de mimbre o sobre los cojines flácidos del porche con vistas al Omec. El día que me fui en el coche de vuelta a la ciudad aquel verano, la separación fue extraña. Nos abrazamos y todo. Lloré, apenada por despedirme de mis tardes narcóticas, de mi libertad. Clark se ofreció a cuidar de la casa mientras yo estaba fuera, a encontrarme inquilinos, a hacer de «administrador de la propiedad», como él lo llamó. Por lo general, no me gusta aferrarme a las cosas cuando no hay nada que hacer, pero hice la excepción. Si la casa salía ardiendo, si reventaban las tuberías, si los vagabundos movían ficha, Clark me lo haría saber.

Habían pasado seis años desde aquel primer verano en Alna y casi nada había cambiado. La ciudad seguía llena de gente joven que chocaba sus coches de mierda y los aparcamientos llenos de pañales sucios. Había caritas sonrientes pintadas con aerosol con los ojos en forma de x en las señales de tráfico, en las cristaleras enjabonadas de los escaparates vacíos, por toda la heladería Dairy Queen tapiada desde hacía mucho, ennegrecida por el fuego y combada por la lluvia. Y los zombis, claro, seguían poblando la colina sombría y vacía del centro de Alna. Se desplomaban en la acera cabeceando o rebuscaban en los contenedores en busca de cosas que arreglar o vender. Los solía ver andando a toda velocidad arriba y abajo por las cuestas de la avenida principal con tostadoras o televisores bajo el brazo, las caras fantasmales manchadas de la suciedad de Alna, dejando un reguero de basura tras su estela. Si alguna vez salieran de Alna, se lavaran, se largaran, la magia del lugar se desvanecería. Lunes, miércoles, viernes —me pareció que tres veces a la semana era una frecuencia sensata— me pasaba por el baño de la estación de autobuses, con un billete de diez dólares preparado.

Nadie me hacía preguntas nunca. El zombi al mando me alargaba mi perlita, mi joyita, con la cara escondida bajo la capucha de la sudadera andrajosa, el sudor chorreándole por la barbilla y cayendo sobre los azulejos sucios del baño con un ruido metálico. No había lógica en las existencias que tenían en un día determinado. Cada vez que llegaba a casa y probaba lo que me habían dado, era siempre el material apropiado. Era siempre una revelación. Aquellos zombis no me engañaron ni una sola vez.

Clark nunca entendió aquello de los zombis, su maravilla sobrenatural. Estaba demasiado preocupado por su propia inteligencia como para hacerse una composición general. Pensaba que el objetivo de las drogas que comprábamos en el baño de la estación de autobuses era expandir su mente, como si pudiera abrir una puerta en ella donde encontrarse con su propia genialidad, un alienígena resplandeciente con gafas y zapatillas de deporte haciendo girar el planeta Tierra sobre un dedo. Clark era un idiota. Nos veíamos una o dos veces cada verano. Lo llevaba a comer a Pittville para agradecerle la ayuda con la casa y lo escuchaba quejarse de lo duro que había sido el invierno, del estado de cosas en la universidad, de los recortes presupuestarios, de la administración local, de la salud de su perro. Citaba demasiado a Shakespeare. Y usaba la expresión «así es la vida» para parecer profundo y perspicaz, un ejemplo perfecto de su pereza. Aun así, no lo odiaba. Unas cuantas veces hasta intentamos recobrar aquella extraña coincidencia de soledad y disponibilidad que nos había juntado el primer verano en Alna, pero, indefectiblemente, alguna parte del cuerpo nos fallaba, a veces una suya, a veces una mía. Cuando sucedía, era humillante siempre. El tiempo pasaba. Me hacía mayor, estaba en la «mediana edad», como decía mi hermana. La verdad era innegable: pronto me moriría. Lo sopesaba cada mañana cuando volvía a casa desde el baño de la estación de autobuses, con un zurullito de droga envuelto en papel de aluminio metido entre la pelusa y las monedas del bolsillo de mis pantalones cortos plisados de color caqui. Echaba de menos Alna durante el curso escolar. Echaba de menos a los zombis.

Mientras corregía los deberes o asistía a las reuniones del claustro, deseaba estar sentada en el porche, mirando el Omec y sopesando cuestiones menores: los pajaritos y dónde encontraban los gusanos para alimentar a sus crías, los tonos marrones cambiantes de las rocas cuando las salpicaba el agua, la forma en que caían las enredaderas de las ramas más altas de los árboles y se enredaban girando en la corriente de agua llena de espuma de debajo. Cuando la gran ciudad se cubría de nieve, tenía los huesos congelados, el aire helado me cortaba los pulmones, me decía que aquel verano iría a nadar al lago, me pondría muy morena, retozaría, como quien dice. Tenía un bañador, pero estaba lleno de bolitas y dado de sí y la última vez que me lo había puesto —en una fiesta en la piscina de mi hermana unos años antes— me había sentido lánguida y pálida, como mi madre. Las pecas de los muslos, que una vez fueran adorables marcas de salud y frivolidad, parecían ahora manchas de suciedad o bichitos que no podía dejar de rascarme con la uña. Luego mi hermana me enseñó fotos, señalándome lo flacos que se me habían quedado los pechos.

—Haz unos cuantos de estos —me dijo, moviendo los codos arriba y abajo en su cocina de acero inoxidable.

Esa era otra cosa que me gustaba de Alna. Una vez que me instalaba allí en junio, ignoraba las llamadas de mi hermana, alegando que no había cobertura. Necesitaba descansar de ella. Tenía demasiada influencia sobre mí. Solo quería hablar de las cosas y llamarlas por su nombre. Era lo suyo.

—Melasma —decía, señalando mi labio superior—. Así se llama eso.

Una mañana volviendo a casa de la bocatería y la estación de autobuses, pasé por una venta de garaje que tenía la basura de siempre: gorras de béisbol, utensilios de cocina de plástico, ropa de bebé doblada en cubos minúsculos extendida sobre sábanas de flores manchadas. Los únicos libros que vendían en Alna en los mercadillos eran libros de tapa blanda comprados en el supermercado o libros de cocina para microondas. De todas formas, no me gustaba leer mientras estaba en Alna. No tenía paciencia. Aquel día, me llamó la atención una lámpara solar alta de metal gris. En el trozo de cinta adhesiva que tenía pegado en el pie estaba escrito en rojo: tres dólares. No me importaba si funcionaba. Si no funcionaba, intentar arreglarla me llevaría por lo menos una tarde. Valía la pena la molestia.

—¿A quién le pago? —le dije al grupo de mujeres sentadas en los escalones de la entrada.

Todas tenían el mismo pelo castaño liso y largo, los mismos ojos entrecerrados, bocas protuberantes y gargantas como de rana. Estaban tan gordas que los pechos les colgaban y les caían sobre las rodillas. Me señalaron a la matriarca, una mujer enorme sentada en un banco de piano a la sombra de un gran roble. Tenía el ojo izquierdo hinchado y cerrado, amoratado, amarillo, negro y azul. Le di el dinero. Su mano era diminuta y regordeta, como la de una muñeca, con las uñas pintadas de rojo fuerte. Se metió el billete que le di en el bolsillo de la bata de casa de algodón gastado, se sacó la piruleta de la boca y sonrió, enseñándome —no sin cierta hostilidad— la solitaria hilera de dientes de abajo podridos hasta la raíz, pequeños como dientes de bebé. Tenía probablemente más o menos mi edad, pero parecía una mujer con cien años de sufrimiento a la espalda; sin amor, sin transformaciones, sin alegría, solo comida basura y mala televisión, hombres feos y mezquinos entrando y saliendo de habitaciones sofocantes para aprovecharse de su vientre y de su peso impasible. Me imaginé que alguna de sus obesas retoñas no tardaría en arrebatarle el trono y presidiría el abyecto estado existencial de la familia, el sinsentido personificado de los corazones batientes de aquellas mujeres jóvenes. Se podría pensar que, allí sentadas, rezumando lentas hacia la muerte con cada aliento, todas perderían la cabeza, pero no, eran demasiado estúpidas para perder el juicio. «Puta rica», me imaginé que estaba pensando la madre mientras volvía a meterse de golpe la piruleta en la boca. Arrastré la lámpara calle arriba, pensando en la carne que se extendería a su alrededor cuando se tumbaba en la cama. ¿Qué sentiría, me pregunté, si me dejara caer? Ansiaba llegar a casa, desarrugar la pequeña fortuna que llevaba en el bolsillo. Si funcionaba la lámpara solar, me la llevaría conmigo de vuelta a la ciudad. La luz me calmaría en el invierno y me limpiaría el alma sucia de ciudad cada noche.

No es que me faltara respeto por la gente de Alna. Simplemente, no quería tratar con ellos. Estaba cansada. Durante el curso, lo único que hacía era enfrentarme a la estupidez y a la ignorancia. Para eso les pagan a los profesores. Cómo terminé estancada enseñándoles Dickens a niños de catorce años es un misterio para mí. Mi plan no había sido nunca trabajar toda mi vida. Tenía la fantasía de que me casaría y de que de pronto encontraría una vocación aparte de la necesidad humillante de ganarme la vida. Arte u obras benéficas, bebés, algo así. Cada vez que los alumnos del último curso me pedían que les firmara los anuarios, escribía «¡Buena suerte!», luego me quedaba mirando al vacío, pensando en todo el sentido común que podría impartir pero no impartía. En la graduación, me tomaba unos cuantos antihistamínicos para calmarme los nervios, miraba flotar los birretes, todos aquellos estúpidos «choca esos cinco». Chocaba unas cuantas manos, me iba a casa y cargaba el coche con ropa de verano con olor a humedad y una caja de agua mineral con gas, y después conducía cinco horas hasta Alna.

Aquel día, al volver a casa con la lámpara, había una chica en el jardín delantero. Estaba de espaldas y parecía estar mirando hacia las ventanas, con una mano haciendo visera en la cabeza para evitar el resplandor del sol. Nunca antes había entrado nadie en mi jardín. En todo el tiempo que llevaba en Alna, nadie salvo Clark había siquiera llamado a la puerta. Dejé la lámpara al lado del coche y carraspeé.

Cuando la chica se dio la vuelta, noté que estaba embarazada. La hinchazón del bebé formaba una carpa en su larga camisa negra sin mangas. Por lo demás, estaba flaca, era una madre joven escuálida, del tipo que aborrecía mi hermana. Llevaba unas mallas de color morado pastel y el pelo rubio corto como el de un chico. Se me acercó sujetándose la parte baja de la espalda con las manos, mientras guiñaba los ojos por la luz del sol e intentaba sonreír.

—¿Es tuya la casa? —preguntó.

Conforme se fue acercando, creí detectar colonia de rosas. Tenía en la barbilla un lunar en relieve reluciente de sudor. Crucé los brazos.

—Sí —tartamudeé—, es mi casa. Soy la dueña.

Me imaginé quién sería, una antigua inquilina. Una Teri o Maxine o Jennifer o Jill, como se llamaran. A lo mejor se había olvidado algo dentro. Aquellas chicas siempre se iban dejando cosas: un cepillo del pelo, una horquilla, cajas vacías de galletas, tampones en el armario del baño, calcetines desparejados y ropa interior entre la lavadora y la secadora. Yo usaba encantada el resto de pastillas de jabón de vainilla o de flores que dejaban, todas surcadas de pelos y escarbadas con las huellas con forma de media luna de sus uñas.

—¿Necesitas algo?

La chica embarazada estaba delante de mí, con la cara reluciente, mirando la lámpara. Levantó una mano para decir hola. En la otra, llevaba un manojo de volantes.

—Soy limpiadora —dijo—. Quería dejar esto.

Me alargó una de las hojas. Era una fotocopia borrosa de un anuncio hecho a mano que incluía su nombre y número de teléfono y una larga lista de sus servicios.

111

—Hago la colada. Barro y friego. Ordeno. Limpio el polvo. Paso la aspiradora —leí en voz alta.

Había dibujado estrellitas por la página, una carita sonriente al pie, al final de una línea en que se leía «Consultar para cuidado de niños». Su tarifa por hora era menos de lo que ganaría cualquiera en un restaurante de comida rápida. Pensé en señalárselo pero no lo hice. Volví a coger la lámpara.

—¿Necesitas ayuda? —preguntó.

La ignoré cuando alargó los brazos bronceados y dejé que me siguiera a través del patio.

—El año pasado limpié tu casa, en realidad —dijo—. Después de que te fueras, antes de que se mudaran las estudiantes, supongo.

Clark no me había contado que había subcontratado la limpieza.

—Así que conoces a Clark —dije, mientras sacaba las llaves.

—Sí —dijo—, lo conozco.

No me molesté en preguntarme si Clark sería el responsable del embarazo. Aquello no iba con él. Incluso conmigo se había empeñado ferozmente en usar su marca cara de condones, pero me consumía imaginármelo comiéndose a la chica con los ojos, contando el dinero para pagarle por limpiar mi mugre. Pobre chica. Era guapa para Alna y fuerte, por cierta forma que se le notaba en los hombros. No eran anchos *per se,* sino angulares y tensos, con los músculos incipientes como los de un adolescente. Debió de pensar que yo era vieja y fea. Podría haber sido su madre, supongo. Me costó subir la lámpara solar por los pocos escalones de la entrada.

—Clark debería contratarte para que limpiaras también antes de que yo llegase —dije, abriendo la puerta y dejando dentro la lámpara—. El baño sobre todo está siempre asqueroso cuando llego.

—Suelo hacer una casa como esta en una hora o dos —dijo, todavía fuera, en el umbral de la entrada—. Pero cada vez voy más lenta por aquello del bebé.

Se señaló la barriga y me miró, como si fuese a encontrar en mí alguna simpatía. Tenía los ojos claros y azules, aunque caídos y cansados. Hablaba con el deje quejoso y sin ritmo de Alna. Quizá llevase un dragón o un diablo tatuado en la parte baja de la espalda o un conejito de *Playboy* en la parte baja del abdomen, estirado y mutado por el embarazo, «por aquello del bebé», como lo había llamado ella. Le examiné la cara mientras ella intentaba mirar la casa a oscuras.

—¿Quieres limpiar ahora? —le pregunté.

—Sí, claro.

A pesar de la información que acababa de leer en la hoja, le pregunté:

—¿Cuánto cobras?

Se encogió de hombros, aquellos hombros brillantes crispados, las clavículas reluciendo al sol.

—¿Diez dólares?

—¿Por toda la casa?

Volvió a encogerse de hombros.

—Entra —dije, sujetando la puerta abierta.

—Déjame que llame a mi madre un momento.

Le señalé el teléfono que había en la pared al lado del frigorífico y la miré andar como un pato hacia él. Soltó las hojas en la encimera. Tenía la barriga enorme, casi a punto de explotar. ¿Qué clase de madre permite que su hija adolescente embarazada vague por ahí bajo el calor sofocante?, me pregunté. Pero ya sabía la respuesta. Aquel era el estilo de Alna.

Me quedé mirándole la cara mientras pasaba, los poros minúsculos, la nariz pequeña, respingona, el maquillaje morado y grasiento que le oscurecía los pliegues de los pesados párpados. Marcó el número y se levantó el cuello de la camisa para secarse el sudor de la barbilla. Abrí el armario de debajo del fregadero y le hice gestos hacia los productos de limpieza que había allí abajo. Asintió con la cabeza.

—Hola, mamá —dijo, y se fue alejando, de mí mientras se enrollaba el cable del teléfono alrededor de la delgada muñeca.

La dejé allí, me fui a la sala de estar, desenvolví el bocadillo en la mesita de centro y desenrosqué el tapón del refresco. Era adulta. Podía sentarme en el sofá y comerme un bocadillo. No tenía que llamar a mi madre. No tenía ni que limpiar mi propia casa. Escuché a la chica mientras hablaba.

—Estoy bien, mamá. No, no te preocupes. Llegaré a casa a tiempo para la cena.

Después de que colgara, la oí hacer ruido con el cubo de los aerosoles y limpiadores de debajo del fregadero.

—Estarás hambrienta —le dije, mirándole de reojo las pantorrillas flacas cuando cruzó por mi lado la sala de estar.

Le alargué la mitad de mi bocadillo.

—Estoy bien —contestó, con un brazo cargado con el peso del cubo y el otro arrastrando una escoba—. Empezaré por arriba —dijo, y cargó las cosas por los escalones con la cara seria e inexpresiva y la enorme barriga protuberante tirándole de la camisa, que ya había oscurecido el sudor por delante.

Mastiqué y la observé desaparecer escaleras arriba. Los trozos de lechuga se desbordaban por los lados del bocadillo. Una rodaja de jalapeño chocó contra el suelo de madera. La dejé allí y seguí comiendo feliz. En aquella casa el silencio era mortal si no estaba puesta la televisión. Oí la cisterna, a la chica resoplar y respirar, el cepillo raspando rítmicamente los azulejos del baño. Me tomé a tragos el refresco, eructé con la boca abierta. Envolví la mitad de mi bocadillo para la cena y la aparté.

Entonces saqué el polvo de zombi. Se me ocurrió que podía probarlo solo para ver lo que me habían elegido los zombis aquel día, un adelanto de lo que tenía reservado. Luego, cuando se hubiese ido la chica, sería agradable ducharme, andar por la casa limpia, silenciosa y fresca, y sentarme delante de la mesita de centro con el albornoz puesto y un billete de dólar enrollado. Dejaría mi alma volar adonde fuese que me llevase la droga hasta que oscureciera y recordara el bocadillo y el mundo de abajo. Se me hizo la boca agua solo con imaginármelo. Me entró calor en las manos. Aquella era la mejor parte, la anticipación de los milagros. Pero cuando desarrugué el papel de aluminio y despegué el envoltorio de plástico, lo que me encontré no fueron polvos mágicos sino un racimo de cristales turbios de color mantequilla. El material duro, pensé, ansiosa. En la planta de arriba se oyó un ruido sordo. Dejé la droga sobre la mesa y escuché.

—¿Estás bien? —grité, sin apartar la vista de los cristales.

—Sí, estoy bien —contestó la chica.

El ruido del cepillo volvió a empezar despacio.

¿Qué significaban aquellos cristales? Solo habían aparecido una vez antes, con Clark, el primer verano que pasé en Alna. Todavía eran nuevos para mí los zombis, todavía les tenía miedo. Mis paseos Riverside arriba con Clark estaban plagados de entusiasmo nervioso. La estación de autobuses llevaba fuera de servicio unas cuantas décadas; los bancos de chapa de imitación madera y una máquina de refrescos antigua, los escaparates vacíos, los anuncios descoloridos con el oso Smokey amonestando a los fumadores contra los incendios forestales y la Hillside Church ofreciendo su centro de día y pidiendo limosna. De vez en cuando, los adolescentes iban a montar en patinete por allí, saltaban por encima de los mostradores de las antiguas taquillas con un estruendo y un repiqueteo espantosos. Los baños de caballeros estaban en la parte de atrás, al cruzar un corto laberinto de ladrillo lleno de pintadas. Unos cuantos zombis se apostaban allí detrás, sentados en los lavabos o en cuclillas en el suelo, con los perros lobo atados a una tubería en la pared, jadeando. El zombi al mando se sentaba en un urinario con la puerta medio abierta. Cogía el dinero en silencio y nos entregaba la mercancía. Tenía los dedos enormes y agrietados y rojos, arrugas negras atravesándole la palma de la mano, las uñas engrosadas y amarillas. Me tapaba la cara con el pelo, escondida y acobardada al lado de Clark, ocultándome detrás de mi servilismo fingido. Los zombis adivinaban todo eso. Lo veían todo, pero yo todavía no tenía ni idea. Era una extranjera. No conocía sus costumbres. Me fui sintiendo más cómoda con el paso del tiempo, claro. Una vez hubo desaparecido Clark de la escena, me vi obligada a ir sola. Los zombis casi nunca levantaban la vista más allá de mi cintura. Su actitud era firme, rudimentaria, animal. Cada vez que me encontraba con ellos en el baño, me sentía como si estuviese caminando desnuda, como si fuese una peregrina acercándome a un santo. Les ofrecía diez dólares y recibía su bendición.

Cuando aparecieron los cristales para Clark y para mí tantos años antes, me sentí honrada, emocionada incluso. Parecía algún rito de paso, un sacramento, pero cuando Clark vio los cristales, volvió a arrugar el papel de aluminio y se metió la droga en el bolsillo de delante de los vaqueros.

—¿Qué vas a hacer con eso, Clark? —pregunté.

—Tirarlo por el retrete, en mi casa —fue su brillante respuesta.

Cualquier afecto patético que sintiese todavía por Clark se quebró en aquel instante; era obvio que estaba intentando timarme. Supongo que aquellos cristales sirvieron para librarme de encariñarme de verdad de aquel hombre. Así era la sabiduría mágica de los zombis.

—¿Qué tiene de malo mi casa? Tíralo aquí —insistí.

—Lo podría tirar aquí —murmuró.

—Pues tíralo.

Pero Clark siguió allí sentado, acariciándose la barba y mirando fijamente la televisión como si los créditos iniciales de *Will y Grace* lo hubiesen hipnotizado, como si se hubiese convertido en uno de los zombis.

—Ejem.

—¿Qué? —preguntó.

116

—Devuélvemelo —dije, dándole un codazo en las rodillas.

—Confía en mí —susurró—. Esta cosa te pudre el cerebro.

Se levantó rascándose la cabeza, sus axilas eran un nido de pájaros de pelo salpicado de pringue blanca del antitranspirante.

—Me voy a casa —dijo—. Estoy cansado.

Lo dejé irse. No discutí. Intentó darme un beso de despedida, pero le volví la cara. Me pasé el resto del día aburrida enfrente de la televisión, languideciendo, furiosa, confusa. Intenté ir a la planta de arriba y rascar los restos de papel pintado del cuarto de baño, pero no sirvió de nada. A la mañana siguiente fui sola a ver a los zombis y recibí el material habitual. Cuando Clark se acercó por la tarde, le dije que necesitaba pasar un tiempo sola. Esnifé los polvos mágicos mientras él lloriqueaba su disculpa, que sonó, igual que todas sus declaraciones patéticas, estúpidamente sincera.

Después de limpiar el dormitorio, la chica bajó con dificultad las escaleras. Yo estaba tumbada en el sofá leyendo una revista para adolescentes que había dejado una de las inquilinas. Vi artículos que hablaban de cómo «vivir mis sueños», «obtener la independencia total» y «ganar más dinero». No puedo decir con exactitud qué tenía pensado hacer con los cristales. Había visto películas de gente que fumaba crack en pequeñas pipas de vidrio. Podía inventarme algo, pensé, pero me daba miedo echarlo a perder. Pensé en disolver los cristales como un terrón de azúcar en una taza de infusión o molerlos como si fuesen sal y echarlos en un cuenco de sopa de tomate enlatada. Pero no estaba segura de que ingerir la droga así fuese a funcionar. ¿Y si lo hacía? Tenía una vida en la ciudad, al fin y al cabo. Había ciertas realidades que debía encarar. No podía hacerle frente a la inconsciencia total. Solo quería unas vacaciones, así que tenía mis dudas. Recelaba.

Había estado haciendo girar el nidito de papel de aluminio entre los dedos, sopesando todo esto, cuando empecé a leer la revista. Cuando oí crujir las escaleras, me incorporé y volví a meter la droga en el bolsillo de mis pantalones cortos.

—Hace calor aquí arriba —escuché decir a la chica.

Sus pantorrillas bonitas y relucientes aparecieron entre los barrotes de la barandilla mientras iba bajando los escalones. Se había doblado los bajos de las mallas por encima de las rodillas, que estaban rojas de haber estado arrodillada en el suelo. Cuando aparecieron las caderas, le vi una mancha negra de sangre en la entrepierna. Ella no parecía saber que estaba sangrando. Era imposible que hubiese podido ver la sangre por encima de la montaña de su barriga, supongo. Llevaba el cubo en una mano y con la otra se agarraba a la barandilla mientras bajaba las escaleras.

—Ay, mierda —dijo cuando llegó al descansillo—. Me he dejado la escoba.

—Yo voy a por ella —le dije mientras cerraba la revista.

—Mierda —dijo otra vez, dejando el cubo en el suelo y sujetándose la cara con las manos—. Mareo.

—Te traigo un vaso de agua —le ofrecí.

No se me daba bien la sangre.

—Estoy bien —dijo la muchacha, apoyándose contra la estantería—. Solo estoy mareada —se giró hacia la pared, se apoyó en ella—. Fiuuu —dijo.

Me levanté; di golpecitos en el bolsillo para asegurarme de que la bola de papel de aluminio estaba a salvo dentro. En la cocina, dejé correr el agua del grifo hasta que salió fría, saqué hielo del congelador, cogí un vaso del escurridor.

—De verdad que estoy bien —dijo la muchacha.

Eché el hielo en el vaso. Los cubitos se resquebrajaron cuando les cayó el agua encima.

—¿Lo ves? —siguió diciendo la muchacha—. No te pierdes nada.

—¿Qué? —grité, aunque la había oído perfectamente.

—Que no te pierdes nada —volvió a decir más alto—. Mi madre dice que un bebé es una bendición, pero no sé.

Supongo que me puso de los nervios que pudiera llegar a ser tan ingenua. No tenía ni idea de lo que le iba a hacer la vida.

—Ese bebé va a cambiar tu mundo —le dije, volviendo a la sala de estar.

Estaba inclinada con la cara frente al ventilador. Le eché un vistazo a la mancha de sangre que se iba agrandando muslos abajo.

—Mi hermana tiene una hija —dije—. Renunció a su carrera y todo eso.

Le tendí el vaso. Se irguió, bebió un sorbo largo, dejó el vaso encima de la televisión y suspiró.

—¿Niño o niña?

—Niño —respondió, sonrojándose un poco.

—¿Estás segura de que te encuentras bien?

Asintió. Me quedé de pie viéndola limpiar un rato, ayudándola aquí y allá, moviendo los muebles para que pudiera pasar la fregona. Me pareció que estaba perfectamente bien.

—Me encanta *Matrix* —dijo, ordenando las estanterías de cintas VHS—. Me encantan las pelis antiguas.

Golpeó con el puño los cojines del sofá. Apiló las revistas en la mesa rinconera. Enderezó el cartel enmarcado de los *Nenúfares* de Monet. Tenía los ojos límpidos y claros como siempre bajo los párpados gruesos y relucientes. Subí a buscar la escoba, luego me retiré a la cocina, guardé los platos limpios y fregué los sucios. Puse la mitad de bocadillo para la cena en el frigo y pasé una esponja por la encimera. Saqué la basura.

Fuera, mis vecinas estaban llenando una piscina infantil con la manguera. Las saludé con la mano.

—Se ha muerto Marvin —dijo una de las mujeres con tristeza.

—¿Quién es Marvin? —pregunté.

Se volvió hacia su hermana o madre, no sabía quién, y puso cara de desdén.

Clark había atado con cadenas las tapas a las asas de plástico de los cubos de basura. Por alguna razón, a la gente de Alna le gustaba robar las tapas y tirarlas al río Omec. Era uno de sus entretenimientos veraniegos. Mientras metía la basura dentro, la muchacha embarazada abrió la puerta mosquitera y bajó envarada los escalones de la entrada. Se sostenía la barriga con una mano y se miraba la palma de la otra. Cuando nos vio a las vecinas y a mí, giró la palma. Estaba cubierta de sangre.

—¡Ay, bonita! —gritó una de las mujeres, dejando caer la manguera.

—Algo va mal —tartamudeó la muchacha, pasmada.

—¿Qué ha pasado, bonita? ¿Te has caído? ¿Te has hecho daño? —le preguntaban las mujeres.

La muchacha me buscó los ojos mientras la rodeaban. Tapé el cubo de basura y miré a las mujeres llevar a la muchacha a través del césped embarrado. La hicieron sentarse en una tumbona a la sombra. Una de ellas entró en su casa a pedir ayuda por teléfono. Volví a la mía y cogí las hojas y veinte dólares del monedero. Cuando salí otra vez, la muchacha estaba jadeando. Le alargué el dinero y ella me agarró el antebrazo, embadurnándomelo entero de sangre, y lo apretó mientras chillaba y contraía la cara de dolor.

—Aguanta, bonita —decía la vecina, frunciéndome el ceño, mientras acariciaba con sus manos gordas la frente suave y sudorosa de la muchacha—. La ayuda está en camino.

Cuando se fue la ambulancia aquella tarde, me di un paseo hasta el Omec. Me lavé la sangre del brazo en cuclillas a la orilla del río. Saqué los cristales y los tiré a la corriente, arrojé el papel de aluminio arrugado al aire y lo vi chocar contra la superficie del agua y alejarse flotando.

Miré el cielo blanquecino, nublado, a los cuervos volando en círculos y planeando hasta un nido de basura putrefacta en la otra orilla. Me senté en una piedra que estaba caliente y dejé que el sol me calentara los huesos. Se me abrieron las caderas; la piel blanca se tensó y se quemó. Se estaba bien allí con la brisa fresca, el sonido del tráfico a través de los árboles, el hedor terroso del fango. Una lata de Coca-Cola vacía tintineaba un ritmo contra la piedra, movida por la corriente. Un sapo me saltó por encima del pie.

Aquella noche, arrastré la lámpara solar hasta la acera, pensando que quizá la encontrarían los zombis. A la mañana siguiente seguía allí, así que la volví a arrastrar dentro. Subí por Riverside Road. Conseguí lo que quería. Volví andando a casa.

Una mujer honesta

Se conocieron un día de verano a través de la alta alambrada que separaba los patios. El de él era de pura tierra seca y marrón. El de ella estaba lleno de bolsas polvorientas de fertilizante y utensilios esparcidos al azar por el suelo duro en el que había empezado a plantar flores. El hombre había visto ir y venir a los vecinos a lo largo de los muchos años que llevaba viviendo allí, en el rincón oscuro de la calle sin salida.

—Siete presidentes han pasado —le dijo a la chica, riéndose nervioso y moviendo el cuello como si estuviese espantando mosquitos.

Tenía solo sesenta años, pero parecía mucho mayor. Tenía el pelo quebradizo y descolorido y la cara plagada de pecas gordas por culpa del vitiligo. La chica era guapa, recia, de treinta y pocos años. Llevaba viviendo al lado del hombre hacía ya dos meses. Él había estado esperando el momento adecuado para presentarse.

—Soy Jeb —dijo el hombre.

—Eso es mucho tiempo, Jeb —le dijo la chica—, tantos presidentes.

Jeb se volvió a reír y suspiró y la miró a través de la alambrada. Su mata de pelo blanco relucía bajo el único rayo de luz que caía del patio de la chica al suyo. La chica apartó la mirada ante la cara rara y pecosa y la nariz bulbosa. Se dio un cachete en las piernas. Las hebras blancas de hilos sueltos le colgaban por donde había cortado los vaqueros y le ondeaban sobre los muslos. Jeb advirtió que llevaba los pechos sueltos, sin sujetador. ¿De qué color tenía los ojos? Los miró y se quedó perplejo al darse cuenta de que eran de distinto color, uno azul con un extraño tono violeta, el otro verde con motas negras y miel. Tras ella, las espirales que formaba la manguera de goma verde serpenteaban por el desorden del patio. Se alegraba de tener una vecina nueva, le dijo Jeb a la chica, y era un alivio que alguien se encargara de cuidar la casa después de tanto tiempo. Los anteriores propietarios habían destrozado las paredes, se pasaban el día dando golpes, dejaban en la acera bolsas de basura rotas con trozos de escayola que manchaban de yeso blanco el asfalto. La casa había pasado a ser propiedad del banco en un estado de conservación terrible y se la habían vendido a la chica por casi nada.

—¿Os gusta el barrio a tu marido y a ti? —preguntó Jeb a través de la alambrada.

Pero ya sabía que el chico se había ido. A lo largo de las últimas semanas, Jeb los había vigilado a través del filtro de papel marrón que cubría las ventanas de la sala de estar de ella. Había escuchado las discusiones y las riñas. Hacía días que la moto del chico no estaba en su sitio, bajo la marquesina del garaje.

—Trevor se ha ido —dijo la chica, cruzándose de brazos; miró al suelo y escondió los dedos de los pies en una mata alta de malas hierbas.

—Está trabajando —asintió Jeb, fingiendo malinterpretarla—. ¿A qué se dedica, si puedo preguntar?

—No, quiero decir que se ha ido —dijo la chica—. Esta vez para siempre —suspiró, le dio un talonazo a un terrón seco y volvió a esconder los dedos de los pies.

—¿Te ha dejado sola? —Jeb enganchó los dedos de una mano en la alambrada y dio un paso hacia ella. Se llevó la otra mano al corazón y ablandó el gesto de la mandíbula rara y hundida para expresar una profunda contrariedad—. Eso es horrible. Pobrecita —negó con la cabeza.

—Bueno, no importa —dijo la chica. Cerró los puños y extendió los dedos como si fueran bombas explotando—. Así es la vida.

—Lo sé —dijo Jeb muy serio, haciendo temblar sus labios gruesos con compasión fingida. Aquella era una de las formas que usaba para conmover a las mujeres: fingía sentirse abrumado y luego, como si lo sorprendieran sus propios sentimientos indomables, se disculpaba por ellos—. Lo siento —dijo, suspirando con gesto de nuevo contrariado. Se dio cuenta de que la chica no llevaba anillo. No era viuda ni divorciada; acababa de quedarse soltera y no por mucho tiempo, supuso Jeb—. Entiendo muy bien lo que sientes.

—Mierda, no llores —dijo la chica.

A pesar de ser guapa y blanda de carnes, tenía un algo severo, pensó Jeb. Algo burdo. En mitad del silencio, sintió que la chica le examinaba con la mirada el torso estrecho, la piel rugosa y moteada de los brazos. Sabía que lo estaba evaluando. Carraspeó y juntó las manos, dio dos palmadas, como si acabara de terminar una tarea difícil. Estaba encorvado y corrigió la postura.

—Las casas son especulares, ¿sabes? —dijo. Puso las palmas de las manos una al lado de la otra—. La *destra*. Y la *sinistra*, ese soy yo —tenía los dedos pálidos e hinchados, como las manos del cadáver de un ahogado—. Sé un poco de italiano. Fui a clases una vez, hace muchos años —y añadió con un deje y una entonación viva, de pueblo, como si la chica le hubiese dado pie—: Bueno, pásate alguna vez si te sientes sola. Tómate una taza de café con tu viejo vecino. Eres siempre bienvenida.

—¿Eres del sur? —preguntó la chica, ignorando la invitación.

Se la veía altanera. Se la veía desconfiada.

—Soy un chico de Alabama —contestó Jeb—, pero llevo viviendo aquí desde siempre. Demasiado tiempo. Siete presidentes, aunque parezca increíble —dijo, riéndose con el chiste repetido, como queriendo animarla con su senilidad. Al sonreír, enseñaba los dientes profundamente podridos y con forma de garra. A lo largo de las encías eran casi negros—. Encantado de conocerte —dijo.

Extendió la palma de la mano, imitando un apretón de manos a través de la alambrada. La chica soltó una risita.

—Podemos saludarnos al estilo E.T. —dijo ella, y extendió el índice a través de la verja. Jeb chocó la punta del dedo con el suyo. Dejó el momento señalado en su mente, el tacto del dedo de ella, caliente, seco, resiliente—. Adiós.

Mientras la chica cruzaba el patio y subía los escalones, Jeb miró cómo le rebotaban las pantorrillas redondeadas, morenas del verano y salpicadas de barro.

—Si alguna vez necesitas que te eche una mano... —empezó a decir, pero la chica no lo oyó.

Su silueta cruzó por detrás de las persianas grises del porche trasero y luego entró y la puerta de la cocina se cerró y la radio se encendió. Ponía mucho la radio, notó Jeb, desde que la había dejado el chico. Por algún fenómeno acústico, Jeb había descubierto que podía oír casi todo lo que pasaba en la casa si escuchaba con atención desde la ventana del sótano.

Aquella noche, Jeb cenó en el sótano, escuchando los sonidos que hacía la chica sola en su casa. Tenía la radio sintonizada en una emisora de música folk antigua, «música de mujeres», pensó Jeb mientras arponeaba la comida con un pesado tenedor de plata. Masticaba con minuciosidad, le costaba tragar, de vez en cuando se atragantaba con el filete duro frito en la sartén y los escasos trozos crudos de zanahoria y pimiento verde. Creía que si bebía mientras comía se diluían los ácidos del estómago, así que rara vez bebía otra cosa que no fuera el café de por la mañana o un ocasional vaso de whisky Kenny May cuando tenía algo que celebrar o lamentar. Aparte de eso, era inmune a los placeres de la comida. Sí disfrutaba, sin embargo, de la emoción de la frugalidad cuando almacenaba grandes cantidades de carne, comprada de oferta, en el enorme congelador que ahora usaba de mesa para cenar en el sótano. También le gustaba comprar las verduras con descuento, por lo general de un estante de productos en oferta del supermercado. Llevaba haciéndolo tanto tiempo que, cuando veía la pegatina de descuento de color naranja fluorescente, se le hacía la boca agua.

Se alegraba de que la chica no intentara emular las florituras del cantante, le habría dado vergüenza escucharla. La chica cantó una canción triste —estaba claro que se sabía toda la letra— y en las pausas a Jeb le pareció detectar el crujido leve de una revista de moda. Se la imaginaba sentada sobre un edredón colorido, con la luz amarilla de la lámpara lustrándole los brazos desnudos y reflejándose en las vértebras del cuello mientras miraba las páginas y rodeaba con los dedos finos y resecos las fotografías de todo lo que ansiaba. Le parecía que estaba llegando a conocerla por los ruidos que hacía: lo malhablada que era con sus amigas por teléfono, los golpes violentos con los que cerraba los cajones cuando se vestía, los pasos rápidos al subir y bajar las escaleras por las mañanas, los pasos lentos arriba y abajo por la noche. Jeb hasta había oído sus ventosidades unas cuantas veces y esperaba contárselo algún día. «Y aun así no disminuyó el cariño que te tengo —se imaginaba que le diría—. De hecho, me gustaste más».

Antes de que Trevor la dejase, a Jeb no le gustaba escuchar con demasiada atención. Se pasaban todo el tiempo gritándose. «¿Dónde están mis zapatos?». «¿Estás lista?». «¿Qué?». «¿Cariño?». Y luego estaban los «Cariño, ven a hablar conmigo» y «Cariño, mira esto» y «Cariño, baja». Y lo peor: «Te quiero, cariño». Cariño. Nadie había llamado así a Jeb en la vida. «Jeb» era el nombre más amable que había recibido nunca, y aun así sonaba feo y gomoso, como el nombre de un lavavajillas o de un jabón para fregar los suelos de la cárcel. Jeb. Era el diminutivo de Jebediah, aunque nadie le pedía nunca explicaciones. Nadie soportaba mirarlo, pensó, menos todavía sentarse a escucharlo hablar.

El domingo por la mañana, el sobrino aparcó su sedán negro en el camino de entrada de gravilla y tiró una colilla en el patio de tierra reseca de Jeb. Jeb frio huevos y beicon, hizo tostadas, sirvió café, le quitó el papel encerado a una barra de mantequilla nueva. Se había pasado la hora anterior escuchando a la chica andar por la casa, fregar el suelo, llenar cubos de agua con la boquilla del fregadero de la cocina, clavar puntillas en la pared. De vez en cuando, los gritos de «mierda» o «ay» o «hijo de su madre» interrumpían la transmisión de las noticias de la radio que parloteaba en la cocina. En Egipto estaban matando a manifestantes. Unos científicos habían descubierto nuevos planetas. Se estaba incendiando un parque nacional, había una inundación en la India, una ola de robos al otro lado del río. A los pobres y a los inmigrantes les gustaba el presidente. Se acercaba una tormenta. Vientos fuertes, advertían. Pongan a salvo a las mascotas dentro de casa. «Pues muy bien», murmuró la chica, y cambió a una emisora de jazz.

—Mi vecina nueva es agradable —le dijo Jeb al sobrino cuando se sentaron a comer en la mesa de la cocina. Jeb se sirvió una sola loncha de beicon, un trozo de pan tostado—. Soltera, justo en la casa de al lado. Estoy seguro de que le vendría bien tener un amigo de su edad.

El sobrino se comió todo el huevo que le cupo en el tenedor. Tenía la cara flaca y barbada. Llevaba un arito de oro en una oreja.

—¿Qué aspecto tiene? —preguntó, ladeando la cabeza con escepticismo—. De verdad. De la cabeza a los pies.

—Por favor —dijo Jeb—. No eres quién para ponerte exigente. Se parece un poco a Lou Ann —Lou Ann había sido la novia del sobrino en el instituto—. Tiene el mismo color bronceado.

128

—Iré a conocerla —dijo el sobrino—. Pero no estoy diciendo que vaya a salir con ella. No necesito dramas.

—¿Qué dramas? Sería una suerte para ti —dijo Jeb—. Una chica encantadora. Con un pasado, claro, como todas.

—¿Con niños? —preguntó el sobrino—. Olvídalo.

—No, sin niños. Con problemas emocionales más bien —dijo Jeb—. Ya conoces a las mujeres. Son todas como gatos callejeros: o te ronronean en el regazo o te mean los zapatos.

—Amén —dijo el sobrino.

—Es guapa —repitió Jeb—. Tiene algo especial. Una chica por la que a lo mejor merece la pena sufrir, en mi opinión. Sea como sea, serías muy afortunado —levantó el plato vacío del sobrino—. Ve allí y te presentas. O mejor todavía, llévale esta carta.

Dejó el plato en el fregadero y fue al cajón de la cocina, donde había estado guardando una carta que el cartero le había entregado por error. Era un aviso de la biblioteca de una universidad que estaba al otro lado del río. La chica se había retrasado con la devolución de un libro y la multa subía cada día que pasaba.

—Iba a dársela ayer —dijo Jeb.

—Pero es domingo por la mañana —dijo el sobrino.

—No importa —dijo Jeb—. Está levantada. Estoy seguro de que le alegrará tener visita —le puso una mano en el musculado hombro al sobrino mientras caminaban hacia la puerta de entrada—. Cuando la veas, dile que le mando recuerdos.

El sobrino atravesó saltando el patio delantero, dándole patadas al polvo, y cruzó la acera de cemento que daba a la entrada de la chica. Su patio no tenía valla alrededor, solo hierba espesa descuidada, pequeños arbustos de hoja perenne, pilas de mantillo húmedo esparcidas con descuido alrededor de dos plantones de arbolitos torcidos. Había unos cuantos tiestos de flores vacíos en el pórtico. El sobrino llamó al timbre, dio golpes en la puerta, con el pecho rebosante de impaciencia. Cuando la chica contestó, Jeb se escabulló dentro de la casa para observar la escena a través de la ventana de la sala de estar.

La chica llevaba sus pantalones vaqueros cortos deshilachados, una camiseta negra con las mangas cortadas y mocasines de piel rotos. El sobrino se quedó allí ansioso un momento, antes de tenderle la carta. Mientras hablaban, la chica agitaba la carta en la mano. Clavó el dedo por debajo del cierre del sobre, sin darse cuenta de que Jeb lo había abierto y vuelto a pegar. El sobrino parecía expectante, se rascó la oreja, metió y sacó las manos de los bolsillos. La chica se encogía de hombros y se apartaba el pelo de la cara y sonreía mientras hablaban. Él retrocedió por los escalones de la entrada. La chica saludó con la carta y cerró la puerta. Jeb observó su silueta a través de las ventanas cubiertas de papel. Se imaginó su cara, primero cuando sonriese halagada, después cuando hiciese un mohín por lo que leía en la carta. Se imaginó consolándola, ofreciéndole las monedas sueltas que llevaba en el bolsillo. «Son solo unos centavos, corazón. No hay que desanimarse». Se apretó el hombro con la mano. Era todo cartílago y tendones. Peló un plátano blando y marrón. Escuchó al sobrino alejarse en el coche.

A primera hora de la tarde, Jeb estaba en el patio de atrás, arrastrando por la tierra una tumbona oxidada. Se sentó en un sitio desde donde podía observar a la chica fregando los platos a través de la puerta abierta de la cocina.

—¡Cuidado con la tormenta! —gritó cuando por fin ella atravesó el porche y se sentó en los escalones torcidos de madera de la parte trasera de la casa—. Me encanta este momento, la calma de antes.

La chica miró a Jeb desde lejos a través de la alambrada. Estaba allí sentado sin hacer nada frente a su patio, como si fuese la televisión.

—Hola —dijo ella.

El viento suave y cálido le alborotó el cabello largo y suelto. Se lo recogió con los dedos y le dio la espalda a Jeb para encender un cigarrillo.

—Oye —dijo Jeb, mientras arrastraba la silla para acercarla a la alambrada—. No pretendo meter las narices, pero permíteme solo que diga cuánto me ha alegrado oír que has hecho un nuevo amigo, mi joven sobrino. Hace tiempo que no tenía a nadie especial en su vida —le guiñó un ojo—. Os deseo lo mejor.

—No es para tanto —dijo la chica mientras se quitaba una hebra de tabaco de la lengua—. Solo vamos a tomar algo juntos.

—Bueno, bueno —dijo Jeb—. No quiero inmiscuirme. Respeto vuestra intimidad.

La chica se levantó.

—No hay ninguna intimidad —dijo ella—. No es una cita ni nada. Puedes venir con nosotros si quieres. A mí me da lo mismo.

—Ah, no, no quisiera entrometerme —dijo Jeb mientras fruncía las cejas y negaba con la cabeza.

La chica estaba muy guapa con el viento y la extraña luz rosa del sol que se filtraba a través de las nubes pálidas. Jeb observó la camisa de ella aplanándosele contra el cuerpo con el viento, su figura más torneada de lo que él esperaba.

—No os hace falta un viejo estorbando —dijo.

Mientras sujetaba el cigarrillo con los dientes, la chica forcejeó para volver a soltarse el pelo y se hizo una trenza. Tenía las axilas ásperas por los vellos diminutos y salpicadas con cúmulos blancos de desodorante.

—Si nos quieres acompañar, me da igual. No me importa —dijo categórica.

—Si insistes —dijo Jeb—. ¿Por qué no te pasas por mi casa? Brindaremos al estilo de Alabama y después os podéis ir a donde sea que van los jóvenes. Bebes whisky, ¿verdad?

—¿Quién no? —contestó ella, mientras aplastaba el cigarrillo contra el marco de la puerta—. Creo que dijo a las ocho.

—Te veo luego —dijo Jeb, y la miró mientras cruzaba el patio, despedida hacia adelante por el viento, con la trenza ya floja.

La chica cogió un arbolito metido en una maceta y lo llevó de vuelta al porche.

—Pasará pronto —gritó Jeb, señalando al cielo revuelto y rosado, pero ella no podía oírle.

Estalló el primer trueno. Brilló un relámpago. Jeb volvió a entrar en la casa y se sentó en el sofá, escuchando y contando, esperando la tormenta.

A las ocho, la lluvia caía inclinada en cortinas perezosas que batían las ventanas de Jeb. El cielo se había puesto negro, pero los relámpagos le daban color amatista y ahumado cada vez que rompían en lo alto. Jeb se había duchado, puesto una camisa limpia, peinado con ungüento para el pelo, afeitado, dado palmaditas en los carrillos con colonia. Su cena había sido un muslo de pollo hervido, una latita de chucrut, unas cuantas cerezas ácidas de principios de verano. Durante el concierto de la tormenta, no había podido oír nada de casa de la chica por la ventana del sótano. La radio de Jeb informaba de cables de tensión caídos, de la interestatal inundada. Se habían visto obligados a cerrar algunas carreteras por culpa de las ramas desprendidas. No era seguro conducir por el puente, dijeron. El sobrino llamó para que le transmitiera un mensaje a la chica.

—Dile que estoy atrapado. No puedo ir.

—Qué pena —dijo Jeb—. Se lo diré.

En la sala de estar, quitó el montón de cupones de descuento de la mesa auxiliar que estaba al lado del sofá, dejó a la vista la botella de Kenny May. Del armario de la cocina escogió dos vasos de cristal tallado, lamió los bordes de los dos y los puso al lado del whisky. Sintonizó la radio en una cadena de música ligera.

Unos minutos después de las ocho, sonó el timbre de la entrada. Allí estaba la chica con botas de agua negras y un impermeable brillante amarillo con la capucha flotándole tiesa sobre la cara ensombrecida.

—¿Ha llegado ya? —así saludó a Jeb.

—Bienvenida, bienvenida —dijo Jeb, sujetando la puerta.

La chica entró y se quitó el impermeable. El agua goteó por todo el suelo. Jeb retrocedió un paso. El vestido de la chica era decepcionante: no terminaba de ser un vestido de estar por casa, aunque era de algodón barato con un estampado floral de color pastel y mangas cortas. Notó feliz la presencia de pendientes, unos corazones pequeños de plata. Olía a coco, a cócteles afrutados, a brisa tropical, a playas de arena blanca. Jeb colgó el impermeable en la percha al lado de la puerta.

—Supongo que debería quitarme también estas —dijo la chica, y se inclinó para sacar los pies de las botas.

Cuando perdió el equilibrio, Jeb le agarró el antebrazo con la mano. La chica no pareció darse cuenta. Jeb se ruborizó por la sensualidad de la carne de ella, suave alrededor del hueso, como el brazo de un bebé. Intentó no apretárselo muy fuerte. Cuando se enderezó, la soltó. Luego la chica se inclinó y se balanceó y se quitó la otra bota, lo que le permitió al viejo vislumbrarle el escote colgante.

—Siento informarte de que mi sobrino llegará con retraso —dijo Jeb mientras cerraba la puerta de entrada—. Se ha visto demorado por la lluvia —aspiró el aroma de ella, pensando bien qué palabras decir—. *Piña colada* —exclamó, moviendo un dedo—. Tu perfume. ¿Tengo razón?

—Es solo crema hidratante —dijo la chica mientras se estiraba el vestido—. ¿Cuánto tardará?

—Quizá un minuto, quizá una hora. Dice que no lo esperemos —dijo Jeb.

La casa por dentro era sombría. En el recibidor solo brillaban débilmente en los apliques unas bombillas pequeñas con forma de llama. Jeb le enseñó el salón. La lámpara del techo daba una luz blanca débil y parpadeante. Bajo ella, los ojos de Jeb se veían como dos sombras negras. Su cara parecía una calavera.

—Ven a sentarte —dijo, mientras le ponía una mano en la parte baja de la espalda para persuadirla.

Le dio la impresión de que ella le permitía aquella amabilidad. Era más fuerte de lo que parecía, pensó Jeb. Fuerte pero pequeña, como un cachorro de bulldog. Es una zorra dura de pelar, pensó.

—¿Por qué no te tomas algo con tu vecino viejo y solitario? Relájate un poco.

La chica se sentó en el sofá y cruzó las piernas sujetándose la falda del vestido para que no se abriera.

—Tu casa es igual que la mía, solo que al revés —dijo.

Jeb cogió el Kenny May de la mesita auxiliar y echó unos cuantos dedos de whisky para cada uno.

—No tengo hielo, me temo —dijo, alargándole un vaso a la chica.

Fuera, se agitaba la tormenta. Por encima de la canción de amor de la radio, ambos oían chasquear las ramitas y las ramas, las ráfagas de viento a través de las hojas, la lluvia salpicar contra la superficie de la casa.

—Por los nuevos vecinos, los nuevos amigos —dijo Jeb.

Brindaron y bebieron. La chica hizo una mueca y olisqueó el whisky. Jeb miró por la ventana, sonriente. Era muy consciente de que, cuando se sentía exultante, se comportaba de manera extraña. Podía llegar a parecer demasiado ansioso, demasiado efusivo. Podía revelar demasiado. Intentó mantenerse erguido, rígido, pero no pudo contenerse y dijo lo que le pasaba por la cabeza.

—*Pump and dump*. ¿Conoces la expresión? —preguntó él—. Bombeo y descarga. Así lo llama mi sobrino. Eso es lo que le gusta hacer. Puede que la tormenta te haya salvado de esa humillación. Gracias a Dios por la Madre Naturaleza.

—¡Jesús! —resopló la chica. Los hombres no dejaban nunca de sorprenderla, eran todos perros astutos, criaturas despreciables—. Por Dios —dijo. Bebió más whisky—. El chaval solo me ha invitado a tomar algo. No soy una puta.

Jeb se agachó doblando la cintura, bajó la cabeza.

—Me parece que tu entusiasmo lo ha confundido —dijo guiñándole el ojo. Luego se enderezó de nuevo e intentó no sonreír.

La chica repiqueteó las uñas contra el vaso y se dejó caer de nuevo contra el viejo sofá de cuadros. Los muelles se habían ido aplanando a lo largo de las décadas. La tapicería olía a Jeb: un olor amargo, a madera podrida y un poco a productos químicos. La tela áspera de los cojines le raspaba los brazos. Cerró los ojos, inhaló profundamente el aire extraño y hostil y sorbió la bebida. Estaba cansada. Era mucho trabajo mantener la casa en orden, supervisar todas las reformas y hacer ella misma la mayor parte. Le alegraba tener aquella distracción, alejada de sus pensamientos, de los pinchazos fríos cada vez que deseaba que Trevor la tocase con la mano, que sus labios le besaran el cuello, las mejillas, los muslos. Mientras se hundía más en el sofá, pensó que si Trevor volvía por ella, le dejaría hacer lo que quisiera. Aceptaría cualquiera de sus ideas estúpidas. A lo mejor hasta se dejaba embarazar. Pero aquella idea le dejó un mal sabor en la boca. Puso mala cara. Jeb miró cómo le subía y le bajaba el diafragma bajo la delgada tela del vestido. Parecía nerviosa, irritada, los ojos perversos y crueles.

—Lo siento, querida. ¿Te he ofendido? —preguntó Jeb.

Ella abrió mucho los ojos y lo miró fijamente.

—Estás intentando molestarme, ¿no? —dijo la chica.

Los ojos de Jeb se acobardaron y su mirada revoloteó entre las luminosas rodillas cruzadas de ella y los cristales de la ventana que retumbaban.

135

—Te veo venir. Quieres que me disculpe por todas las chicas a las que no les has gustado. No soportas que viva en la casa de al lado porque te lo recuerdo. Es eso, ¿no? Bombear y soltar —se burló—. Nada de lo que digas me va a molestar. Inténtalo. Te reto.

Se rio entre dientes y le dio un sorbo al whisky, antes de dejar el vaso en la mesita de centro.

—Con las jóvenes de hoy en día nunca se sabe —dijo Jeb—. El mundo de ahí fuera es hostil y salvaje, y las chicas, las mujeres —sabía que hacer la distinción era importante para que la chica se sintiera respetada— se entregan gratis. Me parte el corazón. Baja autoestima, lo llaman —chasqueó la lengua, negó con la cabeza, se llevó la mano al pecho y dijo despacio, como si fuese a llorar—: Lo siento —se inclinó hacia delante sobre la mesita de centro, levantó el vaso de la chica y lo colocó sobre un posavasos.

—Pero si no he hecho nada —sostuvo la chica, mientras ponía los ojos en blanco—. No hay que alterarse por nada. Por Dios. Ya te he dicho que te veo venir. Sé lo que estás intentando. Estás intentando que llore en tu hombro, hacerme quedar como que la he cagado, como si esa fuese la razón por la que no quiero follar contigo. No nací ayer, ¿sabes?

Cuando Jeb se ponía nervioso, el corazón le palpitaba. «Como una paloma en un saco de arpillera», le había dicho al médico.

—¿Y qué quieres decir con «gratis»? —siguió la chica—. ¿Te parece mejor venderse? ¿Qué os pasa a los hombres, lo veis todo siempre blanco y negro? Como si estuviese todo en venta.

—¿Perdona? —dijo Jeb.

—Toma y daca. Como si la vida fuese una cuenta bancaria que hay que tener siempre repleta. Y como si todas las mujeres fuesen putas.

—Querida, no tengo ni idea de lo que me hablas.

—No me digas —dijo la chica, apretando los labios y arrugando la barbilla.

Jeb pensó que así se la veía bastante fea. Ella contuvo la respiración. Parecía a punto de explotar de alguna forma. Bajo la mesa de centro, sacudía el pie desnudo como si fuera un muñeco cabezón. Un rayo chasqueó y destelló.

—¿Crees que va a venir el chico? —preguntó, con voz de repente suave e inocente.

—No —dijo Jeb.

—Oh —dijo ella.

Y aun así siguió sentada. Incluso adoptó una postura más cómoda, inclinándose hacia delante para no tocar con la piel los cojines ásperos del sofá.

Jeb estaba callado. La miró lamer el whisky con los labios y abrirlos luego mientras sorbía. Él se tragó una flema, se desplazó muy envarado hasta el sofá y se sentó. Dejó descansar la mano en el cojín que había entre la chica y él. Con el meñique rozó la tela suave del vestido de ella. Si quisiera, pensó, podría pellizcarle tranquilamente la carne del muslo.

—Aquí hay unas fotos —dijo, girándose hacia una vieja caja de puros que había en la mesa de centro.

Abrió la tapa de la caja. La chica se inclinó a mirar las fotografías que había dentro, las deslizó por la caja como si fueran piezas de un rompecabezas. Jeb volvió a mirarle el escote bronceado y salpicado de sudor.

—¿De qué año es esta? —preguntó, cogiendo una.

Era un retrato escolar de Jeb cuando era pequeño. En la foto, tenía la cara gorda, la mirada fría y torturada, la corbata rayada retorcida y apretada alrededor del cuello flaco.

—Tenía nueve años —declaró Jeb. Sacudió la cabeza con brusquedad, como queriendo despertarse. Empezó a decir—: Si mi edad te supone un problema...

—¿Por qué me iba a importar cuántos años tienes? ¿A mí qué más me da? —le dio la vuelta a otra foto, la sacó para que Jeb la viera. Era una foto de él de joven, escondido al lado de su padre, un tipo oscuro, malvado, con un

137

traje gris que parecía un saco. En la foto, Jeb tenía el pelo rojo y espeso—. Ahora tienes el pelo muy blanco —dijo, mirando otra vez la foto.

—Me llamaban Jeb el Rojo cuando era joven. Dilo rápido seis veces —se rio—. Hay gente que piensa que soy albino, aunque no te lo creas.

—Pues claro que me lo creo —dijo la chica—. De este mundo me puedo creer casi cualquier cosa.

—Y a veces hay gente negra que cree que soy un negro albino, aunque no te lo creas. Supongo que es un cumplido. No es contagioso, el vitiligo. Es completamente inofensivo. En algunas culturas lo consideran señal de lo divino. Si fuese a esos países, se pararían a rezarme por la calle, supongo. San Jeb —se rio—. Créeme, querida, no soy un santo. Ahora, claro, parezco un viejo. Los niños son muy crueles...

—¿Puedo usar tu baño? —preguntó la chica, interrumpiéndolo.

Jeb le miró las rodillas. A través de la piel se veía el tono azul de las venas. Fingió toser, se recompuso y se volvió a inclinar sobre las fotografías mientras se mojaba el dedo, no con la lengua sino con el labio gordo, húmedo y baboso que le colgaba bajo las arrugas de expresión.

—Ya sabes dónde está —dijo.

Jeb escuchó las pisadas fuertes de ella cuando cruzó el vestíbulo de la entrada hasta el cuarto de baño de debajo de las escaleras. Durante su ausencia, miró las fotos y se acordó de un romance fallido de hacía mucho tiempo. Se había creído enamorado, pero, después de un único encuentro íntimo, la mujer se había sentado en el inodoro y lo había rechazado por completo. «Eres demasiado estirado —le dijo—. No tienes imaginación». Le palpitó el corazón otra vez al recordar el bamboleo de sus muslos cuando se levantó para limpiarse. Sonó la cisterna. Esperó a oír el grifo del lavabo correr, pero no se oyó. La chica volvió.

—Me gusta el empapelado del baño —dijo—. Y el lavabo antiguo.

Se sentó otra vez. Jeb había colocado una foto encima del montón para que ella pudiera verla. En la foto aparecía una mujer muy flaca con un sombrero para el sol y con biquini, sentada en una silla de playa al lado de una piscina.

—¿Quién es? —preguntó la chica, señalando la foto al sentarse.

—Mi mujer, que en paz descanse.

—Es muy guapa —dijo la chica educadamente.

Se inclinó hacia la mesa de centro y se sirvió otro vaso hasta arriba de Kenny May.

—Tenía un diente partido —dijo Jeb—. Pero era bastante guapa. Una chica rara. Yo no sabía nunca en qué estaba pensando. Tenía costumbres raras, como todos. Y obsesiones raras. Le gustaba comprar toda clase de cosas lujosas. De encaje y seda, ¿sabes? Saltos de cama. Lencería. Te voy a decir una cosa —dijo Jeb, sonriendo—. Dejó cajones llenos de cosas de esas, en la planta de arriba. Me encantaría enseñártelas. Es todo muy bonito.

La chica soltó la foto.

—Una mujer rara —siguió Jeb—. Escribió en un diario todos los días de su vida, me hizo jurar que no lo leería nunca. Cuando se murió, bendita sea su alma —volvió a llevarse la mano al pecho, inspiró y balbuceó un momento, miró al techo—, encontré el diario y lo leí y era todo sobre la bolera. La bolera esto y los bolos aquello. Me hizo llorar y reír al mismo tiempo. Eso es amor.

Puso la mano en la rodilla de la chica y miró por la ventana. Afuera, rugía y retumbaba la tormenta. Las luces parpadearon, pero no se apagaron. La mano pálida, hinchada y con manchas sobre la rodilla de la chica estaba inerte, seca, pesada, fría, como un lagarto gordo y dormido que podía despertarse en cualquier momento y clavarle las garras en el muslo blando.

—Quítame tu sucia zarpa de la pierna —dijo la chica categóricamente. Le cogió el meñique y le levantó la mano y la llevó hasta un lado—. No me lo puedo creer —murmuró en voz baja, soltándosela.

Jeb la ignoró. Meció la cabeza como en un ensueño doloroso.

—Ay, mi dulce Betty Ann. Dejó un armario lleno de ropa, además. Muy elegante —dijo—. Con estilo de verdad. Y ya me conoces, soy un sentimental, no podía deshacerme de esos vestidos tan bonitos. Siempre he pensado que a lo mejor los podría usar alguien algún día. Como tú, por ejemplo. ¡Oye! —como en una pantomima cómica, espiró como si lo hubiese alcanzado un relámpago, extendió los brazos frente a él, dejó pender la cabeza y la lengua colgarle fuera de la boca. Se le iluminó la cara y dijo—: Tengo una idea. ¿Te gustan las cosas antiguas, *vintage,* que lo llaman? Tengo faldas, tops, combinaciones y los vestidos. Zapatos también. Siéntete libre de probártelos. Están justo arriba —las arrugas carnosas que tenía alrededor de la boca se hicieron más profundas cuando sonrió.

La chica miró su bebida.

—Si no va a venir el chico, debería irme a casa.

—Pero si acabas de llegar —Jeb abrió las manos, movió los dedos—. Relájate.

Alargó la mano por encima del regazo de ella para coger el Kenny May, llenó ambos vasos, aunque ninguno de los dos estaba vacío. Fuera, la tormenta paró un minuto. Se quedaron sentados escuchando, esperando a ver si se había terminado de verdad. Luego empezó a llover otra vez. El viento se reanudó y aulló.

—No me creo que hayas estado casado —dijo la chica un rato después. Puso el vaso sobre el posavasos—. El whisky sabe raro. Sabe a whisky barato.

—Túmbate un rato —dijo Jeb, sin levantarse del sofá—. Estírate si quieres. Ponte cómoda. *Mi casa es su casa* —dijo Jeb—. Sé un poquito de español. Y de francés. *Voulez-vous? Comment ça va?*

La chica bostezó y negó con la cabeza.

—No me voy a tumbar contigo —dijo.

—Pero los vestidos —dijo Jeb—. Te quedarían perfectos. Déjame que te baje uno para que lo veas. Hay de todos los colores y estilos. Mi mujer vestía siempre a la última. Y justo tenía tu talla. ¿Te bajo uno? Sería una pena tirarlos todos. Puedes subir y mirarlos tú misma, si quieres.

—No, gracias —dijo la chica.

Mientras toqueteaba la tapa de la caja de puros de Jeb, su aburrimiento parecía fingido.

—Está todo ahí, esperando a que alguien le dé una nueva vida —dijo Jeb—. Llévate lo que quieras, no me importa.

Un relámpago estalló e inundó la habitación con una luz azul pálido.

—Si quisiera dejarme engañar para que me llevaras al dormitorio, no tendrías que pedírmelo dos veces —contestó la chica—. Ya te lo he dicho, te veo las intenciones.

Jeb miró al techo. La piel floja y llena de manchas de su garganta aleteó cuando rechinó los dientes.

—Así que no estás interesada —dijo, cruzándose de brazos—. Has ido y has cambiado de opinión.

—¿Cambiado de opinión?

—Solo intentaba ser educado, buen vecino. Y vienes aquí a que te consuelen.

—Siento haberte dado una impresión equivocada —dijo la chica, sarcástica. Los ojos desiguales se le arrugaron con la burla, pensó Jeb.

—Tienes suerte de que no sea un baboso —siguió él—. Podría hacerte lo que quisiera, ¿sabes? Una chica joven, borracha en mi sofá. Deberías tener más cuidado. Mi mujer... —Jeb dio de pronto un grito ahogado, mientras se limpiaba con mucho aparato unas lágrimas invisibles con los dedos gordos y arrugados—. Dios la bendiga. Era una buena mujer. Una mujer honesta. No una calentona ni una fresca como las que te encuentras hoy en día.

Se quedó mirando los pies desnudos de la chica sobre el suelo de madera, mientras sentía el latido rápido del corazón palpitando. Se lamió los labios. La chica siguió sin levantarse.

—No me encuentro bien —dijo Jeb, reclinándose contra el sofá y cerrando los ojos.

La chica se acercó. Le puso la mano sobre el hombro huesudo y Jeb la sintió caliente y húmeda a través de la fina camiseta. El aroma a coco le mareó. Se quedó helado. Sintió que el peso de ella cambiaba de sitio en el sofá, escuchó chirriar los muelles y entonces ella se puso sobre él a horcajadas, metiéndole los pechos en la barbilla. Jeb casi no podía respirar.

—¿Era esto lo que esperabas? —preguntó, mirándole a la cara para ver su reacción.

Jeb siguió con los ojos cerrados, volvió a lamerse los labios. A la chica le llegó el olor de su aliento, como de gato enfermo. Le olisqueó la boca mientras se retorcía feliz. Solo unos centímetros separaban sus caras.

—Esperaba... —empezó a decir Jeb.

El peso del cuerpo de ella contra el suyo se le clavaba en los huesos. Se sentía ruborizado, endurecido. Levantó las manos.

La chica se rio y se bajó antes de que pudiese tocarla. Se le había levantado el vestido en la maniobra. Jeb miró cómo le temblaban los muslos con el impacto de cada paso que daba al cruzar el salón. En el vestíbulo rio para sí un poco más, se volvió a poner las botas y descolgó rápidamente el impermeable del perchero.

—Deja que te acompañe hasta la puerta —gritó Jeb.

Pero la chica ya se había ido.

Fuera, la lluvia se calmó, luego paró del todo.

Unas horas después, volvió a llamar el sobrino.

—Todo el edificio de mierda se ha quedado sin electricidad —se quejó—. ¿Cómo se supone que voy a hacer nada? No puedo ni ver la tele.

—Podrías haber pasado la noche aquí —le riñó Jeb—. De todas formas, me lo pasé muy bien con la vecina sin ti, pero no creo que te gustase mucho. No vale nada, en mi opinión. Como pescar en un barril, que se suele decir. No tiene gracia perseguirla.

—Tengo más chicas —dijo el sobrino; volvió a quejarse por el apagón y colgó.

Por la mañana, una neblina pálida cubría el aire de fuera como si fuese humo. La niebla oscurecía la casa de la chica. Jeb se despertó en el sofá, cogió el Kenny May y volvió a su puesto en el sótano. Una gotita de agua se filtraba por la pared de cemento desmoronada hasta el suelo. Bebió. Lo único que se oía desde la casa de la chica eran cajones y armarios abriéndose y cerrándose, el correr del agua del grifo y el chasquido del dial de la radio subiendo y bajando, hasta que daba con canciones pop alegres, ligeras. Ella escuchaba una detrás de otra y las cantaba con alegría, como si fuese del todo inocente, como si no hubiese pasado nada.

Pasaron los días. Jeb estuvo todo el tiempo sentado junto a la ventana de la cocina. Observaba a la chica, mientras ella metía latas de pintura en la casa, fumaba en los escalones, recogía escombros del patio, arrastraba bolsas de basura a la acera. Veía aparecer de vez en cuando su cara a través de las ligeras cortinas del dormitorio cuando abría o cerraba la ventana. Llegaba el correo, el sol salía y se ponía. Jeb se había desentendido de las hojas secas que habían volado desde el patio de la chica al suyo. No quería que la chica lo viese allí fuera rastrillando. Era una zorra, una calentona, no se merecía que le dedicara tiempo, se dijo. Leía el periódico del domingo y freía beicon mientras la chica pintaba y limpiaba y martillaba las paredes. A pesar de sus instintos de buen vecino, se abstuvo de pasarse a ofrecerle a la chica ayuda o consejos.

—Es una más del montón —le dijo a su sobrino cuando vino a desayunar—. No tiene sustancia ni profundidad. Está pagada de sí misma sin motivo.

—A lo mejor me paso a decirle hola —dijo el sobrino, pero no lo hizo.

Y luego, unos días más tarde, Jeb oyó el chirrido estruendoso de una moto pelando la carretera. Escuchó durante horas por la ventana del sótano, siguiendo con la cabeza el compás rítmico del golpear del cabecero de la cama de la chica contra la pared, las respiraciones entrecortadas y los gruñidos y los bramidos. Cuando terminaron, Jeb salió disparado al centro andando y se pasó toda la tarde paseando como un perro callejero bajo los toldos rayados de las tiendas, esquivando la luz del sol para que no se le quemara la piel blanca y le salieran ampollas. Lamió un cucurucho de helado de vainilla y contempló su silueta hundida en los escaparates. Enderezó la postura lo mejor que pudo, pero iba encorvado por naturaleza. Sin embargo, todavía podía ser un dios en la Tierra, si encontraba a la tribu adecuada. Sería maravilloso ser adorado y amado. Jeb silbó y se fue riendo por las cálidas calles nocturnas, imaginándose un nuevo lugar maravilloso y a toda la gente estúpida que se quedaría sin respiración y se arrodillaría en éxtasis cada vez que él pasara arrastrando los pies.

El muchacho de la playa

Los amigos se encontraron para cenar, como hacían el segundo domingo de cada mes, en un restaurancito italiano del Upper East Side. Eran tres parejas: Marty y Barbara, Jerry y Maureen y John y Marcia, que acababan de volver de una escapada de una semana a una isla para celebrar su veintinueve aniversario de boda.

—¿Eran bonitas las playas? ¿Qué tal el hotel? ¿Era seguro? ¿Ha sido memorable? ¿Ha valido la pena lo que os ha costado? —preguntaban los amigos.

—Tendríais que verlo para creerlo —dijo Marcia—. El océano era como una balsa de aceite. ¿Las puestas de sol? Mejores que cualquier cuadro. Pero de la situación política no me hagáis hablar. ¡Cuántos mendigos! —se llevó una mano al corazón y le dio un sorbo al vino—. ¿Quién está al mando? Nadie lo sabe. Es un caos absoluto. Por otro lado, ¡todo el mundo habla inglés!

Los vestigios del colonialismo, la pobreza, la corrupción, todo la había deprimido.

—Y nos acosaban —les dijo a sus amigos—. Prostitutos. *Hombres*. Nos seguían por la playa como gatos. Una cosa rarísima. Pero la playa era absolutamente preciosa. ¿Verdad, John?

John estaba sentado enfrente, enrollando los espaguetis. Levantó la vista para mirar a Marcia, asintió, hizo un guiño.

Sus amigos querían saber qué aspecto tenían los prostitutos, cómo iban vestidos, lo que decían. Querían los detalles.

—Parecían gente normal —dijo Marcia, encogiéndose de hombros—. Ya sabéis, jóvenes, pobres, lugareños.

Aunque eran muy halagadores. No dejaban de decir «Hola, personas bonitas. ¿Masaje? ¿Masaje bonito para personas bonitas?».

—¡Cómo iban ellos a saber! —bromeó John, frunciendo las cejas como un maniático.

Los amigos se rieron.

—Habíamos leído sobre eso en la guía —dijo Marcia—. Se supone que tienes que ignorarlos, ni mirarlos siquiera. Si los miras, no te dejan nunca tranquilo. Los muchachos de la playa. Los prostitutos, quiero decir. Es *triste* —añadió—. Una tragedia. Y, en serio, me pregunto cómo pueden morirse de hambre en un sitio así. Había comida por todas partes. Frutas en todos los árboles. No lo entiendo. Y la ciudad estaba plagada de basura. *¡Plagada!* —dijo, y soltó el tenedor—. ¿No te parece, cariño?

—Yo no diría plagada —contestó John, limpiándose las comisuras de la boca con la servilleta de tela—. Fragante, más bien.

El camarero recogió los platos de pasta a medio terminar, luego volvió y tomó nota de las tartas de queso y los cafés descafeinados. John estaba callado. Estaba revisando las fotos del móvil, buscando una que le había hecho a un mono sentado en la cabeza de una estatua de la Virgen María. La estatua estaba pintada de colores fuertes y tenía la nariz descascarillada, se veía la escayola blanca y caliza bajo la pintura. El mono era negro y flaco y tenía los ojos muy separados, neuróticos. Su cola hacía un rizo debajo de la barbilla de María. John giró la pantalla del teléfono hacia la mesa.

—Este pequeñajo —dijo.

—¡Ay! —gritaron los amigos, que quisieron saber—: ¿Eran salvajes los monos? ¿Olían mal? ¿La gente es católica? ¿Son todos muy religiosos allí?

—Católicos —dijo Marcia mientras asentía—, y había monos por todas partes. Graciosos pero muy taimados. Uno de ellos le robó a John el bolígrafo del bolsillo.

Recitó todo lo que recordaba del recorrido que habían hecho por la naturaleza.

—Creo que tienen leyes sobre comerse los monos, no estoy segura. Todos hablaban inglés —repitió—, pero a veces era difícil entenderlos. A los *guías,* o sea, no a los monos —soltó una risita.

—Los monos hablaban ruso, por supuesto —dijo John, soltando el teléfono.

El tema de charla de la mesa cambió a las reformas de las cocinas, las multipropiedades de verano, los divorcios de los amigos, películas nuevas, libros, política, sodio y colesterol. Se tomaron el café y los postres. John le quitó la envoltura a un paquete de antiácidos. Marcia presumió del reloj nuevo que se había comprado en el *duty free* del aeropuerto. Se retocó el pintalabios en el reflejo del vaso de agua. Cuando llegó la cuenta, hicieron todos la división, repartiéndose el coste. Pagaron y salieron a la calle y las mujeres se abrazaron y los hombres se dieron la mano.

—Bienvenidos —dijo Jerry—. De vuelta a la civilización.

—¡Uh, uh, ah, ah! —gritó John, imitando a un mono.

—Por Dios, John —susurró Marcia, sonrojándose y moviendo la mano como si estuviese espantando a una mosca.

Cada pareja se fue en una dirección distinta. John estaba un poco borracho. Se había terminado la segunda copa de vino de Marcia porque ella dijo que le estaba dando dolor de cabeza. La agarró por el brazo cuando doblaron la esquina en la calle 82 Este, hacia el parque. Las calles estaban casi vacías porque era tarde. Toda la ciudad parecía callada, concentrada, como una bailarina joven contando los pasos.

Marcia iba jugueteando con su pañuelo de seda, también comprado en el *duty free* del aeropuerto. El estampado era de cachemir rojo y negro y verde esmeralda y le había recordado a los colores brillantes que les había visto llevar a los habitantes de la isla. Ahora se arrepentía de haberlo comprado. Los flecos eran cortos y crespos, y le pareció que le daban a la seda un aspecto vulgar. Podía regalar el pañuelo como si fuese un obsequio, calculó, pero a quién. Le había costado muy caro y sus amigas más íntimas (las únicas en las que se gastaría tanto dinero) la acababan de ver con él puesto. Suspiró y miró la luna cuando entraron en el parque.

—Gracias a Dios que Jerry y Maureen se llevan bien otra vez —dijo Marcia—. Resultaba agotador que se llevaran mal.

—Marty se ha puesto chistoso con el tema del vino, ¿no? —dijo John—. Le dije que me valía el syrah. ¿Qué más da? *Qué será, será.*

Le soltó el codo a Marcia y le pasó el brazo por encima del hombro.

—Me ha dado dolor de cabeza —se quejó Marcia—. ¿Atajamos por el césped o lo rodeamos?

—Seamos intrépidos.

Salieron de la gravilla y entraron en el césped. En el parque, la noche estaba oscura y despejada, silenciosa salvo por el sonido de los cláxones distantes de los coches y el desgarro de los motores que resonaban amortiguados a través de los árboles. John intentó olvidarse por un momento de que la ciudad estaba justo allí, rodeándolos. Le había decepcionado lo rápido que había vuelto su vida a la normalidad después de las vacaciones. Igual que antes, se despertaba por la mañana, veía pacientes todo el día, volvía a casa para cenar con Marcia, veía las noticias de la noche, se bañaba y se iba a la cama. Vivía bien, claro. No sufría ninguna enfermedad grave; no se moría de hambre; no lo explotaban ni lo tenían esclavizado. Pero, al mirar por las ventanillas del autobús durante el tour por la isla, había sentido envidia de los lugareños, de su capacidad para hacer lo que estaba en su naturaleza. Sus propias dificultades parecían complicaciones nimias, imprevistos insignificantes en el monótono itinerario que era su vida. ¿Por qué no podía vivir por instinto y por apetito, ser primitivo, ser libre?

En un área de descanso, John había visto a un perro cubierto de sarna y pústulas sangrantes frotarse contra un letrero gastado de madera. Tenía suerte de no ser aquel perro, pensó. Y luego se sintió avergonzado de sus privilegios y su descontento. «Debería ser feliz, Marcia lo es», se dijo a sí mismo. Hasta los mendigos que daban golpecitos en las ventanillas de los coches, pidiendo monedas, sonreían. «Hola, personas bonitas», decían los muchachos de la playa. John había querido devolverles el saludo y preguntarles qué ofrecían. Le había dado curiosidad, pero Marcia le había hecho callar, le había dado la mano y había caminado despacio por la playa con los ojos fijos en la arena lisa.

Mientras cruzaba el césped de Central Park, John intentó recordar el ritmo exacto de las olas que rompían en la playa de la isla, el olor del océano, la magia y el peligro que había sentido fraguándose bajo la superficie de las cosas, pero le resultaba imposible. Aquello era la ciudad de Nueva York. Cuando estaba en ella, era el único lugar de la Tierra. Miró hacia arriba. La luna no era más que una tajada, una coma, una única pestaña en el cielo oscuro y sin estrellas.

—Me he olvidado de llamar a Lenore —iba diciendo Marcia mientras caminaban—. Recuérdamelo mañana. Se enfadará si no la llamo. Es tan estirada.

Llegaron al final del césped y salieron a un camino pavimentado que los condujo a un puente sobre una plaza en la que unas parejas estaban bailando música tradicional china. John y Marcia se pararon a observar cómo se movían las siluetas oscuras a la luz suave de las linternas. Un chaval en monopatín los sobrepasó con estruendo.

—Hogar, dulce hogar —dijo Marcia.

John bostezó y apretó el brazo con el que rodeaba el hombro de Marcia. La seda del pañuelo de ella era resbaladiza, como agua fría que le ondeara entre los dedos. Se inclinó y la besó en la frente. Allí estaba, la mujer con la que llevaba casado casi treinta años. Mientras seguían andando, pensó en lo guapa que era de recién casados. En todos los años que llevaban juntos, nunca se había interesado por otra mujer, nunca había tenido una aventura, se había resistido incluso a las insinuaciones de una compañera de trabajo una noche, hacía unos años, en una conferencia en Baltimore. La mujer tenía veinte años menos que él y, cuando lo invitó a su habitación, John se sonrojó y tartamudeó una disculpa, luego se pasó el resto de la velada hablando por teléfono con Marcia. «¿Qué esperaba de mí? —le había preguntado—. ¿Alguna aventura sexual?».

—Podemos ver la peli esa ahora en casa —dijo Marcia cuando llegaron al final del parque—. La del músico de jazz.

—La que quieras —dijo John, y volvió a bostezar.

—Maureen ha dicho que valía la pena verla.

—Es inadmisible lo que te están haciendo, Eduardo —le dijo Marcia en el vestíbulo al portero de su edificio. Los porteros habían pedido a la dirección que les diera una silla apropiada para sentarse. Lo único que tenían era un taburete alto sin respaldo—. Tener que estar de pie tantas horas, ¿no se considera tortura? John tendrá que tener una charla con ellos. Algo tendrán que hacer. Deben hacerlo.

Marcia se quitó el pañuelo del cuello y lo dobló entre las manos. Eduardo estaba apoyado en su pequeño atril, sosteniéndose la barbilla con la mano.

—¿Qué tal las vacaciones? —preguntó.

—Ay, maravillosas, maravillosas. Todo, o sea, ¡el marisco era incomparable! El océano era una balsa de aceite —contestó Marcia—. Y ahora estamos completamente exhaustos.

—Tenemos desfase horario —dijo John.

Eduardo dio golpecitos en el atril con el bolígrafo.

—Cuando voy a casa, a mi país, es igual. No duermo.

—Sí que es duro. Bueno, buenas noches —canturreó Marcia.

John y ella subieron las amplias escaleras de mármol hasta su apartamento en el segundo piso. Llevaban viviendo en el edificio veintiséis años. Podrían haberse orientado a través del vestíbulo y de las escaleras en la más completa oscuridad y, de hecho, así había sido un verano durante un apagón, cuando todo Manhattan se quedó sin electricidad una noche. Marcia lo había disfrutado. Habían encendido velas, se habían comido el helado que se iba a derretir de todas formas y habían charlado.

Ahora caminaron por el pasillo iluminado decorado con papel pintado y John abrió la puerta del apartamento. Dentro, había todavía una pila de correo sin abrir en la mesita de la entrada, la luz roja del contestador parpadeaba, olía a las bolitas de naftalina del armario en el que aquel mismo día Marcia había estado buscando su raqueta.

—Quiero que me pongan cuerdas nuevas *ya* —había exigido—, antes de que sea demasiado tarde.

—¿Demasiado tarde para qué?

—Por si alguien me pide jugar.

John se había levantado y había observado el culo de su mujer contoneándose mientras ella se inclinaba hacia las profundidades del armario. Tenía un tipo increíble para una mujer de cincuenta y tantos años. Solía burlarse de John diciéndole que tenía que empezar a cuidarse mejor.

—Voy a llegar a los ciento cinco años. No querrás que te tenga que reemplazar, ¿no?

—Estoy seguro de que no tendrías ningún problema —contestaba John.

Era verdad. A la gente le gustaba Marcia. Todos los amigos de John y Marcia eran en realidad amigos de *ella*.

John a veces se sentía como si no fuera más que un extraño apéndice de su mujer. Es indudable que ella podría haber elegido a alguien mejor, un neurocirujano, un abogado, un físico. ¿Le había dado él la vida que ella se merecía? Se iban de viaje todos los años, por lo general al final del verano para celebrar su aniversario, pero eso era todo. No habían tenido hijos. John no había ganado nunca ningún premio.

—Me voy a tomar un paracetamol para el dolor de cabeza —dijo Marcia—. ¿Quieres poner la película?

Cerró la puerta del armario y pasó los dedos por la raqueta de squash, que estaba ahora en la mesita de la entrada.

—¿Quieres palomitas? —preguntó John.

—No debería, en realidad, pero si haces... —su voz se fue apagando mientras cruzaba el pasillo hasta el baño, encendiendo las luces y restregándose las sienes.

John fue a la cocina y sacó el frasco de granos de maíz del armario de abajo. Le gustaba hacer palomitas a la antigua, en una gran olla de acero con un brazo largo de metal que removía el maíz. Encendió el hornillo, derritió la margarina, echó los granos de maíz y se quedó al lado de la olla con los ojos cerrados, girando despacio la manilla y sintiendo cómo subía hacia él el aire caliente, mientras recordaba momentos de la isla, cuando el sol dándole en la cara le había parecido tan cálido, tan íntimo, como el aliento de Marcia en la mejilla.

Una vez que empezaron a explotar los granos, arrimó la oreja a la tapa de la olla, cerca del calor y del ruido. El *staccato* irregular le aceleró el pulso. El corazón le fascinaba. A veces le gustaba apoyar la oreja sobre el pecho de Marcia y escuchar. Su latido era ligero y parlanchín, un ritmo que daba ganas de bailar el vals por la cocina. John podría haber sido cardiólogo, pero había optado en cambio por la dermatología. En las fiestas, enloquecía a la gente con sus descripciones de forúnculos y sarpullidos y tumores, extraños patrones capilares, cicatrices repugnantes, quistes llenos de pus, lunares extraños, cánceres, verrugas. «A menos de dos metros de aquel tipo, ya detectabas el olor distintivo del *risotto ai funghi porcini* —decía—. Tenía las axilas llenas de hongos». John se incorporó, siguió moviendo las palomitas de maíz con una mano y se tomó el pulso con dos dedos de la otra, presionándolos contra la garganta y respirando con lentitud hasta que su ritmo cardiaco volvió a la normalidad.

Mientras, Marcia se tomó dos pastillas fuertes de paracetamol, se echó agua fría en la cara, se cepilló los dientes y fue a sentarse en el sofá de piel frente a la televisión del salón. Un atroz dolor súbito en la cabeza le nubló la vista. Era como si se hubiese sumergido en el agua, la habitación se volvió turbia y sofocante y no podía respirar. Intentó llamar a John.

—¿Cariño? ¿John?

Solo podía jadear. Le gorgoteó la garganta, le temblaron las manos y después se murió. Fue así de sencillo. Se fue.

Cuando todo se quedó en silencio, John apagó el fuego y volcó las palomitas en una ensaladera de madera. Llevó la ensaladera y el salero al salón, se sentó al lado del cuerpo muerto de Marcia, saló las palomitas, se comió unos cuantos puñados y encendió la televisión.

—¿Qué película has dicho? —le preguntó a Marcia mientras consultaba la lista de pago por visión.

Le miró la cara desplomada. La cabeza le colgaba a un lado, descansando sobre el hombro. John le acarició el pelo, le puso un momento la mano en la rodilla, cambió de canal para ver el partido de béisbol, bajó el volumen, se comió las palomitas que quedaban y luego se durmió al lado de ella.

—Lo siento, señor John —le dijo Eduardo en el vestíbulo, al tiempo que sacaban el cuerpo en una camilla temprano a la mañana siguiente.

John asintió, conmocionado todavía tras despertar y descubrir a Marcia, fría y flácida, desplomada a su lado en el sofá. Siguió a los camilleros hasta la calle y los miró mientras la cargaban en la parte de atrás de la ambulancia y se alejaban con la sirena ululando, pero ¿para qué?

—¡Ya está muerta! —gritó John tras ellos.

Eduardo lo cogió del brazo y lo llevó de vuelta adentro y lo subió a su casa. Un vecino le trajo agua de la cocina. El vaso, recuerdo de un crucero que habían hecho Marcia y él por los fiordos de Noruega, conservaba en el borde una huella tenue de su pintalabios color grosella. John puso encima la boca y bebió un sorbo.

El funeral fue una semana más tarde. El techo de la capilla de St. Ignatius era abovedado y estaba pintado de color azul aciano con estrellas blancas puntiagudas. La alfombra era rojo oscuro, con un dibujo dorado dentado que le recordaba al cristal hecho añicos. Los bancos estaban llenos de amigos de Marcia. Gemían y lloraban. Maureen y Barbara abrazaron a John y le agarraron las manos y hablaron en balbuceos, todo al mismo tiempo, ahogando las pocas palabras que él tenía que decir mientras tomaba asiento en el banco de delante. Se daba golpecitos en los ojos con pañuelos de papel viejos que se encontró escondidos en el bolsillo del pecho del traje.

Varios amigos contaron anécdotas, alardearon de lo mucho que había significado Marcia para ellos, lo profundamente que había tocado sus vidas. A Marcia le habría gustado, pensó John, tanta gente hablando de ella, destacando sus mejores cualidades, recordando sus mejores momentos. Ella se lo habría tragado, pero ¿qué sabía de ella toda aquella gente en realidad? ¿Qué *podía* saber nadie sobre nadie? John la había conocido mejor que nadie, era capaz de predecir todos sus movimientos, el arco de sus suspiros, su risa, los giros de su sombra al cruzar una habitación. Desde que había muerto, la había sentido vagando por el apartamento. Había tenido que mirar dos veces, igual que cuando crees ver a tu gato o a tu perro pidiéndote comida debajo de la mesa de un restaurante. Nadie entendería, creía John, lo bien que conocía el sonido de la cucharilla de café de Marcia cuando chocaba contra el platito de la taza, el frufrú de las sábanas cuando se daba la vuelta en la cama. Pero ¿eran aquellas cosas lo bastante significativas, se preguntaba, para alardear de ellas? Cuando le tocó levantarse, John habló del reciente viaje a la isla.

—Estaba tan feliz allí —dijo—. Tan *viva.*

Hizo una pausa, esperando alguna risa, pero no la hubo. Miró al público, todas aquellas caras estiradas, arrugadas, mojadas de lágrimas de emoción. «Se ha visto terriblemente sobrepasado —se imaginó a Marcia diciéndoles eso a sus amigas mientras tomaban café y tarta en la recepción—. Se veía que se estaba esforzando por sacar algo en claro. En vano, me temo. Bueno, así es John, no es el mejor orador, pero por eso nos llevamos tan bien».

John se apoyó en el atril buscando equilibrio mientras intentaba pensar en algún recuerdo interesante que contar.

—El marisco —empezó a decir, pero se detuvo. Todo parecía tan trivial. Preguntó en voz alta—: ¿Para qué contar historias? En cuanto algo se termina, se acabó. ¿Para qué revivirlo una y otra vez? Las cosas pasan, y luego, inevitablemente, pasan más cosas. ¿Y qué?

Se encogió de hombros. Le temblaron las manos. Intentó sonreír, pero en aquel momento se sentía, en efecto, terriblemente sobrepasado. Se alejó del atril, trastabilló por los estrechos escalones. Se sentía igual que cuando le anestesiaban en el dentista: desorientado, confundido.

—¿Eduardo? —llamó.

Se tambaleó como borracho. Apareció su secretario y lo guio otra vez a su asiento.

Maureen subió al estrado la siguiente y recitó el que afirmó que era uno de los poemas favoritos de Marcia. John sacó el último pañuelo de papel arrugado del bolsillo de la chaqueta. Se encontró una fúrcula minúscula envuelta dentro. Se acordó de una cena de un congreso de dermatología hacía unos años, en la que habían servido perdiz. Su plan era llevarse la fúrcula a casa para que Marcia y él pudieran pedir juntos un deseo. John siempre deseaba lo que deseaba Marcia. «Así ganamos los dos», decía. Sacó el hueso del pañuelo y lo sostuvo en la mano mientras se secaba las lágrimas. Pobre Marcia, pensó. Podría haber deseado la vida eterna.

—«Pasamos por los contemplativos pastos del campo. Pasamos por la puesta del sol» —decía Maureen; su voz se elevaba y temblaba de una manera que seguramente llevaba días ensayando, pensó John.

Siempre había odiado en secreto a Maureen. Su obsesión incansable con la conservación de la selva tropical lo confundía. Aquella mujer era de White Plains, Nueva York, por Dios santo. No echaría de menos a Maureen ni, de hecho, a ninguno de los amigos de Marcia. «Pobre Marcia, te quería *de verdad*», le había dicho Barbara antes del funeral. Claro que sabía que Marcia lo quería. Habían estado casados casi treinta años. La gente se siente tan especial, tan inteligente, cuando se muere de repente alguien que conocen. «La acabábamos de ver en la cena —escuchó que le decía Maureen a alguien—. Y pensar que, unas pocas horas después, se había ido para siempre. ¿No es extraña la vida?».

Pero la vida no era extraña en absoluto. La muerte súbita de Marcia era lo más extraño que le había pasado a John, y ni siquiera eso era muy extraño. La gente se moría todo el tiempo, de hecho. Cuando rompió la fúrcula diminuta dentro del puño, se hizo astillas puntiagudas que le atravesaron la piel de la palma de la mano como si fuesen agujas.

—«Desde entonces, siglos pasaron, y aun así me parecen más cortos que aquel día» —siguió Maureen.

John negó con la cabeza ante tanta tontería. Escuchar a aquella mujer estúpida deleitarse siendo el centro de atención lo ponía enfermo. Se llevó al corazón la mano ensangrentada, lo sintió golpeando como un hacha a través de una puerta gruesa de madera. La garganta se le cerró de qué, ¿pena? ¿Se trataba de eso? Le pareció despreciable lo insignificante que era. Sintió que algo se le rompía por dentro. Se quedó sin aliento. Se atragantó y tosió. El corazón dejó de palpitarle como loco. Eructó muy fuerte, desde lo más profundo de las tripas, como si liberase a algún espíritu oscuro que llevase allí alojado toda su vida.

Su secretario le puso una mano en el hombro.

—Perdona —dijo John, limpiándose la saliva de la boca.

Cuando volvió a levantar la mirada, el poema de Maureen había terminado. John se enderezó en el asiento y sintió que el corazón se le ponía en marcha de nuevo. El latido era ahora débil y sin rumbo, como el balbuceo de un bebé. Estaba en calma, pensó. Estaba bien.

Después, el grupo coral de Marcia subió al estrado y empezó a cantar un viejo espiritual negro. Cantaron sin gracia, como si la canción no significase nada para ellos. Quizá era así. John se levantó y fue por el pasillo hasta el baño que había al fondo de la capilla. Se sonó la nariz un rato en un cubículo, orinó, defecó, después tiró la fúrcula rota por el inodoro.

Una semana después, John no había vuelto todavía a trabajar. Se pasaba los días en silencio, comiendo bombones Ferrero Rocher del *duty free* y haciendo rebotar las cuerdas de la raqueta de squash de Marcia contra su cráneo. Se paseaba arriba y abajo del apartamento con la mente en blanco, salvo por los fragmentos de música que oía de los coches que pasaban por la calle. O se sentaba en silencio en el sofá de piel delante de la televisión, viendo episodios consecutivos de docudramas de crímenes reales. A la gente le gustaba matarse los unos a los otros, al parecer, con lanchas motoras. Alias, disfraces, cuentas bancarias en el extranjero... Aquellas ideas empezaron a acribillar la mente de John. Ahora que no estaba Marcia, quizá podría ocupar los años que le quedaban con actividades criminales, pensó. Era demasiado torpe para ser un ratero, pero ¿podría acosar a alguien? ¿O destrozar algo? ¿Libros de la biblioteca? ¿Los asientos traseros de los taxis? Lo más fácil sería mandar amenazas de muerte a alguien a quien despreciara, a Maureen, quizá. Eso lo podía hacer sin salir de casa siquiera. Se estremeció ante su propia cobardía. Durante todas las etapas de su vida había sido razonable, diligente. Había prescrito cremas, reventado quistes, cortado verrugas plantares de plantas correosas de pies apestosos. Una vez, había sacado un bucle de pelo encarnado de dos metros de un absceso en la punta del coxis de un paciente. Eso era lo más salvaje que le podía pasar a John. Nunca había estado en una pelea. No tenía cicatrices. Las manos, que tenía entonces cruzadas sobre el regazo, eran insulsas, de color beige, y estaban arrugadas de todos los modos previsibles.

Eligió para la urna de las cenizas de Marcia un sitio en una estantería de la cocina, al lado del molinillo de café y del minirrobot de cocina que ella usaba expresamente para el guacamole. «El secreto es congelarlo antes», recordó que decía. ¿O era otra cosa? A John no le importaba. Había tenido bastante con lo que le habían dicho, consejos e historias, teorías, chismes. Si pudiese hacerlo a su manera, nadie volvería a decir nada nunca. El mundo entero se quedaría callado. Ni siquiera harían tictac los relojes. Lo único que importaría serían los latidos de los corazones, las pupilas dilatándose y contrayéndose, los lazos y los mechones sueltos de pelo arremolinándose en el viento, nada voluntario, nada falso. Abrió el frigorífico y retiró el papel de aluminio de un plato que había traído uno de los amigos. La grasa del pollo se había solidificado y era una gelatina de color pardo. Metió el dedo dentro, solo para sentir la pringue fría. Entonces sonó el teléfono.

—¿Y? —así contestó John.

La voz al teléfono era una grabación del supermercado local. Las fotos estaban reveladas y las podía recoger. Marcia había usado una cámara desechable en el viaje a la isla. John colgó el teléfono. Su bolso seguía donde ella lo había dejado, en la mesa del pasillo. Hurgó en él y encontró el resguardo en el monedero. Sin quitarse el pijama, se puso una chaqueta y unos zapatos y bajó al vestíbulo.

—¿Cómo está, señor John? —le preguntó Eduardo.

Siguió a John hasta la puerta y la abrió, rechinando los zapatos negros de goma en el pulido suelo de mármol.

John no respondió. No tenía nada que decir. Caminó despacio con la cabeza gacha manzana abajo. No le importaba que la gente pensara que parecía desolado o trastornado. Que me juzguen. Que se entretengan con sus historias, pensó.

En el supermercado, fue al mostrador y sacó el resguardo. Cuando la dependienta le preguntó el apellido, le alargó su tarjeta de visita.

—¿Me puede confirmar el domicilio? —preguntó la chica.

John negó con la cabeza.

—¿Está usted sordo o algo? —preguntó la chica mirándolo con desdén.

—Maaa, aaah —dijo John. Apretó la mandíbula señalándose los oídos.

—Vale —dijo la chica, ablandándose. Levantó un dedo—. Un momento.

John asintió. ¿Por qué tendría que confirmar su dirección, de todas formas? ¿Qué clase de impostor querría las fotos de otra persona? Alguien con una lancha motora, quizá. John se rio de sí mismo.

—Maaa, aaah —volvió a decir.

—Lo siento, señor, no le entiendo.

La chica deslizó el paquete de fotos por el mostrador y señaló los números iluminados en la pantalla de la caja registradora. Levantó los dedos índice y pulgar y los frotó uno contra otro.

—Dinero —dijo—. *Money.*

—Gaaah —dijo John.

Le tendió el dinero, luego gruñó. La chica le dijo adiós con la mano muy animada. Si Marcia lo viese ahora, comportándose como una especie de Frankenstein, se reiría, pensó John.

Sacó las fotos de la funda y las fue pasando de camino a su casa. Había media docena de tomas de olas oceánicas, del horizonte y varias escenas callejeras, todas interrumpidas por la salpicadura de caca de pájaro que había en la ventanilla del coche a través de la que se habían tomado. Nada se veía igual de bonito que en la vida real. La gente, los edificios, la playa: todo era plano y apagado, a pesar del acabado brillante del papel de foto. Había un primer plano de cócteles servidos en cocos y decorados con trozos de piña pinchados en palillos y rodajas de naranja y cerezas al marrasquino, sombrillas de papel de colores, pajitas con florituras. A cada lado del encuadre se veían las manos morenas con arrugas profundas del camarero sosteniendo la bandeja de rafia. Había una toma de los tobillos de Marcia y sus pies enterrados profundamente en la arena gris pálido. Había sido ceniza volcánica arenosa, seca, suave, como lo que quedaba de Marcia en la urna de la cocina, supuso John. Había unas cuantas fotos de la piscina hechas desde el balcón de la habitación del hotel, una toma borrosa de John con el móvil en el vestíbulo, otra de John dándole la mano a un mono diminuto en la selva, John dándole la mano al guía que los había llevado a la naturaleza, John comiéndose una bandeja de cangrejos. Había una sola foto de Marcia, un autorretrato tomado en el reflejo del espejo del tocador del baño del hotel en el que sonreía con coquetería con los labios pintados de color grosella y la cara como una máscara flotando sobre el orbe blanco del flash.

La última foto parecía un extra en la serie, una foto a medio revelar al final del rollo. El lado derecho de la imagen estaba gris, vacío. Una línea roja bajaba por el centro como la marca de una quemadura. El lado izquierdo mostraba el paisaje granulado de la playa por la noche y, en la esquina de abajo, la mitad superior de una cabeza. Pertenecía a un lugareño, a un nativo. Un muchacho de la playa, supuso John, uno de aquellos prostitutos. La piel oscura parecía casi negra en la penumbra de la foto. Solo brillaba el blanco de los ojos, casi amarillo, como lámparas colgantes. Marcia había hecho la foto por accidente, pensó John, pero ¿cuándo había estado tan cerca de un muchacho de la playa? Había montado mucho jaleo con lo de mantener las distancias. Durante aquel primer paseo, cuando los muchachos de la playa los habían seguido, Marcia había vuelto corriendo al recinto del hotel y había insistido con vehemencia en que John apartase la mirada.

—Si los miras a los ojos, es como si los invitaras —había dicho ella.

—¿A qué? —preguntó John.

—A una fiesta que no te gustaría —contestó ella— y que tendrías que pagar.

—¿Y a ti te gustaría? —le preguntó él.

Estaba bromeando, claro. Marcia no había dicho nada.

—¿Hola, personas bonitas? ¿Hola?

En casa, John buscó la lupa de Marcia en el cajón de la mesita de noche. Se sentó, encendió la lámpara y sostuvo la lupa sobre los ojos del muchacho de la playa, esperando encontrar algún tipo de explicación reflejada en ellos. ¿Le había sido infiel Marcia? ¿Había estado fingiendo, desde que John la conocía, que era una mojigata? Estiró el cuello y se acercó la foto más y más a su propio ojo, entrecerrándolo, forzando todos los músculos hasta que encontró algo que consideró una señal, una invitación: un único píxel rojo en la oscuridad de la pupila derecha del chico.

De vuelta a la isla, John estaba de nuevo en el vestíbulo del hotel. El vuelo nocturno había estado lleno de turbulencias. No había dormido nada. En la lanzadera del hotel desde el aeropuerto, la radio había advertido de vendavales huracanados, posibles inundaciones, truenos, relámpagos. Un banco de nubes oscuras se deslizaba lento pero constante por el cielo.

—¿Habrá que evacuar? —preguntó.

La recepcionista se frotó los ojos.

—Tal vez, señor. No nos cuentan nada.

Le pasó a John la llave de la habitación por el mostrador de la recepción. Detrás, los otros recepcionistas estaban hablando y bostezando y compartiendo galletitas de una bolsa de papel grasienta. John se acordó de las galletas de un paseo por el mercado del otro lado de la isla. El guía les había explicado a Marcia y a él que estaban hechas no con harina sino con alguna raíz nativa, melaza y mantequilla de leche de cabra. Una bolsa de veinte galletas costaba menos de un dólar.

—¿Te lo imaginas? —le había susurrado Marcia.

John había esperado que el guía arreglase las cosas para que las probaran, pero se habían quedado parados al lado del carrito del vendedor. Marcia se había tapado la boca y la nariz con un pañuelo de papel mientras el guía hablaba con un transeúnte en el dialecto local. *Plagada,* se acordó John entonces. Las visiones y sonidos y olores del mercado volvieron a él. Había cuencos de especias y alubias de todas las tonalidades, leche de cabra caliente servida de teteras sucias de metal sobre briquetas de carbón en tacitas de plástico como las que John usaba en el dentista para enjuagar y escupir. El humo caliente de los calderos de carne asada se agitaba entre los cestos de frutos secos y frutas; había montones de chales tejidos que las mujeres usaban para cargar a los bebés en la espalda, pirámides de papel higiénico de colores pastel. En un oscuro rincón del mercado, pasaron por delante de un viejo con los ojos azul celeste por las cataratas. Estaba sentado detrás de una mesa llena de botellas de Coca-Cola y latas vacías. A su lado había una cajonera desvencijada. Cuando John preguntó qué vendía el hombre, el guía contestó que «medicina espiritual», giró los dedos en el aire y abrió mucho los ojos, como si se estuviese riendo de aquel viejo loco.

—La gente de los pueblos cree en esas tonterías —dijo el guía—. Creen en la magia. Maléfica.

Se santiguó y se rio, luego le gritó a una chica que le había salpicado agua sucia en los zapatos al atravesar con la bicicleta un charco del camino. Una de las fotos de Marcia era de aquel mercado. Las lonas azul marino que cubrían los puestos parecían casi negras, como sudarios. Recordar aquella imagen le dio a John escalofríos. Le había dicho a todo el mundo que iba a la isla a esparcir las cenizas de Marcia. Aquella fue la excusa que dio.

Cuando John abrió la puerta de la habitación del hotel, pasó por su lado una familia, unos padres con tres niños somnolientos.

—Último vuelo de vuelta al continente —dijo el padre con acento británico y los brazos cargados de monos de peluche con las bocas abiertas.

John no estaba demasiado preocupado. Sabía que a los muchachos de la playa no los barrería ninguna inundación. Ya había visto a unos cuantos en el trayecto en coche hasta el hotel. Para ser prostitutos, pensó, parecían caminar muy tranquilos por la carretera, tan informales con sus camisetas de rayas blanqueadas por el sol y las sandalias de goma rechinando sobre la tierra gris. Su plan era encontrar al muchacho de la foto de Marcia y hacer lo que fuese que ella hubiese hecho con él en las dunas por la noche, mientras él dormía. Aquella sería venganza suficiente para que se le calmara el corazón, pensó. Sería la rareza que le diera un sentido por fin a su vida. Sería su única aventura.

Inspeccionó la habitación del hotel, aprobó la única cama de metro cincuenta, la televisión de pantalla plana colgada en la pared, la ventanita que daba a la playa. El cielo era de una blancura inquietante, insípida. John veía el tejado de tejas rojas de la terraza-comedor del hotel y una esquina de la verja que dividía la playa. Para conseguir un lugar con privacidad en el que deshacerse de las cenizas en el agua, tendría que traspasar aquella verja. Unos cuantos muchachos de la playa estaban sentados en las dunas que había una vez pasado el hotel con sus bañadores de colores vivos, como pájaros exóticos. Incluso sin sol que se les reflejase en la piel firme de color marrón oscuro, les brillaba la espalda. John pensó que si tuviera los binoculares de Marcia, podría verles la cara.

La bolsa de plástico negro de alta resistencia que contenía las cenizas de Marcia había pasado por la aduana sin que la detectaran. Por supuesto, John había dejado la urna metálica en casa. Pensó que si alguien le preguntaba qué había en la bolsa, diría que eran sales de baño medicinales en las que ponía en remojo los pies. Pero no le interrogó nadie. Sacó las cenizas de Marcia de la maleta, bajó la bolsa al comedor vacío, cogió un bollito rancio de la mesa del bufé del desayuno, se sentó y se lo comió y se metió en el bolsillo un cuchillo del servicio de mesa. Asintió con la cabeza y les sonrió a los trabajadores del hotel, que estaban ocupados cerrando las ventanas con miras a la tormenta.

Fuera, el viento le azotó la cara a John, forzándolo a inclinar la cabeza hacia delante mientras caminaba a lo largo de la verja. La arena le pinchaba en la piel como agujas. Conforme se acercaba a las olas, el cielo destelló. Un momento después, un trueno retumbó, largo y profundo, y le cayeron unas cuantas gotas de lluvia en la espalda. Se agachó junto al agua y sacó el cuchillo. Era un cuchillo barato de sierra, con los dientes romos y anchos. El plástico de la bolsa era tan grueso que tuvo que ponerla sobre la arena, sujetarla con una mano y apuñalarla repetidas veces. Cerró los ojos, para que no le entrase arena. Pensó en Marcia una última vez, se la imaginó chasqueando la lengua por la ceremonia indecorosa. Se acordó de todas las fúrculas de la suerte que había malgastado en todos los caprichos nimios de ella: asientos buenos en el cine, un viaje a Vermont para ver el follaje, jerséis de cachemir o toallas en liquidación. Y, en secreto, había sido todo el tiempo una puta, pensó, una desviada, una pervertida, de juerga con prostitutos justo delante de sus narices. Mientras tanto, le chistaba cada vez que decía algo remotamente subido de tono, como si alguien los estuviese mirando, como si importara. John desgarró el agujero que había hecho en la bolsa de plástico, avanzó de rodillas por la arena, tanteó buscando el agua y tiró las cenizas.

Tan solo una hora después, la tormenta había pasado. El cielo estaba gris, pero había dejado de llover. La isla había sufrido pocos daños, aunque el hotel se había quedado sin electricidad. La habitación de John estaba sombría. Desde su ventana, miraba el océano golpeando la playa con olas altas y flotantes, mientras el viento aullaba como un fantasma en una casa encantada de dibujos animados, persistente y cómico. Se puso de pie y pulsó en vano los botones del mando a distancia de la televisión, luego se quedó mirando fijamente su reflejo en la pantalla negra rectangular. Seguía llevando lo que llevaba en el vuelo nocturno: sus pantalones grises de lana fría y una camisa de vestir de lino blanco. La camisa ahora estaba aplastada y arrugada, con el cuello retorcido. John tenía la cara hinchada y las orejas llenas de arena. El pelo canoso le caía ensortijado y ceroso alrededor de la cara. Se rio de su aspecto desaliñado e intentó echarse el pelo hacia atrás, pero la lluvia y el aire salado se lo habían dejado seco como la paja. No le importó. Marcia había desaparecido para siempre y le dieron ganas de celebrarlo.

En el restaurante vacío de la planta de abajo, John se sentó en un taburete del bar. Afuera, los trabajadores estaban abriendo los cierres de las ventanas del comedor. Las nubes sobre el océano eran más pálidas y delgadas que antes. Pidió un Glenfiddich, se lo brindó al camarero y bebió.

—¿Cuánto cuesta la botella? —preguntó John—. No, no me lo digas. Cárgalo a mi habitación.

Enseñó el número de su llave. Una botella entera solo para él, lejos de la mirada de bochorno de Marcia. ¿Por qué había dejado que lo controlase de aquella manera? Había vivido toda su vida comportándose, esclavo del decoro. ¿Para qué? John negó con la cabeza y se sirvió más whisky. Ahora podía hacer lo que le apeteciera. Podía comprarse cien galletas de mantequilla de cabra. Podía hacer todos los chistes subidos de tono que quisiera. A través de las ventanas, vio desaparecer las nubes y el sol brillar. El personal empezó a arrastrar las tumbonas y las mesas y las sombrillas de vuelta a la terraza. Unas cuantas gaviotas de gran tamaño iban y venían atravesando la playa. John chasqueó los labios, se deslizó del taburete y bajó a la arena con la botella de Glenfiddich, sacándose a puntapiés y sin cuidado los mocasines de piel manchados de sal y quitándose los calcetines por el camino. Rodeó la verja del hotel y caminó a lo largo de la orilla unos cuantos minutos, mucho más allá del sitio donde había tirado las cenizas de Marcia.

Sentía la arena fría y dura bajo los pies. Las olas eran altas y estaban llenas de espuma todavía, pero podía nadar, pensó mientras bebía de la botella. Miró a su alrededor para ver si alguien lo estaba observando. La playa estaba vacía. Clavó la botella de Glenfiddich en la arena, se quitó los pantalones rápidamente y empezó a chapotear en el agua tibia y revuelta. Caminó hasta que el agua le llegó a la cintura; se ponía rígido contra los borbotones turbulentos, que parecían al mismo tiempo, de alguna manera, suaves y poderosos. Miró al horizonte. Para eso estaba bien la playa: mirar el mar le daba a uno sensación de infinitud. Pero era una ilusión, pensó John. El mar no era infinito. Había tierra al otro lado. ¿No era aquella siempre la verdad de las cosas? ¿Que se terminaban? ¿Cuántos años le quedaban, a esas alturas? ¿Diez? ¿Veinte? Una ola potente lo derribó y cuando se incorporó e hizo pie estaba mirando a la orilla. Había un muchacho en la playa con un bañador diminuto y rojo vivo observándolo. John saludó y gritó «¡Hola!» justo antes de que la siguiente ola lo hundiese.

Unas semanas después, cuando contó la historia durante la cena, John explicó que la tormenta lo había tenido enclaustrado durante días.

—Aquella tormenta apenas hizo mella, pero cerraron todo. Ya conocéis esos países pobres, no tienen infraestructura. Aunque se intentase intervenir y poner algo de orden, la gente es tan supersticiosa con todos sus hechizos y sus bendiciones que se tardaría un siglo.

—Bueno, me parece muy bonito por tu parte que hayas vuelto allí con Marcia —dijo Maureen.

—Al fin y al cabo, dijo que era el paraíso —dijo Barbara—. ¿No dijo eso? ¿Que era el paraíso?

—Sí que dijo eso, sí —contestó Maureen.

John se llevó la mano al corazón, que tenía ahora roto por algo que le pareció mucho más interesante que una esposa muerta. Su paseo borracho por la playa había terminado de forma rara. El muchacho de la playa, aunque no era el que salía en la fotografía de Marcia, era en verdad joven y guapo, con los ojos amarillos, los labios gruesos y lustrosos. Divisó a John revolcado por la resaca, lo sacó del agua y lo arrastró hasta la orilla. John rodó sobre su costado, escupiendo y con arcadas por el agua salada que había tragado. El muchacho estaba de pie a su lado, con las piernas morenas y fuertes a pocos centímetros del cuerpo desnudo de John.

—Me has salvado —consiguió decir John.

Al alargar la mano para agarrar el tobillo del muchacho, le temblaron los dedos. Al chico parecía rodearlo una especie de campo de fuerza. No podía ser tocado. Cuando John puso la palma de la mano sobre el pie del muchacho, sintió subir el calor. El muchacho se apartó. Quizá ni siquiera sea real, pensó John. Pero allí estaba.

—Ven —pidió John—. Necesito preguntarte una cosa.

Se incorporó sobre las manos y las rodillas, intentó ponerse de pie, pero estaba demasiado agotado. Estaba borracho. Se desplomó en la arena. El chico se quedó de pie y lo observó un rato, luego bostezó, se dio la vuelta y se alejó. Él y los otros muchachos de la playa que estaban mirando desde su atalaya en las dunas tenían claro que el viejo no llevaba dinero.

Aquí nunca pasa nada

La casa era de estuco blanco, al estilo de las haciendas, con setos y un camino de entrada semicircular. Había una piscina en ruinas en la parte de atrás, llena de manchas de óxido y cadáveres de ardillas que se habían caído dentro y se habían muerto lentamente de hambre. Solía salir allí fuera a broncearme en una tumbona antes de las audiciones, a fantasear con hacerme rico y famoso. En mi habitación había una alfombra de pelo verde, una cama de matrimonio con cabecero de madera contrachapada, una pequeña mesita de noche con una lámpara infantil con forma de payaso. Encima de la cama había colgado un antiguo cartel enmarcado de Marlon Brando en *El rostro impenetrable*. Me habría venido bien rezarle a aquel cartel, pero nunca había oído hablar de Marlon Brando. Tenía dieciocho años. Vivía en una zona de Los Ángeles llamada Hancock Park: céspedes muy bien cortados, casas grandes y limpias, coches caros, un club de campo. Andando por aquellas calles silenciosas, me sentía como en el decorado de una telenovela que tratara sobre la vida privada de hombres de negocios y de sus sensuales esposas. Esperaba ser algún día el protagonista de algo así. Tenía una experiencia limitada como actor en el instituto; primero hice de George en *Our Town,* de Thornton Wilder, y de Romeo en *Romeo y Julieta*. Me habían dicho que parecía un Pierce Brosnan rubio. Estaba sin blanca y era un don nadie, pero era feliz.

Los primeros meses que pasé en Los Ángeles, viví a base de rosquillas espolvoreadas con canela y refresco de naranja, patatas fritas del Astro Burger y algún porro que otro liado con la marihuana seca que me había dado mi padrastro en Utah como regalo de graduación. Casi todos los días cogía el autobús de Hollywood, escuchaba a los Eagles en el walkman y me imaginaba cómo sería la vida de la gente que vivía en la parte alta de las colinas. Subía por Rossmore, que se convertía en Vine al llegar a Hollywood, y me subía a una línea local que atraviesa la ciudad hacia el bulevar de Santa Mónica. Me gustaba sentarme con los chavales vestidos con uniformes escolares, los fugitivos adolescentes vestidos con harapos y cazadoras de cuero, los locos, los borrachos, las amas de casa con sus novelas rosas, los viejos con sus babas, las putas con su laca del pelo. Aquello era un milagro para mí. Nunca había visto a gente así. A veces los estudiaba como haría un actor, fijándome en sus posturas, sus muecas o sus caras de sueño, pero no tenía mucho talento. Era observador, pero no sabía actuar. Cuando el autobús llegaba a la playa, me apeaba y subía y bajaba corriendo las escaleras que llevaban de la calle a la orilla. Me quitaba la camisa, me tumbaba en la arena, tomaba un poco el sol, miraba el agua un minuto y volvía a coger el autobús para casa.

Por las noches, atendía mesas en una pizzería del bulevar Beverly. No venía nunca nadie importante. Más que nada, sacaba cestas de pan y garrafas de vino malo, recogía las migas de pizza y las servilletas empapadas de grasa. Nunca comía allí. Me parecía indigno de mí, de algún modo. Si no tenía que trabajar y había partido, me iba en autobús al estadio de los Dodgers y caminaba por allí para tener una impresión de la multitud, de la emoción. Cerca, en el barrio de Elysian Park, encontré un sitio en un pequeño acantilado desde donde podía oír los vítores de la multitud y mirar el tráfico de la autopista, las montañas, el terreno arenoso de color gris pálido. Con todas aquellas callecitas feas en el barranco de abajo, Los Ángeles podría ser cualquier sitio. Me hacía echar de menos Gunnison. A veces, me fumaba un porro y andaba por entre los eucaliptos que se balanceaban, echaba un vistazo a los coches aparcados a lo largo del camino forestal. Mexicanos calmos e imperturbables sentados en coches viejos a la sombra de los árboles. Hombres de mediana edad con gafas oscuras que sacudían los cigarrillos por las ventanillas a mi paso. Me hacía una idea de lo que hacían allí. No le devolvía las miradas lascivas a nadie. No entraba en el bosque. En casa, solo, me concentraba en lo que fuera que hubiese en la televisión. Tenía una pequeña en blanco y negro, marca Toshiba. Era la primera cosa importante que había comprado en mi vida con mi propio dinero en Gunnison y lo más caro que tenía.

Mi casera era la señora Honigbaum. Durante el tiempo que viví con ella, debía de andar por los sesenta y muchos. Llevaba una peluca corta rubio oscuro, gafas grandes de montura dorada, las uñas postizas largas y pintadas de rosa. Caminaba encorvada dentro de la bata acolchada y brillante que llevaba para andar por casa. Se solía sentar detrás del escritorio con una blusa sin mangas y los brazos flacos llenos de manchas se le bamboleaban cuando gesticulaba y sacaba cigarrillos Kools de una pitillera de cuero labrado. Tenía las orejas y la nariz descomunales y la piel de la cara estirada hacia las sienes, de forma que parecía estar estupefacta todo el tiempo. Llevaba maquillaje como de teatro o del que les ponen a los cadáveres en los ataúdes abiertos, aplicado con mucha tosquedad, en trazos amplios de color azul y rosa y bronce. Aun así, no me parecía falta de atractivo. No había conocido antes a ningún judío ni a ningún intelectual en Gunnison.

La señora Honigbaum alquilaba habitaciones en su casa por cuarenta y cinco dólares a la semana a hombres jóvenes que le mandaba un agente de mala reputación: el mío. Cuarenta y cinco dólares a la semana no era barato en aquella época, pero mi agente lo había arreglado y yo no lo cuestioné. Se llamaba Bob Sears. Nunca lo conocí en persona. Lo localicé llamando a la operadora de Gunnison y pidiendo hablar con un cazatalentos de Los Ángeles. Bob Sears me aceptó como cliente «a ciegas» porque, dijo, sonaba guapo y estadounidense por teléfono. Me dijo que una vez tuviese a mis espaldas unas cuantas actuaciones ocasionales, podría empezar a hacer publicidad en concursos, luego anuncios, luego papeles pequeños en telenovelas, luego papeles pequeños en comedias, luego series dramáticas en horarios de máxima audiencia. Scorsese no tardaría en llamar, me dijo. Yo no sabía quién era Scorsese, pero le creí.

Una vez llegué a la ciudad, llamaba a Bob Sears casi todas las mañanas para averiguar dónde y a qué hora tenía las audiciones. La señora Honigbaum me dejaba usar el teléfono de su dormitorio. Creo que era el único inquilino que tenía aquel privilegio. Su dormitorio estaba oscuro y húmedo. Las puertas que daban a la piscina eran de cristal tintado. Había una pared forrada de espejos. Todo olía a vainilla y a enjuague bucal y a bolas de alcanfor. Había una cómoda cubierta de cientos de frascos de cristal de perfumes y pócimas y sérums que suponía que le servían para mantenerse joven. Había una alfombra de piel de cebra, una colcha floral brillante. La lámpara del techo era una araña de cristal amarillo. Cuando estaba abierta la puerta del baño, veía el mármol color carne, un tocador cubierto de maquillaje y brochas y lápices, una cabeza descubierta de poliestireno. Por el filo del espejo había bombillas fijadas, como en los camerinos. Aquello me impresionaba mucho. Entraba allí y me observaba la cara bajo aquella luz, pero solo un minuto cada vez. No quería que me pescaran. Mientras hablaba por teléfono con Bob Sears, la doncella a veces entraba y salía a dejar pilas de toallas limpias, a recoger los pañuelos de papel arrugados y manchados de pintalabios de la papelera de al lado de la cama. El teléfono era antiguo, de disco; los números estaban gastados y grasientos y el auricular olía a halitosis. El olor no me molestaba, en realidad. De hecho, me gustaba todo lo que tenía que ver con la señora Honigbaum. Era amable. Era generosa. Me halagaba y me engatusaba, como hacen las abuelas.

Bob Sears había dicho que necesitaría una foto de cara, así que, antes de irme de Gunnison, mi madre me llevó en coche al centro comercial de Ephraim a que me hicieran un retrato. Tenía un ojo vago y bizco y por eso no me estaba permitido conducir. Me llevó con resentimiento, suspirando y dando golpecitos con el dedo sobre el volante en los semáforos en rojo, mientras se quejaba de lo tarde que era, de lo mucho que había trabajado todo el día, de que el centro comercial le daría dolor de cabeza.

—Me imagino que en Hollywood tendrán chófer para llevarte de un lado a otro y sirvientes que te harán la comida —me dijo—. Y mayordomos que te recojan la ropa interior sucia. ¿Eso es lo que espera, alteza?

—Me voy a trabajar a Hollywood —le recordé—. A trabajar. De actor. Es un trabajo. La gente lo hace de verdad.

—No veo por qué no puedes ser actor aquí, donde la gente ya te conoce. Todo el mundo te quiere. ¿Qué tiene eso de malo?

—Que aquí nadie sabe nada —expliqué—, así que lo que crean ellos no importa.

—Tú sigue mordiendo la mano que te alimenta y un día te dará un tortazo en la cara. Muchachos como tú los hay a montones por ahí. ¿Te crees que la gente esa de Hollywood va a hacer cola para atarte los zapatos? ¿Te crees que tienes tanta suerte? ¿Quieres una vida fácil? ¿Quieres andar en patines por la playa? Hasta los pelos de tu cabeza están contados. No te olvides de eso.

Sí que quería una vida fácil. Miraba por la ventanilla las casitas bajas, las llanuras despejadas, el cielo morado y naranja, las chispas cegadoras de luz color miel que se disparaban por encima de las montañas del oeste por donde se ponía el sol.

—Aquí nunca pasa nada —dije.

—¿Llamas nada a los fuegos artificiales que tiran sobre el embalse? ¿Y la biblioteca pública donde no has puesto nunca un pie? ¿Y todos esos maestros a los que he tenido que rogar que no te suspendieran? ¿Te crees más listo que todos ellos? ¿Más listo que los profesores?

—No —contesté.

Ya entonces sabía que no era listo. Ser actor me parecía la carrera apropiada para alguien como yo.

—Estás abandonando a tu hermana, a Larry —dijo mi madre—. ¿Qué te voy a decir? Procura que no te maten. O sí. Es tu vida.

Encendió la radio. Me quedé callado el resto del viaje.

Mi vida en Gunnison no era tan mala, en realidad. Era popular y me divertía y me perseguían las chicas guapas. En el instituto había sido una especie de famoso, el rey del baile de graduación, el delegado de la clase. Me eligieron en votación como el que era más probable que fuese a triunfar, a pesar de que mis notas eran malas. Podría haberme quedado en Gunnison, haber conseguido trabajo en la prisión, haber subido de rango, haberme casado con la chica que quisiera, pero no era el tipo de vida que deseaba. Quería ser una estrella. El cine más cercano que había estaba en Provo, a una hora y media de camino. Allí había visto *Rocky* y *Star Wars*. Todo lo demás que veía me llegaba a través de una de las tres cadenas de televisión que teníamos en Gunnison. No me gustaban especialmente las películas. Me parecía difícil actuar en algo que duraba tanto tiempo. Pensé que podía irme a vivir a Hollywood y conseguir un papel en una serie como *Con ocho basta* de hermano mayor guay. Y después sería como Starsky en *Starsky y Hutch*.

Le expliqué todo eso al fotógrafo del centro comercial.

—La gente dice que me parezco a Pierce Brosnan —le dije.

Él dijo estar de acuerdo, me dio un peine de plástico endeble, me indicó que me sentara y que esperase mi turno. Me acuerdo de los niños pequeños y bebés vestidos de domingo de la sala de espera, llorando y molestando a sus madres. Me peiné y ensayé caras en el espejo de la pared. Mi madre se fue a Rydell's y volvió con un cinturón nuevo de brillantitos puesto.

—Rebajas —dijo.

Sospeché que lo había robado. Hacía eso cuando estaba de mal humor. Luego se sentó a mi lado y leyó un ejemplar de *People* y fumó.

—No sonrías mucho —me dijo cuando me tocó entrar con el fotógrafo—. No te conviene parecer que estás desesperado.

Ay, mi madre. Una semana después me llevó en coche a la parada de autobús. Eran apenas las cinco de la mañana y todavía llevaba puesto su camisón de satén rojo oscuro y rulos en el pelo, se había echado por encima de los hombros quemados por el sol una cazadora vaquera. Condujo despacio por las calles vacías, pasó por los parpadeantes semáforos en rojo como si no existieran, iba callada como la luna. Aparcó y encendió un cigarrillo. Vi rodar una lágrima por su mejilla. No me miró. Abrí la puerta del coche.

—Llámame —es todo lo que dijo. Dije que la llamaría. Miré cómo cambiaba de sentido y se alejaba.

Gunnison era casi todo campos vacíos, largas carreteras grises. Por la noche, las luces de la prisión te orientaban al norte; los durmientes lobos oscuros de las montañas, al este y al oeste. El sur era para mí un misterio. Lo más lejos que había ido por la autopista 89 era al aeropuerto, y solo una vez para ver un espectáculo aéreo, cuando era un crío. Nunca había salido de Utah antes de mudarme a Los Ángeles. Me quedé dormido en el autobús con la pequeña Toshiba bajo los pies y me desperté en Cedar City cuando subió un hombre gordo y se sentó a mi lado. Me arrinconó contra la ventanilla y se fumó un cigarrillo tras otro durante tres horas y media; cada vez que tosía, el cuerpo se le agitaba y resonaba. En la penumbra del autobús rebotaban destellos de luz de los cristales de espejo de sus gafas de sol, manchados de dedos grasientos de los dónuts que se iba comiendo. Lo vi recogerse las migas de los pliegues de la entrepierna y lamerse las manos.

—El Jardín del Edén —dijo—. ¿Has estado alguna vez en Las Vegas?

Negué con la cabeza. Todo el dinero que tenía en el mundo lo llevaba doblado en el bolsillo de delante de los vaqueros. El bulto me avergonzaba.

—Voy a jugar al póquer —dijo el hombre con la voz entrecortada.

—Yo voy a Hollywood a ser actor —le dije—. En la televisión o en el cine.

—Bravo —contestó—. Cuanto menores sean las posibilidades, mayor es la ganancia. Pero hay que tener huevos. Por eso no puedo jugar a la ruleta. No tengo huevos —tosió y volvió a toser.

Oír aquello me animó. Yo era audaz. Era valiente. Era excepcional. Tenía grandes sueños. ¿Y por qué no debería tenerlos? Mi madre no tenía ni idea de lo que era la verdadera ambición. Su padre era conserje. El padre de su padre había sido granjero. El padre de su madre había sido párroco de la cárcel. Yo sería el primero de una serie de perdedores en hacer algo con su vida. Un día, me escoltarían por las calles en una comitiva y el mundo entero sabría mi nombre. Mandaría cheques a casa. Mandaría carteles autografiados de las películas que protagonizase. Le regalaría a mi madre un abrigo de pieles y diamantes por Navidad. Entonces se arrepentiría de haber dudado de mí. Entramos en Nevada, el desierto vacío era como un punto en el mapa que hubiesen frotado con una goma de borrar. Miraba fijamente a través de la ventanilla, fantaseando, rezando. El hombre gordo me acarició el muslo varias veces, quizá por accidente. Se bajó en Las Vegas, por fin, y una señora negra se subió y ocupó su sitio. Batió el aire lleno de humo con la mano enguantada de blanco.

—Nunca más —dijo, y sacó una Biblia de bolsillo.

Me puse los auriculares y ocupé el pensamiento con mi petición habitual: *Querido Dios, por favor, hazme rico y famoso. Amén.*

La señora Honigbaum era escritora. Su columna de chismes «Tocar las estrellas» salía en un periódico semanal gratuito con cupones de descuento que se distribuía en los centros comerciales y lavaderos de coches y lavanderías de la ciudad. Los chismes de los que informaba no eran originales: quién se prometía, quién tenía un bebé, quién se suicidaba, a quién despedían. También escribía los horóscopos mensuales. Decía que era fácil robar las predicciones de periódicos viejos e intercambiar las palabras. Eran todo tonterías, me contó.

—¿Quieres vudú? Toma —sacó el monedero de un cajón y pescó una moneda de céntimo—. El primer céntimo que te has ganado como actor. Te estoy pagando. Cógelo y regálame una sonrisa.

Una vez, hasta me hizo firmarle una de mis fotos, prometiéndome que no la vendería, ni siquiera cuando valiese millones.

—No te encariñes mucho con quien eres. Te harán cambiar de nombre, por descontado. Aquí nadie usa su nombre real. El mío era Yetta —me dijo, gritando por encima del clamor de sus televisores—. Nadie me llama así aquí. Yetta Honigbaum, ¿te imaginas? Primero fui Yetta Goslinski. El señor Honigbaum... —señaló una pequeña urna dorada que había en lo alto del archivador—. Ahora no tengo familia con la que hablar. A la mayoría los gasearon los nazis. ¿Has oído hablar de Hitler? Tenía cerebro pero no músculo, como se suele decir. Eso es lo que lo volvió loco.

Tuve suerte. Me escapé a Hollywood, como tú. Bienvenido, bienvenido. Aprendí inglés en seis días leyendo revistas y escuchando la radio. Eso es tener cerebro. Y, te lo creas o no, era una chica muy guapa. Puedes llamarme Honey. Esta es una vida solitaria.

Dijo que no creía en el destino ni en la magia. Estaba el esfuerzo y estaba la suerte.

—Suerte y esfuerzo. Belleza e inteligencia. En esta ciudad, rara vez se dan ambas cosas en una.

Recuerdo que el día que llegué me dijo:

—Cualquier idiota se da cuenta de que eres guapo, pero ¿eres listo? ¿Eres sensato, por lo menos? Eso cuenta mucho aquí. Ya lo entenderás. ¿Has visto esto? —levantó la portada de una revista cutre en la que Jack Nicholson se hurgaba la nariz—. Esto es bueno. Es interesante. A la gente le gusta ver a los famosos en su peor momento. Baja las estrellas a la tierra, a la que pertenecen. Escúchame. No te vuelvas loco. Debería advertirte de que en esta ciudad hay sectas, unas mejores que otras. Si alguien te pide que te cortes las venas, sal corriendo. ¿Me oyes?

Me hizo rellenar un formulario y firmar una carta que decía que si me pasaba algo, si me golpeaba la tragedia, no se haría responsable.

—No sé qué os enseñarán en Utah, pero en esta ciudad hasta Jesús se volvería codicioso. Los masones, los satanistas, la CIA, son todos lo mismo. Conmigo puedes hablar. Yo soy una de las buenas. Y llama a tu madre —dijo.

No tenía la menor gana de hablar con mi madre. Cogí un caramelo de menta de un cuenco de cristal que había en el escritorio de la señora Honigbaum.

—Mi madre y yo no nos llevamos bien —dije.

La señora Honigbaum soltó el bolígrafo. Bajó los hombros. Veía el borde de su auténtico pelo asomando por debajo de la peluca en cortos penachos grises a lo largo de la frente. Burbujas de sudor turbio por el maquillaje tachonaban las arrugas profundas de sus mejillas.

—¿Crees que eres el primero? Mi madre era de terror. Me dejaba llena de moratones, me hacía masticar pastillas de jabón cuando hablaba mucho. Me obligaba a caminar kilómetros bajo la lluvia para llevarle ciruelas de un árbol, luego me pegaba porque estaban llenas de gusanos. Y, sin embargo, lamenté su muerte. Soy una mujer mayor y todavía lloro. Tienes una sola madre. La mía se murió de hambre y la tiraron a una zanja llena de cuerpos putrefactos. Tienes suerte de que la tuya siga viva. Si fuese cristiana, me santiguaría. Ahora ve a llamarla. Sabes que te quiere.

Y aun así no la llamé.

Me sentía seguro en casa de la señora Honigbaum. Confiaba en ella. Dijo que solo una vez había tenido un incidente. Una chica le había robado un anillo.

—Era un rubí, la piedra natal de mi madre —me dijo con pena.

Por eso estaba prohibido llevar invitadas a la casa. Mi puerta tenía pestillo, pero nunca lo usé. Había un baño de invitados que usaban todos los inquilinos. Teníamos que firmar para reservar la ducha en un trozo de papel que estaba pegado en el pasillo. La señora Honigbaum no chismeaba nunca sobre los inquilinos, pero me daba la sensación de que yo era el que mejor le caía. Uno de los inquilinos era actor de doblaje de un programa de dibujos del que nunca había oído hablar. Se paseaba descalzo y sin camiseta, no paraba de hacer gárgaras y hablaba en falsete para, explicaba, impedir que se le agarrotaran las cuerdas vocales. También había un hombre, treintañero, que en aquel tiempo a mí me parecía anciano. Siempre abría mucho los ojos como si acabase de ver algo increíble. A consecuencia de eso, tenía arrugas profundas en la frente. Una vez lo vi llevar un cuadro a su coche. Era un retrato de Drácula. Dijo que se lo iba a prestar a un amigo para un vídeo musical. Otro tipo era un aspirante a maquillador. Siempre llevaba chanclas y lo oía chancletear por el vestíbulo a horas intempestivas. Una vez lo pillé sin ropa, metiendo los genitales en el vapor frío del frigorífico. Cuando carraspeé, se dio la vuelta y volvió chancleteando por el vestíbulo.

Mi habitación estaba al lado de la oficina de la señora Honigbaum, así que de la mañana a la noche oía noticias de famosos saliendo a todo volumen de sus seis o siete televisores. El ruido no me molestaba. Todas las mañanas, cuando pasaba por su puerta abierta de camino a la ducha, la doncella estaba echando aerosol en el trozo de alfombra donde había cagado el caniche. Montañas de tabloides viejos aleteaban con la brisa de un ventilador de tamaño industrial. El caniche era viejo y tenía el pelo amarillento y rojizo en algunos puntos que le daban aspecto de estar sangrando. Tenía «percances de baño», como los llamaba la señora Honigbaum, todo el tiempo. Cada vez que Rosa, la doncella, me veía sin camisa, se tapaba los ojos con las manos. La señora Honigbaum se sentaba en el escritorio y observaba las pantallas, sudando y tomando notas. Parecía que no se iba nunca a la cama.

—Buenos días —decía yo.

—Un espectáculo para la vista —exclamaba la señora Honigbaum—. Rosa, ¿no es guapísimo?

No parecía que Rosa hablase inglés.

—¡Ay, mi menopausia! —lloraba la señora Honigbaum, metiéndose paletadas de suplementos de bario detrás de la dentadura postiza—. Gracias por recordármelo. Mírate —movía a un lado y a otro la cabeza—. La gente pensará que regento un burdel. Ve a tomarte una limonada. Insisto. Rosa. Limonada. ¿*Dónde está* la limonada?

Con todo lo que me rechazaban en las pruebas, era agradable estar en casa y ser el favorito de alguien.

Una tarde, cuando volvía de broncearme, la señora Honigbaum me invitó a cenar con ella. Eran solo las cinco.

—Iba a venir alguien, así que Rosa ha cocinado, pero ahora ya no viene. Por favor, cena conmigo o se echará todo a perder.

Tenía la noche libre en el trabajo, así que acepté feliz la invitación. La cocina era toda de madera oscura, con los armarios naranjas y un frigorífico del tamaño de un Buick. El mantel blanco estaba manchado de cercos de café.

—Siéntate —dijo la señora Honigbaum mientras sacaba el pastel de carne del horno. Sus guantes para el horno parecían guantes de boxeo en sus manos diminutas y llenas de protuberancias—. Cuéntamelo todo. ¿Has tenido alguna prueba hoy? ¿Algún avance?

Me había pasado casi todo el día en un autobús hacia Manhattan Beach, donde Bob Sears me había dicho que me estaría esperando un tipo en su piso. Llegué tarde y llamé al timbre. Cuando se abrió la puerta, apareció un hombre negro que medía dos metros diez. Me quitó de las manos la foto, me metió dentro, me sacó una Polaroid sin camisa, me dio su tarjeta y una lata de 7UP y me sacó a empujones por la puerta.

—Ha sido una reunión rápida —le dije a la señora Honigbaum—. No he tenido que leer muchas frases.

Deslizó delante de mí un mantel individual de paja trenzada, tiró un cuchillo y un tenedor.

—Me alegro de que fuese tan bien. Otros lo pasan peor. Se toman las cosas como algo muy personal. Por eso sé que vas a triunfar. Eres impermeable a las críticas. No cometas el mismo error que cometí yo. No te enamores. El amor te echa a perder. Te apaga la luz de los ojos. ¿Lo ves?

Tenía los ojos pequeños, borrosos y enterrados bajo párpados arrugados pintados con sombra azul y pobladas pestañas postizas.

—Muerto —afirmó. Señaló al techo—. Todos los días lloro —carraspeó—. Ahora ten, cómete esto.

Volvió a la mesa con un plato hasta arriba de pastel de carne. Llevaba sin comer nada casero desde que salí de

Gunnison, así que lo devoré muy rápido. Ella se comió un cuenco pequeño de requesón.

—Esto es trigo sarraceno —dijo, señalando la olla hirviendo que había sobre la cocina—. Te ofrecería, pero lo ibas a odiar. Sabe a gatos. Lo hago por la noche y lo como en el desayuno, frío, con leche. Soy una vieja. No necesito mucho. Pero tú come todo lo que puedas digerir. Y cuéntame más. ¿Qué te dijo Bob? Debe de estar muy orgulloso de todo lo que estás haciendo. Espero que llames a tu madre.

Todavía no había llamado a mi madre. Por entonces, ya llevaba en Los Ángeles unos cuantos meses.

—Mi madre no quiere hablar conmigo. No quiere que sea actor. Le parece una pérdida de tiempo.

La señora Honigbaum soltó la cuchara. Bajo la intensa luz de la lámpara que colgaba sobre la mesa de la cocina, las pestañas postizas proyectaban sombras enmarañadas sobre sus tirantes mejillas pintadas con colorete. Negó con la cabeza.

—Tu madre te quiere —dijo—. ¿Cómo no te iba a querer? ¡Mírate! —gritó, mientras levantaba los brazos—. ¡Eres como un joven dios griego!

—Ella sería más feliz si yo volviera a casa. Pero, aunque volviera, no me querría. La mayoría de las veces no me soporta. Se enfada por todo lo que hago. No creo ni que le importe que me muera. No puedo hacer nada al respecto.

—¡Eso es imposible! —gritó la señora Honigbaum. Los anillos hicieron un ruido metálico cuando juntó las manos como si fuera a rezar—. Todas las madres quieren a sus hijos. ¿No te dice que te quiere?

—Nunca —mentí—. Ni una sola vez.

—Estará enferma —dijo la señora Honigbaum—. Mi madre casi me mata dos veces y aun así me quería. Sé que me quería. «Yetta, perdóname. Te quiero, pero me vuelves loca». Eso es todo. ¿Tu madre bebe? ¿Le pasa algo malo de ese estilo?

—No lo sé —contesté—. Simplemente, me odia. Me echó de casa —mentí un poco más—. Por eso me vine. Me parece que actuar es una buena forma de ganarme la vida, ya que no puedo volver a casa. Y mi padre está muerto —eso era verdad.

La señora Honigbaum suspiró y se ajustó la peluca, que se le había descentrado de tanto gesticular.

—Sé lo que significa ser huérfano —dijo seria. Luego se levantó de la silla y se me acercó, con las mangas de la bata rozó la mesa y tiró el salero y el pimentero con forma de elfos bailarines—. Pobrecito. Debes de estar tan asustado.

Me acunó la cabeza entre sus brazos flacos, aplastándome un lado de la cara contra sus pechos caídos.

—Voy a hacer unas cuantas llamadas. Vamos a encarrilarte. Eres demasiado guapo, demasiado talentoso, demasiado maravilloso para andar derrochando el tiempo trabajando en esa pizzería.

Se inclinó y me besó la frente. Entonces lloré un poco y ella me alargó un viejo pañuelo de papel blancuzco que sacó del bolsillo de la bata. Me sequé las lágrimas.

—Vas a estar bien —dijo la señora Honigbaum mientras me daba golpecitos en la cabeza.

Fue a sentarse y se terminó el requesón. No pude mirarla a la cara el resto de la noche.

Al día siguiente, cogí un periódico con cupones de descuento en el que publicaban las columnas de la señora Honigbaum. Lo encontré en la casa de empeños que había enfrente de la panadería en la que me compraba las rosquillas de canela. Luego me subí en Melrose a un autobús expreso hacia el este. Me senté al lado de la ventanilla y me puse el periódico en el regazo. Las columnas de la señora Honigbaum ocupaban la última página. Encontré mi horóscopo. «Virgo: tendrás problemas amorosos esta semana. Cuídate de los compañeros que hablan de ti a tus espaldas, podrían influir en tu jefe, pero ¡no te preocupes! Te esperan cosas buenas». Era todo una estupidez, pero lo sopesé con mucho detenimiento. La columna de cotilleos no era más que una lista de cumpleaños de famosos y asuntos recientes de Hollywood. No conocía ningún nombre, así que nada me parecía importante. Aun así, leí todas y cada una de las palabras. Suzanne Somers demanda a la cadena de televisión ABC. La princesa Diana tiene buen gusto para los sombreros. Estreno de *Superman II*. Veía a los habitantes de Los Ángeles subir y bajar del autobús y sentí por primera vez que era alguien, que era importante. La señora Honigbaum, que tanto me cuidaba, escribía columnas en aquella circular que viajaba por toda la ciudad. Cientos, si no miles, debían de leer su columna todas las semanas. Era famosa. Tenía influencia. Allí estaba su nombre: «Señorita Honey».

Ay, la señora Honigbaum. Después de nuestra cuarta cena juntos, descubrí tumbado en mi cama, mientras digería la montañita de escalope y puré de patatas de sobre y gelatina que había preparado ella misma, que la echaba de menos. Me hacía sentir muy especial. No me atraía igual que las chicas con las que había estado allá en Gunnison, claro. A los dieciocho, lo que más me excitaba eran esos quince centímetros de pierna por encima de las rodillas de las chicas. Tendía sobre todo a estudiar a las chicas con falda o pantalones cortos cuando se sentaban a mi lado en el autobús con las piernas cruzadas. La extensión externa del muslo, donde se dividían los músculos, y la parte interior, donde se extendía la grasa, eran como las dos caras de la moneda que yo quería lanzar. Si hubiese estado en mi mano, me habría pasado todo el día observando a alguna mujer cruzar y descruzar las piernas. Nunca había visto las piernas de la señora Honigbaum. Estaba sentada tras el escritorio la mayoría de las veces y, cuando andaba por la casa, llevaba las piernas flacas cubiertas con pantalones holgados con estampados de flores o frutas tropicales de colorines.

Una mañana, me pasé por la oficina de la señora Honigbaum de camino a la ducha, como siempre.

—Querido —así me llamaba entonces—, tengo algo para ti. Una audición. Es para un anuncio o algo así, pero es bueno. Podrías hacerte famoso rápidamente. Ve a lavarte. Ten, toma esto —salió de detrás del escritorio y me dio la dirección. Su caligrafía era grande y llena de bucles, bonita y fuerte—. Diles que te manda Honey. Es solo una prueba.

—¿Una prueba de cámara? —pregunté.

Nunca antes había estado delante de una cámara de cine de verdad.

—Considéralo un ensayo —dijo. Me miró de arriba abajo—. Qué no daría yo. Eso me recuerda algo.

Volvió al escritorio y se puso a rebuscar sus pastillas por los cajones.

—¡Volver a ser joven! Bueno, ve a ducharte. No llegues tarde. Ve y vuelve y me lo cuentas todo.

Tardé varias horas en llegar al estudio en Burbank. La prueba se hacía en un cuarto pequeñito detrás de un terreno con pinta de sitio donde daban alimentos. Todo olía levemente a basura. Dos chicas rubias y delgadas estaban sentadas en sillas plegables en un rincón del cuarto, ambas leyendo números de *Rolling Stone*. Llevaban vaqueros ajustados, la parte de arriba del biquini, sandalias de plataforma enormes. El director era un tipo de mediana edad, bronceado y con el pecho cubierto de rizos negros, los ojos ocultos detrás de unas gafas de sol oscuras. Tenía la barba larga y rebelde. Estaba sentado con un guion abierto delante en la mesa y apenas alzó la mirada cuando entré.

—Me manda Honey —dije.

No se levantó ni me estrechó la mano. Cogió mi foto y tiró una colilla al suelo.

Debe de estar haciéndole un favor a la señora Honigbaum al permitirme hacer la prueba, pensé. Quizá fuera un antiguo inquilino suyo. Por si le iba a informar a ella luego, quería actuar mejor que nunca. Tenía que estar perfecto. Respiré más despacio. Concentré la mirada en las letras azules de la camiseta del cámara. GRAND LODGE. Tenía los hombros anchos y el pelo le caía a un lado. Me guiñó un ojo. Sonreí. Masqué el chicle. Intenté atraer la mirada de las chicas, pero estaban allí suspirando, encorvadas sobre sus revistas.

Resultó ser la prueba más larga y exigente que había hecho nunca. Primero el director hizo que el cámara me grabase mientras, delante de una pared blanca, decía mi nombre, mi edad, mi altura y mi peso. Se suponía que tenía que decir dónde había nacido y una lista de mis aficiones.

—Salt Lake City —dije, en vez de Gunnison. En realidad no tenía aficiones, así que dije sin más—: Los deportes.

—¿A qué juegas, al tenis, al baloncesto? ¿A qué?

—Sí —dije—. Juego a todo.

—¿Al lacrosse? —preguntó el director.

—Bueno, no, al lacrosse no.

—Veamos cómo haces unas flexiones —dijo impaciente.

Hice diez. El director pareció impresionado. Encendió otro cigarrillo. Luego me dijo que hiciera como que llamaba a una puerta y esperaba a que alguien abriese. Lo hice.

—Haz el perro —dijo—. ¿Puedes hacer el perro?

Olfateé el aire.

—¿Cómo suena un perro?

Aullé.

—No está mal. Más un lobo que un perro, pero ¿sabes bailar? —preguntó.

Hice unas cuantas rondas de pasos del Electric Slide. Las chicas me observaban.

—Tienes que practicar más —dijo el director—. Ahora ríete.

Eché un vistazo alrededor en busca de algo gracioso.

—Vamos. Ríete —dijo, chasqueando los dedos.

—¡Ja, ja!

Hizo una marca en el papel que tenía delante de él.

—Ahora ponte en plan sexi —dijo—. Como si estuvieras intentando seducirme. Venga, como si yo fuera Farrah Fawcett. O cualquier tía, quien sea, alguna chica que te quieras tirar. Venga.

Volvió a chasquear los dedos.

Nunca había tenido que hacer algo así antes. Me encogí de hombros y metí las manos en los bolsillos, me giré a un lado, le guiñé un ojo. Anotó otra cosa.

—Acércate para un primer plano —le dijo al cámara—. Ponte derecho, maldita sea —me dijo a mí—. No te muevas.

El cámara se puso a unos quince centímetros de mi cara. El director se levantó y se me acercó, entrecerró los ojos.

—¿Siempre tienes granos entre las cejas?

—Solo a veces —contesté.

Intenté mirarlo, pero las luces eran demasiado brillantes. Era como mirar un eclipse.

—Tienes el ojo torcido, ¿lo sabías? —me preguntó.

—Sí, es un ojo vago.

—Mejóralo —dijo—. Hay ejercicios para eso —se volvió a sentar—. Ahora ponte triste.

Pensé en aquella vez que vi un gato muerto en la calle en Gunnison.

—Enfádate.

Pensé en la vez que me pillé el dedo con la puerta del coche.

—Ponte contento.

Sonreí.

—Hazte el valiente. Hazte el idiota. Hazte el presumido.

Lo hice lo mejor que pude. Me dijo que sacara la lengua. Me dijo que cerrase los ojos, luego que los abriera. Luego me dijo que besara a las dos chicas.

—Haz como si fueran gemelas —dijo.

Dio unas palmadas.

Las chicas se levantaron y vinieron hacia mí.

—Tú. Ponte encima de la raya —me dijo el director—. Esa raya.

Señaló un trozo de cinta negra en el suelo de cemento. Las chicas se pusieron sobre dos X marcadas con cinta roja delante de mí. Parecían jóvenes, de dieciséis años quizá, y guapas de un modo en que no lo eran las chicas de Gunnison. Tenían la piel de la cara naranja y tan suave como el plástico; los ojos enormes, azules, con grandes pupilas negras, los párpados pintados con delineador blanco, como si fuera escarcha. Tenían la cabeza grande y redonda, el cuello y los hombros estrechos y huesudos. Masqué el chicle y me metí las manos en los bolsillos.

—¿Qué estás masticando? —me preguntó una de las chicas.

—Chicle —dije.

—Métete en el encuadre —dijo el director—. Sobre la raya. Por Dios.

—Eso es de mala educación —me dijo la otra chica.

—¡Sácate el chicle! —gritó el director—. Terminemos con esto. No tenemos todo el día.

Me saqué el chicle y lo sostuve en la punta del dedo y busqué con la mirada un sitio para tirarlo. Una de las chicas suspiró y me miró condescendiente. La cámara se acercó más.

—¡Acción! —gritó el director.

Las chicas levantaron la barbilla.

Me quedé allí sosteniendo el chicle, mirando las patas de la mesa donde estaba sentado el director. Estaba paralizado. Las chicas se rieron. El director gruñó.

—Besaos —dijo.

No podía hacerlo.

—¿Qué, no te gustan las rubias? ¿Tienes alguna fijación?

Moví los dedos con impotencia. De pronto, no podía respirar.

—Contaré hasta diez —dijo el director—. Uno, dos, tres...

Miré dentro de las lentes de la cámara y vi mi reflejo boca abajo. Era como si estuviese atrapado allí en la oscuridad, suspendido del techo, incapaz de moverme. Volví a mirar a las chicas. Tenían los labios escarchados de rosa pálido, como enharinados y relucientes, nada que me fuese a apetecer besar nunca. Entonces una de las chicas se agachó sobre mi dedo y se metió el trozo de chicle masticado en la boca. Retrocedí un paso. Estaba estupefacto. Tropecé con un cable. Las chicas soltaron risitas ahogadas.

—¡Diez! —gritó el director.

No me dieron el papel.

De vuelta a casa, me subí en dos autobuses que no eran y fui hacia el este hasta el final, a través de Glendale y Chinatown. Caminé por el centro de Los Ángeles, por delante de todos los vagabundos y toda la basura, hasta que por fin encontré un autobús en Beverly para volver a Hancock Park. En casa, fui directo a la oficina de la señora Honigbaum. Podría haberme enfurecido porque ella me hubiera mandado allí. Podría haberle echado la culpa de mi humillación, pero no se me ocurrió. Solo quería que me consolara.

—Era todo falso —le dije—. El director era un hippie. Ni siquiera había una papelera donde tirar el chicle.

—Unas veces se gana, otras se pierde —es lo único que dijo la señora Honigbaum.

—Además, beso bien —le dije—. ¿Crees que se enfadará Bob Sears?

—Bob Sears no sabe distinguirse la cara de la axila. Deja que te mire la boca —se levantó del escritorio y me señaló una silla—. Siéntate. Te prometo que solo quiero echar un vistazo. Ahora abre la boca.

Hice lo que me mandó. Cerré los ojos mientras ella miraba dentro. Pude oler su aliento, acre por los cigarrillos y aquellos caramelos duros de menta que me habían terminado gustando. Me enganchó las encías con el dedo y tiró hacia abajo de mi labio inferior, dando golpecitos contra mis incisivos con una de sus largas uñas.

—Muy bien —dijo por fin. Abrí los ojos—. No tienes que preocuparte por nada.

Sacó el dedo, se dio la vuelta y se volvió a sentar en el escritorio. Cogí un caramelo de menta.

—Te contaré un secreto —dijo mientras le sacaba punta al lápiz—. Los dientes hacen a la estrella. Los dientes y las encías. Eso es lo primero que miran. Ese director es tonto. Olvídalo. ¿Tú? —negó con la cabeza—. Eres demasiado bueno para ese tipo. Buenas encías. Buena boca. Los labios, todo. Llevo dentadura postiza, pero sé un par de cosas y tú tienes las proporciones perfectas.

Volvió a su cuaderno, pasó la página de una revista, encendió un cigarrillo. Yo seguí allí. Era un alivio oír que no estaba condenado al fracaso, pero seguía desgarrado por dentro. Si no conseguía ser actor, ¿adónde iría? ¿Qué otra cosa podía hacer con mi vida? La señora Honigbaum me miró como si se hubiese olvidado de que seguía allí.

—¿Vas a llorar, querido? —me preguntó—. ¿Sigues molesto por lo de los besos?

—No —contesté. Quería que me abrazara, que me agarrase fuerte. Quería que me acunara entre sus brazos mientras yo lloraba—. No estoy molesto.

—¿Eso es lo que llevabas en la prueba?

Llevaba mi atuendo habitual: mocasines de piel, vaqueros ajustados y una camisa hindú suelta que creía que me hacía parecer amplio de miras.

—La próxima vez, ponte relleno en la entrepierna —dijo—. Te sentirás tonto, pero no te arrepentirás. La mitad del poder de seducción de un hombre está en el bulto del pubis.

—¿Y la otra mitad? —pregunté.

Fui completamente sincero. Por aquel entonces, había besado dentro de los armarios de las fiestas a media docena de chicas allá en Gunnison, pero nunca había llegado hasta el final. Nunca había sentido el entusiasmo suficiente para llevar a cabo toda la persuasión y la convicción que parecían necesarias. Y estaba demasiado ansioso, demasiado apegado a mis sueños de estrellato para enredarme en las partes íntimas de nadie. Pensaba mucho en el sexo, por supuesto. Llevaba un condón en la cartera, como si fuese un carné de identidad. Mi padrastro me lo había dado la última noche que pasé en Gunnison. «No vayas a hacerte agujeros en las orejas ni nada», me dijo, y me dio un puñetazo en el brazo.

—El poder está en la mente —me decía la señora Honigbaum, mientras se acariciaba la cabeza y hacía tintinear las pulseras—. Lee una hora al día y serás más listo que yo antes de los veinte. Ser demasiado inteligente, como solía ser, me hacía desgraciada, así que ahora dedico el tiempo a cosas triviales, como los cotilleos —levantó un ejemplar del periódico con cupones de descuento—. Es todo banal, pero soy buena en lo que hago. No-sé-quién se retira, este tiene cáncer, aquel se está volviendo loco. *Vacaciones en el mar,* ¿te lo puedes creer?

—¿Creerme qué?

—Nada. Vete a llorar, luego vuelve y te contaré una historia.

—Pero no voy a llorar —insistí; le dediqué una gran sonrisa para demostrárselo.

—Vete. Date una buena llantera. Si quieres hablar después, vuelve. Coge otro caramelo de menta.

Me retiré a mi habitación a fumarme un porro por la ventana y escuchar a los Eagles unas cuantas horas. Y lloré, pero no se lo conté a la señora Honigbaum. Por la noche, fui a trabajar e intenté quitarme de la cabeza a aquellas chicas rubias. Las mujeres dejaban marcas de pintalabios en los trozos de pizza, en los bordes de las copas de vino, en las colillas que sonaban dentro de las latas de refresco *light*, números de teléfono garabateados en las servilletas, caritas sonrientes, besos y abrazos. Sin embargo, sus guiños y sus propinas no me levantaron el ánimo. En casa, me quedé mirando mi foto e intenté rezar, pidiendo consuelo: *Dios, haz que me sienta bien.* Lloré un poco más.

Por la mañana, llamé a Bob Sears. No mencionó mi fracaso del día antes. En vez de eso, me dijo:

—Tu madre me ha llamado esta mañana.

Me dijo que lo había amenazado con llamar a la policía de Los Ángeles. Si yo no la llamaba ese mismo día, pondría una denuncia por desaparición.

—Parecía muy molesta y me preguntó si tenía títulos de agente. «Señora», le dije, «llevo cuarenta y siete años en este negocio y ninguno de mis chicos ha desaparecido jamás. No mientras yo esté de guardia». No te voy a mandar a la guarida del lobo, ¿no? ¿Qué provecho iba a sacar yo? ¿Qué?

Aquel día me dio la dirección de dos castings, pero no fui a ninguno. Seguía sin sentirme bien. Me dolía la cabeza. Tenía la cara hinchada de llorar. Me pasé el resto de la mañana delante de la Toshiba, viendo programas de concursos antiguos, *Hollywood Squares* y *Family Feud,* mientras me imaginaba los exabruptos de mi madre. «La semana pasada fue el cumpleaños de Larry. ¿Qué, ahora te va demasiado bien como para llamarnos? ¿Te crees mejor que nosotros, mejor que yo, tu propia madre?». Sabía que estaría furiosa. No tenía nada que decir en mi defensa. Había prometido llamarla y no la había llamado. A lo mejor lo que quería era que se preocupara. A lo mejor quería que sufriera. «Estaba muerta del susto —me imaginé que me diría—.

Cómo te atreves a hacerme esto. ¿Qué has estado haciendo? ¿Bailes de salón? ¿Champán y caviar? ¿Tonteando con qué putas?». Fui y volví a la tienda donde compraba las rosquillas, sintiéndome como un criminal. No fui a la playa. Me arrastré hasta la casa y me metí en la cama bajo las mantas y a través de ellas escuché episodios de *Days of Our Lives, Another World, Guiding Light*. Lloré otra vez. A las seis en punto llamó a mi puerta la señora Honigbaum.

—Ahora mismo he estado hablando por teléfono con Bob Sears —dijo—. Es hora de que llames a tu madre. A ver si todavía te odia. Usa el teléfono de mi dormitorio. Sígueme.

La señora Honigbaum me condujo por el pasillo alfombrado y me escoltó hasta sus aposentos, que nunca antes había visto de noche. El caniche corrió a meterse bajo la cama. La señora Honigbaum encendió el candelabro y de pronto todo quedó velado por una luz veteada y amarilla. Los tarros de perfume y los adornos de cristal centelleaban y parpadeaban. Abrió la pesada puerta de cristal que daba al patio para dejar entrar un poco de aire.

—Esto se pone como un horno —dijo. La habitación se llenó de una brisa fragante. Se estaba bien allí. Señaló la cama—. Siéntate.

Justo entonces sonó el teléfono.

—¿Quién me llama ahora? —murmuró. Se quitó un pendiente tirando de él, me lo dio y levantó el auricular—. ¿Hola?

Sostuve el enorme pendiente dorado en la palma de la mano. En el centro había una perla iridiscente del tamaño de una moneda de veinticinco centavos.

—Muy bien. Gracias —dijo rápidamente y colgó—. Es mi cumpleaños —me explicó. Cogió el pendiente y se lo volvió a poner—. Ahora, siéntate aquí y llama a tu madre. Seré testigo. Saldrá bien. Adelante.

Se quedó allí mirándome. La única opción que me quedaba era levantar el auricular.

—Muy bien —dijo la señora Honigbaum después de que pusiera la punta del dedo en la cifra del disco—. Adelante.

Marqué el número.

El teléfono sonó y sonó. No contestaba nadie. Era sábado por la noche.

—¿Lo ves?, no hay nadie en casa —le dije a la señora Honigbaum, alargándole el auricular.

—Deja un mensaje —dijo.

Encendió un cigarrillo. Asentí con la cabeza y escuché las campanillas metálicas sonando en la línea, listo para colgar si contestaba mi madre. La señora Honigbaum exhaló dos penachos de humo enormes por las dilatadas fosas nasales.

—Un buen mensaje.

Por fin saltó el contestador. Era la primera vez en meses que escuchaba la voz de mi madre. Le volví a tender el teléfono a la señora Honigbaum.

—Es ella, así habla —dije—. Parece que está siempre muy enfadada.

—No importa —dijo la señora Honigbaum.

Tras escuchar el pitido, empecé mi mensaje:

—Hola, mamá, soy yo —hice una pausa y miré a la señora Honigbaum.

—Siento mucho no haber llamado —me susurró.

Me hacía gestos con la mano, como para alentarme, y el humo se diseminaba por el aire.

—Siento mucho no haber llamado —repetí en el teléfono.

—Tengo una vida estupenda aquí. Estoy haciendo grandes progresos en mi carrera de actor —la señora Honigbaum abrió mucho los ojos, esperando a que siguiera.

Repetí lo que ella había dicho.

—Y estoy conociendo a un montón de personas fascinantes.

—Estoy conociendo a personas fascinantes.

—Estoy bien y como bien. No tienes que preocuparte de nada.

Pronuncié las frases palabra por palabra.

—Por favor, no vuelvas a llamar a Bob Sears. No es bueno para mí, profesionalmente hablando.

—Por favor, no vuelvas a llamar a Bob Sears. No es bueno para mí, profesionalmente hablando.

—Te quiero, madre —dijo la señora Honigbaum.

—Te quiero —le respondí a ella.

—Ahora cuelga.

Hice lo que me ordenó.

—Bueno, no ha sido tan difícil, ¿no? —la señora Honigbaum apagó su cigarrillo y se sentó a mi lado al borde de la cama.

—No le va a gustar —dije.

—Has cumplido con tu deber. Ahora dormirá mejor.

El corazón me latía muy deprisa. Me incliné y me sujeté la cabeza con las manos.

—Respira hondo unas cuantas veces —dijo la señora Honigbaum, mientras me masajeaba la espalda con la mano. Me senté y respiré con ella y me sentí mejor—. Ahora escúchame. Tengo algo que quería enseñarte. No se lo enseño a mucha gente, pero creo que te lo mereces. Es para mejorar la inteligencia.

Alargó el brazo por encima de mi regazo y abrió el cajón de la mesita de noche. Sacó un fajo de tarjetas.

—Es una baraja especial que hice yo misma —dijo.

Las barajó. Estaban en blanco por un lado y por el otro tenían símbolos extraños, formas en su mayoría, rellenas o delineadas o rayadas o a base de lunares, de diferentes colores. La señora Honigbaum las había dibujado todas con rotulador. Una carta tenía tres diamantes verdes. Otra tenía dos círculos rojos vacíos. Un cuadrado negro relleno, un triángulo morado de rayas, etcétera. La idea del juego era colocar las cartas boca abajo en filas y encontrar relaciones entre las formas y los colores y todo eso.

—Este juego es una metáfora de la vida —me explicó la señora Honigbaum—. La mayoría de la gente es tonta y no es capaz de encontrar una relación a no ser que sea obvia, pero siempre hay una, incluso cuando las cosas no tienen sentido. Si desarrollas la mente, la gente de esta ciudad creerá que eres un genio. Nadie más te enseñará a hacerlo. Vas a ver lo que quiero decir —colocó tres filas de tres cartas cada una sobre la colcha—. La relación en este caso es fácil. En tres de las cartas hay líneas onduladas.

Asentí.

Recogió las cartas y colocó otras tres filas.

—Este conjunto es un poco más misterioso. ¿Ves estas tres? —señaló tres de las cartas. Una era un cuadrado azul vacío, otra era un rectángulo rojo relleno y la otra era una estrella verde rayada—. A veces, la relación es que son todas distintas. ¿Lo ves? Estas tres no tienen nada en común y eso es exactamente lo que tienen en común. ¿Lo entiendes?

Dije que sí.

—Así triunfarás como actor. Advirtiendo las relaciones ocultas. Encontrándole el significado al caos. La gente te besará los pies —la observé mientras volvía a recoger las cartas. En aquel momento no entendí a qué se refería, pero me daba cuenta de que lo que decía era verdad—. Ensaya, ensaya, ensaya. Tienes el músculo; ahora, trabaja el cerebro. Quieres tener éxito, ¿no? ¿Papeles importantes?

—Sí —contesté, aunque en realidad entonces no los quisiera. Cuando me miró, la miré fijamente hasta el fondo de los ojos pequeños, borrosos—. Gracias.

—No hace falta que me lo agradezcas —contestó. Barajó y extendió más cartas, señalando tres círculos—. Fácil —dijo, y chasqueó la lengua. Se quedó callada.

Barajó las cartas. Me miró y negó con la cabeza. Pensé que a lo mejor estaba absorta en sus ensoñaciones y que me contaría alguna historia sobre su difunto marido o algo divertido que le hubiese pasado cuando era joven, pero, en vez de eso, dejó las cartas, me puso una mano en la rodilla y puso la otra sobre su propio esternón huesudo y bronceado.

—Tu madre tiene suerte de tener un hijo como tú —dijo, suspirando como si le hiciera daño admitir una verdad tan dolorosa.

Me quitó la mano de la rodilla y me acarició la cara, con cariño y reverencia, y volvió a negar con la cabeza.

Nunca pasó nada bajo las mantas de la cama de la señora Honigbaum, pero a partir de entonces, todas las noches antes de que me durmiera, me recitaba unas oraciones en hebreo y me ponía las manos sobre la cara y los hombros. Los hechizos que lanzó no funcionaron. A ninguno de los dos nos sorprendió demasiado.

Bailar a la luz de la luna

La conocí dos días antes de Navidad en un mercadillo navideño del Lower East Side. Fue en 2006 y ella vendía muebles antiguos restaurados que había colocado por su espacio acordonado con cinta como si fuese el salón elegante de alguien. Llevaba pantalones rojos ajustados y una camisa negra que parecía una malla de bailarina. Tenía el pelo rizado, decolorado de rubio, y llevaba un montón de maquillaje, demasiado, diría yo. Tenía la cara apretada, como si acabase de oler un pedo. Fue aquella apariencia de repugnancia lo que despertó algo en mí. Me dio ganas de ser un hombre mejor.

Mientras ella estaba ocupada con los clientes, me senté en una *chaise longue* que había a la venta y fingí estar fascinado. Empujé los muelles con las palmas de las manos. Me tumbé como un paciente en la consulta del psicoanalista y luego me volví a sentar. Aquel trasto costaba dos mil setecientos cincuenta dólares. Saqué el móvil y pulsé algunos botones, mientras fingía que no estaba mirando a la chica. Al final me vio y se acercó.

—Rey Eduardo, como en un lugar en el campo —es lo primero que le escuché decir. No tenía ni idea de a qué se refería con eso—. Es toda de caoba. Eduardiano tardío. Ese panel es el único al que le falta la incrustación.

Lo señaló. Me di la vuelta para mirar la madera.

—¿El festón de aquí? —decía—. Pero me gusta sin el nácar. El nácar se vería recargado, me parece, con este tono de cuero.

Solo me quedaba carraspear y asentir. Me dijo que había retapizado la *chaise longue* con cuero de un sillón viejo que había desmantelado a un lado de la carretera.

—Fue como despellejar un ciervo —dijo—. El verano pasado en Abilene.

Me di la vuelta para encarar su entrepierna, un tierno triángulo hinchado dividido por la gruesa protuberancia de la cremallera; los gruesos muslos tiraban del entramado de lana roja. En la muñeca izquierda le colgaba de una espiral blanca de cable de teléfono una llave diminuta. Toqueteó las espirales con las largas uñas negras desconchadas. Tenía que casarme con ella. Si no lo conseguía, me mataría. Rompí a sudar como si estuviese a punto de vomitar.

—Desollar y eviscerar —solté. Y luego—: ¿Eviscerar?

La miré a la cara buscando alguna validación. Sus ojos eran de un azul oscuro, desvaído.

—Ah, ¿eres cazador o algo?

Puso cara, otra vez, de que alguien se había tirado un pedo, una expresión de frágil y extraña condena, como la de una reina.

—No —contesté. Volví a empujar los muelles—. Pero hay un libro nuevo sobre caza del tío ese de Montana, creo, que dice que hay que fumar hierba cuando se va de caza porque atrae a los animales. Al parecer, se sienten atraídos por eso, por tu energía y como por las vibraciones del cerebro. No me acuerdo del todo. No es que yo fume hierba. O sea, fumé en la universidad. Tengo treinta y tres años —añadí, como si eso explicase algo.

—¿Estás leyendo un libro sobre caza?

Se cruzó de brazos. Su boca, mientras esperaba a que le respondiera, era una gran rosa marchita.

—No —le dije—. Solo he leído cosas sobre el libro. En internet.

—Ah, vale —se rascó la cabeza y empezó a alejarse—. Los muelles son todos nuevos —dijo, sin molestarse en darse la vuelta.

Me levanté y la seguí. Le pregunté si hacía trabajos por encargo.

—Tengo una otomana —mentí.

—Los trabajos por encargo tendrían que esperar hasta después de Año Nuevo —me dijo, pero mientras le podía mandar fotos por correo electrónico y contarle lo que tenía en mente.

—Me voy a pensar en serio lo del sofá —dije.

Me daba miedo pronunciar mal *chaise longue*. Me dio su tarjeta y me sonrió con falsedad.

—Vaya, gracias —dije.

Ella no dijo nada, así que me marché, tropezando con las patas de una mecedora de mimbre y despidiéndome de ella con la mano como un idiota. Me fui directo a casa y me tumbé en la cama, gimiendo de éxtasis, una y otra vez, cada vez que leía las letras de su nombre: Britt Wendt.

—No es un nombre, es el comienzo de una frase —dijo Mark Lasky cuando quedamos a tomar café al día siguiente y le conté que estaba enamorado. Era Nochebuena—. ¿Y dónde la has conocido? ¿Trabajando en una tienda de muebles? Nick, que has ido a Yale, por Dios santo.

Mark era mi amigo más antiguo, el primero de muchos que de pronto dejaron de fumar, perdieron pelo, se casaron y se compraron una casa con la fachada de piedra arenisca en una parte de Brooklyn en la que no habrían puesto un pie cinco años antes. Algunos de esos amigos hasta habían concebido hijos a aquellas alturas, lo que a mí en aquel momento me parecía ridículo. Tenía casi treinta y cuatro años, me acercaba al final de la edad de Cristo, como se suele llamar. En honor a Cristo, me había dejado crecer el pelo más abajo de las orejas. Solía usar una goma y horquillas para evitar que los mechones sueltos se me metieran en los ojos cuando salía a correr.

—Ella misma hace los muebles —le expliqué a Mark—. *Restaura* los muebles, quiero decir. Tiene su propio negocio. Es una artista.

—Una artesana —me corrigió Mark—. ¿Te has acostado ya con ella? ¿Ha visto tu casa, perdón, tu habitación?

—Bueno, no.

—No entiendo por qué no puedes salir con Becky o con Elaine o con Lacey Freeman —dijo Mark.

—Qué asco —dije—. ¿Lacey Freeman?

—Vale, Lacey no. Pero ¿Jane? Jane Germeroth es perfecta para ti. Jane Germeroth es inteligente y tiene buenas tetas. Escúchame, Nick. Córtate el pelo. Pareces el batería de un grupo de mierda. Pareces un puto camarero. Además, el pañuelo que llevas es gay.

En efecto, mi pañuelo era gay. Me había costado varios cientos de dólares, pero era precioso, de seda a cuadros de color rojo y blanco con largos flecos.

—Y es ofensivo —siguió Mark—. Se supone que se parece al que lleva Yasir Arafat en la cabeza. Ahora los adolescentes llevan versiones de poliéster como si fuera una cosa hip-hop.

—Esto es seda —protesté—. De Barneys.

—¿Sabes que te puedes comprar esa mierda en la calle en Chinatown por diez dólares?

—Bueno, tú pareces un ginecólogo —le dije.

Mark llevaba un jersey de ochos con monograma y pantalones caquis.

—¿Y eso qué quiere decir?

—Quiere decir que pareces viejo —le dije—. Y, ya sabes, un pervertido.

—¿Qué quieres que haga? ¿Que me ponga vaqueros estrechos y me líe mis propios cigarros? Soy un hombre adulto.

—Liarte los cigarros es mejor para ti —dije tranquilamente, recogiendo las últimas migas de mi bollito de canela—. Menos alquitrán.

Mark gruñó y se terminó el café.

—No estás enamorado —dijo.

Luego se quedó callado mientras miraba a una chica con minifalda que estaba inclinada atándose el zapato. Unos días antes, me habría aferrado a aquella imagen durante semanas, a las líneas de sus braguitas por debajo de las medias negras opacas, al suave hoyuelo que se le marcaba en la parte de atrás de los muslos. Cuando se incorporó, el espeso pelo castaño pareció ondearle alrededor de los hombros a cámara lenta. Tenía una cara irreverente, con la nariz casi chata, malvada y adorable. Pero no me afectó. Ahora tenía a Britt Wendt. Las demás chicas no significaban nada para mí.

—¿Así que vas a comprar el sofá? —preguntó Mark al final—. ¿Y dónde lo vas a poner?

Llevaba todo aquel año alquilando una habitación por la que pagaba al mes trescientos cincuenta dólares en efectivo y cuyo propietario era un usurero jasídico. Tenía para mí solo una esquina del edificio sin ventanas de ocho por ocho, que antes había albergado una planta que manufacturaba gomas de borrar de color lengua. El sitio seguía oliendo vagamente a goma quemada. Mi habitación estaba en la planta de arriba. Los demás inquilinos eran todos jóvenes modernos. No sabía el nombre de nadie. En la planta de abajo, taxistas gitanos de Oriente Medio dormían por turnos en literas; las berlinas negras aparcadas fuera parecían una comitiva presidencial. Del lado de la calle había un escaparate enjabonado lleno de piezas de coches y ordenadores rotos. Deberían haber declarado en ruinas el edificio; probablemente lo habían hecho. Los únicos muebles que tenía eran un colchón individual y una mesita de centro de cristal, sobre la que amontonaba mis zapatos, cada par metido en una bolsa de congelar hermética para preservarlos de los bichos y las cucarachas. Las paredes entre las habitaciones eran placas de yeso laminado. Había carteles escritos a mano en los pasillos desmoronados que decían ¡NO CHINCHES! ¡NO COLCHONES DE LA CALLE! ¡NO VAGABUNDOS! El sitio tenía dos baños comunales llenos de lepismas y una cocina compartida llena de ratones. Estaba buscando constantemente algo que subarrendar o una habitación en un apartamento o un estudio barato, pero nada me parecía lo bastante bueno. No podía comprometerme. Además, siempre estaba sin blanca. Me gastaba todo el dinero en ropa.

La mañana de Navidad me despertó la actividad sexual de mis vecinos. Por lo general, daba porrazos en el panel de yeso, pero, aquella mañana, en consonancia con el espíritu de las fiestas y en honor al verdadero amor, dejé pasar los gruñidos. Me quedé bajo el edredón con el portátil encima de la entrepierna, escuchando los ruidos sexuales y googleando a Britt Wendt por milésima vez. La Britt Wendt que encontré en MySpace tenía doce años, vivía en Deering, New Hampshire, y colgaba fotos edificantes de escenas de la naturaleza con leyendas sobre cómo ser tu mejor yo, chistes sobre la regla, enlaces a artículos sobre patinaje olímpico y concursos de belleza. Las otras páginas web que salían para «Britt+Wendt» eran de genealogía sueca. *Mi* Britt Wendt era un misterio. Volví a mirar su tarjeta. Era minimalista, solo con su nombre y su dirección de correo y las palabras «rediseño de antigüedades». La fuente era Arial Bold. El papel, endeble. Era como si no le importase una mierda. Cuando terminaron mis vecinos, los oí andar por el pasillo hacia las duchas. Pensé en visitar mi página de porno de confianza, pero elegí no hacerlo. Pudiendo anhelar a Britt Wendt, ver vídeos de la actividad sexual de unos desconocidos me parecía sacrílego, como echarte un chorro de mayonesa de sobre en la boca mientras subes en el ascensor hacia el restaurante Per Se.

«Hola, Britt», así decidí empezar el correo.

Tardé treinta minutos en buscar en las imágenes de Google la foto de una otomana que transmitiese lo que yo quería transmitir: que vivía en un loft reconvertido, que tenía una cámara de altísima calidad y que era un aficionado a la música y lector de literatura organizado y de mente abierta. La foto era perfecta: la luz del sol entrando a través de una pared llena de ventanas de fábrica opacas, pulcras estanterías repletas de libros y discos, un rincón con una guitarra eléctrica apoyada en la pared de ladrillo visto del fondo. La fuente de la foto era un anuncio de venta de pisos en Providence, Rhode Island.

La otomana en sí no era más que un cubo insulso, gris y cubierto de tela. Las patas eran tacos de madera clara cortos y angulosos. Me di cuenta de que era un mueble de fábrica de los años cincuenta y de que valía más de los quince dólares que pedía el vendedor, pero no mucho más. Comprendí que estaría engañando a Britt Wendt al proclamarme propietario de aquella otomana, pero consideré que en cuanto se enamorase de mí —quizá ya se habría enamorado— la existencia de mobiliario o de lofts, de cualquier realidad trillada, se volvería irrelevante hasta el ridículo. Así que descargué la foto, hice unos ajustes con Photoshop, la adjunté al correo y escribí: «Soy el tipo de los cazadores colocados y la *chaise longue* del otro día. Me encantaría oír tus ideas y un presupuesto aproximado para retapizar esta otomana (adjunto foto) con piel *vintage* de tu animal atropellado en Texas o de otro sitio. ¿Feliz Navidad?». Firmé con mi nombre «Nicholas (Nick) Walden Darby-Stern» y añadí mi número de teléfono. «P. S. ¿Se vendió la *chaise longue*? Sigo sopesándolo». ¿Cómo podría no quererme ahora?, me preguntaba.

Me pasé el resto de la mañana en la cama, comiendo copos de avena irlandesa con sirope de arce recién salidos de mi miniolla de cocción lenta y viendo películas en DVD en el ordenador. Revisaba el correo electrónico cada dos minutos. Cada vez que veía que Britt Wendt no me había escrito, sentía una decepción, pero también un gran alivio. En el reino infinito de las posibilidades, sentía que todavía quedaba una oportunidad. Aquel optimismo eran los últimos posos de juventud, supongo. Vi *Cara a cara* y *Con Air* y unos cuantos episodios de *Fawlty Towers*. Me duché y puse una sábana en el suelo e hice sentadillas y flexiones delante del calefactor. Luego vi los primeros diez minutos de *Marathon Man* y los cinco primeros de *Hoffa*, mientras comprobaba el correo electrónico. Mis vecinos del otro lado de la pared habían salido. Parecía que todo el mundo había salido. La pensión de mala muerte estaba extrañamente silenciosa.

En momentos así, tenía la costumbre de comprarme cosas por internet, pero había decidido intentar reducir gastos. Lo único que podía enseñar como mis ganancias de diseñador gráfico eran mi ordenador y un perchero con ropa cara, cada prenda sellada de forma segura dentro de un portatrajes de plástico transparente. A pesar de mi gusto refinado, no tenía problema en mezclarme con la tropa: mi ropa eran versiones de lujo de la mierda que llevaban todos los demás. Mi uniforme diario solía consistir en unos vaqueros negros de MDR; una camiseta lisa de algodón recogido a mano de Het Last; una camisa de lino lavado y una sudadera con capucha gris jaspeado, ambas de Deplore, y unas Converse Chuck Taylor altas de piel blanca de edición limitada o mis botas de minero de piel perforada marca Amberline, si había nieve en el suelo. En casa, llevaba pijamas de satén —de camisa y pantalón de Machaut a rayas granates y azules— y una pesada parka de Peruvian Connection que había conseguido en eBay. Hacía poco había derrochado un dineral en unos guantes de gamuza forrados de piel de conejo en Modo y un sombrero hecho a medida en un atelier de Tokio sobre el que había leído en *Mireille*. Había tenido que medirme la circunferencia de la cabeza. Racionalizaba aquellos desembolsos sin problema: los accesorios de lujo eran mejor inversión que, por ejemplo, el jabón de leche de cabra de los Alpes de setenta y cinco dólares que había tardado un mes en pasar por la aduana y me había durado exactamente doce duchas. Los seis meses anteriores había trabajado a media jornada sin contrato en *Indent,* una revista de estilo para intelectuales ricos. No pagaban bien. Mi cuenta del banco estaba vacía. La deuda de mi tarjeta de crédito en aquel instante tenía cinco dígitos. Incluso había cortado mis tarjetas en un intento de reducir mis gastos. Hasta que llegase el dinero de Navidad de mi padre, tendría cien dólares en metálico en la cartera, además de una tarjeta regalo de quince dólares del Burger King que me había dado Mark de broma por Janucá. Él y su mujer se habían ido a Vermont con la familia de ella. Todos los demás estaban en su casa con sus padres o acampando en el Parque Nacional de Árboles de Josué o tomando el sol en Maui o Cabo o Puerto Rico con sus novias. Mi padre estaba esquiando en Tahoe con su nueva esposa. No me había invitado. Sin fondos para comprar nada, lo único que podía hacer era vagar por las tiendas en línea y meter cosas en carritos de la compra virtuales. Era todo tan fútil. Era todo basura. Lo que quería de verdad era pasar la punta de la lengua por la garganta pálida y temblorosa de Britt Wendt, luego chuparle las orejas hasta que me rogase que me la tirase.

—Dime que me quieres o me salgo —le pediría.

—Ay, Dios mío —diría ella cuando la penetrase—. Te quiero, te quiero —jadearía con cada embestida.

Por la tarde, Lacey Freeman me mandó un mensaje para invitarme a su casa a la cena de Navidad. Aquella invitación de última hora era típica de Lacey. «Reúno a todos los animales extraviados en mi fiesta navideña anual, así que pásate si te sientes solo de 18 a 23». Cada vez que veía a Lacey, pesaba tres kilos más. Se estaba convirtiendo en una de esas chicas obesas que se peinan como una *pin-up* de los cuarenta y se pintan los labios de rojo fuerte, llevan un vestido azul de lunares con cuello blanco de blonda, tatuajes de colores en el escote enorme y aplastado, como si aquellas cuestiones nos fuesen a distraer de lo gorda e infeliz que se había vuelto. En unos años congelaría óvulos, predije, y la cosa rockabilly se desintegraría para convertir-se en túnicas de algodón orgánico de Eileen Fisher y yoga *kundalini* tranquilo. Cualquier hombre interesado en Lacey tendría que sentir un severo desprecio por sí mismo. Lo sabía porque me había liado con ella cuando nos conocimos en la fiesta de cumpleaños de Mark cinco años antes. Me emborraché y regresé con ella a su casa, volví en mí con la cara enterrada en los michelines de su espalda, a punto de consumar mi desesperación. Me fui corriendo, muy grosero. Nunca le conté nada a Mark. La siguiente vez que vi a Lacey ni se inmutó, como si fuésemos amigotes que habían compartido un mero momento de diversión. «¡Aquel *scotch*!». Pero como había sostenido mi pene con la mano, se creía con derecho a menospreciarme todo lo que pudiera. «¿Te las arreglas bien?», le gustaba preguntarme. Era una persona triste, sobreprotegida y confusa e incapaz, etcétera. Se había obsesionado hacía poco con hacer conservas y repostería y preparar sus propios licores. Lo último que me apetecía en Navidad eran su ponche casero y su quimbombó macerado en ginebra.

«¡Feliz Navidad! ¡Intentaré ir!», le respondí con un mensaje, pero no tenía intención ninguna de darle aquella satisfacción.

Mark me mandó una foto del modelo a escala de un campo de batalla de la Segunda Guerra Mundial de su suegro. No le contesté.

El resto de la tarde lo pasé viendo DVD, revisando el correo electrónico y suspirando por Britt Wendt. Fantaseé con una vida juntos. Conseguiríamos un piso de un dormitorio en el barrio de Flushing, lo llenaríamos de sus muebles, cocinaríamos carnes asadas y beberíamos vino caro comprado con el dinero que ahorrásemos viviendo en Queens. En nuestras conversaciones ingeniosas abundarían la sutileza y el sarcasmo, serían tan inteligentes y divertidas como Woody Allen a mitad de su carrera. Nuestra manera de follar sería como Werner Herzog, grave y desconcertante. Me imaginaba a Britt Wendt tumbada a mi lado en la cama, con el pelo rubio espumoso extendido en forma de aureola enmarañada. Seríamos como yonquis el uno del otro, alargaríamos las manos hinchadas buscando otro chute, su cuerpo pálido y pecoso, los pezones rosas como atardeceres. «Cuanto peor es tu aliento por la mañana, más me gusta besarte», le diría mientras le deslizaba la lengua dentro de la boca caliente, amarga, aterciopelada.

Creo que para entonces llevaba soltero más tiempo del que es saludable para un hombre joven. Solo había tenido una novia seria desde que terminara la universidad. Después de romper con ella, tuve la juerga subsiguiente de represalias sexuales fallidas (incluyendo lo de Lacey), dos años en dique seco, luego un solo encuentro medianamente interesante con una taiwanesa lampiña total que conocí en Bloomingdale's. Tuve después unos cuantos escarceos de rigor en bares de Brooklyn con chicas inseguras de veinticinco años, después tres años más de nada, ni una gota, ninguna nube en el horizonte. El año que cumplí la edad de Cristo era prácticamente virgen de nuevo. Mi padre me dijo que me centrase en mi carrera.

—A las mujeres les atrae el dinero —había dicho por teléfono antes de irse a Tahoe.

—Moriré solo —le dije a mi padre—. No me importa.

Todo esto fue antes de que conociera a Britt Wendt, claro.

—Hay muchas chicas que se interesarían por ti —me dijo mi padre—. Creerán que eres una inversión a largo plazo. A las mujeres se les da bien el futuro. Son capaces de ver más allá. Te mandaré un cheque cuando vuelva de Tahoe.

Cuando se puso el sol, revisé mi correo electrónico una vez más, no encontré nada, me vestí, me recogí el pelo hacia atrás, corrí por la nieve, compré una lata de sopa y cecina en un almacén y volví caminando en la oscuridad sintiéndome heroico y abatido. La mía no era autocompasión corriente, sino esa clase de admiración aterradora que siente uno al ver una grabación de los jóvenes de una tribu realizando peligrosos ritos de paso.

Pasé por Schoolbells and Soda, un bar en el que todos los jóvenes gentrificados y a la última del barrio se congregaban y, como solían hacer, se ignoraban unos a otros cada noche, aprovechando la oferta de cerveza Tecate y tequila y los asientos al aire libre con braseros de la parte de atrás. El interior era todo de madera vieja curada procedente de los restos de un astillero de la armada; las lámparas eran bombillas de Edison colgando de sogas gruesas; los vasos, tarros de mermelada y frascos. En aquel entonces, aquello se consideraba diseño innovador. Había sido un habitual hasta mediados de noviembre, cuando me pillaron rellenándome yo mismo el vaso de cerveza. Llevaba semanas robando cerveza y a esas alturas podía rellenarme el vaso con una sola mano. Lo único que tenía que hacer era levantarme un poco del taburete, poner el vaso debajo del caño, sostener el borde con la punta de los dedos y bajar el grifo con el pulgar. Me llevaba dos segundos. Cuando el camarero, con sus tirantes y un tatuaje de pajarita en el cuello, me sorprendió en plena acción, se puso colorado, cerró los ojos y empezó a inhalar y exhalar de manera teatral, moviendo los labios mientras contaba las respiraciones. Identifiqué el ejercicio como un esfuerzo para reducir la furia violenta. No me lo podía imaginar pegándole a nadie. Parecía uno de esos tipos corpulentos y papanatas a los que si les quitaras la barba y los restregaras y los vistieras con ropa de Van Heusen, se convertirían en tu primo Ira, un asesor fiscal que vive en Montclair. Todo el bar guardó silencio. Por los altavoces se oía a Joanna Newsom cantando al estilo tirolés y tocando el arpa. Tras diez respiraciones, pensé que tenía que hacer algo, así que saqué tres dólares de la cartera y los agité en el aire.

—Estaré encantado de pagar por la cerveza extra —dije.

El camarero sacudió la barba sin más y me señaló la puerta.

A Mark le encantaba acusarme de ser un alcohólico. La historia del Schoolbells en especial parecía excitarlo. Cometí el error de volver a contársela unos días después. Me escuchó con atención.

—Tengo la impresión de que se ha presentado una oportunidad —dijo, y luego armó mucho escándalo para silenciar el teléfono.

Siguió explicándome la vergüenza que le había dado yo en su despedida de soltero dos años antes cuando hice la broma de llamar «Herr Schindler» a su primo Daniel delante de todos sus testigos de boda.

—Soy judío, Nick. Para algunos de nosotros, es importante. ¿Y por qué Schindler? ¿Cuál es la gracia? ¿Acaso sabes qué aspecto tenía Schindler? ¿O estabas pensando en el actor de *La lista de Schindler*? ¿Ralph Fiennes?

—Se pronuncia como *rape* en inglés, pero con efe —dije yo.

—Que te follen —dijo Mark.

Asentí con la cabeza.

—No es que fuera una broma muy ingeniosa, ¿vale? Pero Dan había estado alardeando de haber pagado la *stripper,* fanfarroneando cada vez que podía, siendo un Schindler —dije—. Era una broma sobre la generosidad egoísta, la cosa esa de la mano invisible enguantada.

—¿Qué mano invisible?

—Como cuando la gente te cuenta que le ha dado dinero a un sin techo. La mano invisible del altruismo, solo que con un guante puesto para que todo el mundo la vea.

—Lo podrías haber llamado Queequeg o Aliosha —dijo Mark—. Pero ¿es que Schindler alardeaba? ¿Fanfarroneaba? ¿Esa es la moraleja, que era un fanfarrón?

—Lo siento —dije—. Fui un desconsiderado, ya lo sé. ¿Quién es Queequeg?

—El caníbal de *Moby Dick,* idiota —Mark volvió a encender el timbre del teléfono—. En serio, hazme el favor de calmarte con el alcohol. Respétate un poco.

Durante las seis semanas posteriores al incidente del Schoolbells, había limitado la bebida a viernes y sábados, y a solo cervezas de botellín, y a beber solo en mi cuarto, a salvo excluido en mi oscuro rincón de la pensión de mala muerte. A consecuencia de esta disciplina, dormía mejor. Corría más rápido por las mañanas. Mi charla trivial en el trabajo era más divertida y agradable. Cuando conocí a Britt Wendt, no estaba abotargado ni lleno de gases. Tenía la mirada límpida. Estaba en perfectas condiciones. Semejante superación personal se merecía una recompensa, pensé. Y era Navidad, al fin y al cabo. Me paré delante del Iga, un bar polaco que había enfrente del Schoolbells. Había pasado por delante un sinfín de veces, pero no había entrado nunca. Sonó un timbre. Empujé la puerta.

El sitio era más grande de lo que había supuesto. Había una docena de mesas con manteles de cuadros rojos y sillas de metal gastado con asientos de plástico negro. El suelo era de parqué y mis pasos chirriaban mientras caminaba vacilante hacia la barra. No había música puesta, nada. Pasó sigiloso un gatito, luego se restregó contra una pila de periódicos viejos. Un radiador siseaba y escupía. La única luz provenía de los letreros de neón de las paredes y de un viejo anuncio de cerveza encendido con un reloj roto. Una cortina oscura cubría la pared del fondo de la sala. En el rincón de al lado de la puerta del baño había una planta grande en una maceta y una estatuilla de Adonis o David o Hércules o alguien, con un gorro de Papá Noel en la cabeza. Una mujer de mediana edad fumaba un cigarrillo tras la barra. Aparte de eso, el sitio estaba vacío.

—¿Judío? —preguntó la mujer, apartando el humo del cigarrillo con la mano gorda y mugrienta. Me pareció que estaba un poco borracha. Me preguntó otra vez—: Para ti no hay Navidad. ¿Eres judío, entonces?

—Bueno, a medias —dije.

Puso en la barra una servilletita de papel. Bajo la extraña luz rosa, se le veía la cara amarillenta y como si fuese de cera, el pelo morado, un poco ahuecado, pero para una mujer de su edad no le faltaba atractivo.

—A medias está bien. Tienes las dos partes. ¿Qué vas a tomar? ¿Cerveza? —bajó la voz con sorna—. Jo, jo. ¿Eres hombre de cerveza?

Me senté en el taburete, me puse la bolsa de plástico del almacén en el regazo.

—O por la parte que tienes de Chrystus, podemos celebrar esta noche. ¿Conoces el *slivovitz*? —no esperó a la respuesta. Sirvió dos tragos de una vieja botella de agua—. Esto viene de Varsovia. Casero. Lo mejor —dijo, deslizando el vaso hasta mí.

—Gracias —dije, oliéndolo.

—Muy bien. *Na zdrowie*. ¡Ja! —se tragó el suyo de un trago, tosió y eructó—. Ahora tú —dijo, señalándome con el pulgar.

Me bebí el mío y tosí y lloré también. Aquello era como perfume mezclado con ácido de batería y líquido inflamable. Me dio un vaso de pinta lleno de agua y me ofreció un cigarrillo. Lo cogí. Nos quedamos sentados en silencio, fumando, yo toqueteando la bolsa de plástico que tenía en el regazo, ella dando con el dedo en la barra sin seguir ningún ritmo. Unos minutos después, se sonó la nariz y se quedó mirando el pañuelo arrugado.

—Veo sangre —dijo lentamente, y se metió el pañuelo en la manga del jersey.

—¿Estás bien? —pregunté.

Resopló y sirvió dos tragos más. Bebimos y tosimos y volvimos a llorar; la mujer me echaba miradas cómicas, con los ojos distantes y dulces bajo la extraña luz. Yo paseaba la mirada por la superficie brillante de la barra. El gato ronroneaba. La mujer fue al baño. Pasaron unos minutos. Pensé en irme, ir a casa a consultar mi correo electrónico.

Si me había escrito Britt Wendt, debía tener cuidado de no contestarle demasiado rápido. Lo último que quería era mandarle un correo electrónico borracho. Me imaginé el despliegue del bufé de Lacey Freeman: cochinillo asado con una manzana en la boca, boniatos al whisky, tarta alemana de chocolate. Tenía hambre. Me comí un trozo de cecina y oí cómo la mujer tiraba de la cadena y se sonaba otra vez la nariz. Al volver, sirvió otros dos chupitos. Cuando nos los tomamos, se nos crispó el rostro y soltamos un gemido, pero no lloramos.

—¿Te gusta el sitio? —preguntó—. No viene nadie. Pero ¿a ti? ¿Te gusta?

—Es genial —dije.

Asintió, se cruzó de brazos y descansó los codos sobre la barra. Empezó a cantar desafinada un tema folk mientras se mecía distraída; luego se dio cuenta y se rio. Durante un rato pareció sumida en sus pensamientos. Era como si hubiese entrado en una especie de zona cósmica deformada. De pronto, me miró. Nos miramos fijamente el uno al otro a los ojos. Cuando pestañeé, sonrió con crueldad y bizqueó, como llamándome cobarde. Qué descaro, intentar bajarme los humos a mí, a su único cliente. Me sentí insultado por su fanfarronería. Y así nos embarcamos en una competición de miradas, como en una carrera suicida, para ver quién era menos penetrable, la mente de quién conquistaría la de quién. Carraspeé y la miré fijamente un buen rato. Sentí que se me quedaba fría la cara, que se me apretaban los dientes. La suya seguía relajada, con los ojos abiertos de par en par. No parpadeó siquiera cuando le dio una calada al cigarrillo y se elevó el humo. Era increíble. No había sitio donde esconderse en los ojos de aquella mujer. Me di cuenta de que me estaba estudiando y de que el reto consistía en resistirme a sus expresiones de burla e intentar estudiarla a ella todavía más a fondo, con más desprecio y repulsión aún que los que ella me reservaba. Lo intenté con todas mis fuerzas mientras pude, pero solo me encontré con mi propia estupidez. Me sonrojé. Era como si estuviese desnudo delante de ella, sosteniendo en la mano mi propia polla blanda.

Chistó con los dientes y apagó el cigarrillo en el cenicero, sin dejar de mirarme. Estaba claro que me había dado una paliza, pero yo no quería apartar la mirada. Ni quería que ella lo hiciese. Disfrutaba de su atención, de su escrutinio. Llevaba gran parte de mi vida fingiendo mis reacciones, les había asegurado a los demás y a mí mismo que me gustaba lo que me gustaba porque creía que era bueno para mí, aunque, en realidad, no me gustase para nada aquella mierda. Aquella mujer pudo ver que yo quería que me arruinasen la vida. Quería que viniera alguien —Britt Wendt, quizá— y me destruyera. «Asesíname», le decían mis ojos a la mujer. Se rio, como si oyera mis pensamientos y le parecieran ridículos. Le devolví la risa, falsa y triunfante, como si fuera una examante despechada que hubiese ido a bailar sobre mi tumba y mía fuese la mano zombi que se levantara de la tierra para estrangularla.

—Psss —dijo, y después apartó la mirada.

Sirvió otros dos chupitos. Bebimos. Sin palabras, restablecimos nuestro buen entendimiento. Luego me ofreció otro cigarrillo y lo encendí por el lado que no era. Aquello fue el colmo.

—Eres un desperdicio —dijo, y chasqueó la lengua.

Guardó la botella. Cuando saqué la billetera, agitó la mano, grande y gorda.

—No es nada —dijo.

En la que era quizá mi primera expresión genuina de gratitud, me incliné sobre la barra e intenté besarle la mejilla. Se apartó y se volvió a reír de mí, esta vez muy satisfecha, como si fuese una belleza extraña y maravillosa, arrogante y mágica. Me señaló la puerta.

Esa misma noche, más tarde, apoyado contra los azulejos resquebrajados y llenos de hongos del cubículo de la ducha, me miré. Era hermoso, pensé. Debería haber legiones de dedos curiosos intentando llegar hasta mí. Tenía los brazos anchos y fuertes. De mi muñeca manaba un borbotón de vello negro tieso que temblaba bajo la ducha tibia como un tierno zarcillo matutino con el rocío. Allí estaba yo, espectacular y vivo, y el mundo entero se lo perdía. La que más se lo estaba perdiendo era Britt Wendt. Me pareció oír a alguien llamándome, a un ángel dulce que había bajado del cielo solo para admirarme, así de fantástico era yo. Pero, por supuesto, cuando salí tambaleándome al pasillo a oscuras, no había nadie. Nadie en aquella pensión de mala muerte sabía siquiera mi nombre. Las únicas caras que podía esperar reconocer eran las de los amantes del otro lado de la pared. Los había visto entrar una vez en su habitación al volver del baño. ¿Dónde estaban ahora?, me pregunté. ¿Bailando a la puta luz de la luna? Me tambaleé de vuelta a mi habitación, me tumbé en la cama, revisé mi correo electrónico y, al no encontrar nada, lloré un poco de soledad y otro poco de esperanza. Me quedé dormido desnudo delante de la estufa.

«cuáles son las dimensiones»

Todo en minúscula, sin puntuación. Esas fueron las palabras que me respondió Britt Wendt en un correo electrónico el 26 de diciembre, siete minutos después de medianoche. Las leí temprano al amanecer, con los ojos todavía afectados por el *slivovitz*, pero el significado estaba claro: le interesaba. Me froté los ojos, volví a leer el correo electrónico, alabé a Jesucristo y corrí al baño y vomité feliz.

A eso del mediodía estaba en un autobús de Chinatown en dirección a Rhode Island. Mi mensaje al correo anónimo generado por Craigslist había dado como resultado una correspondencia tensa y frenética con un tal «K. Mendez» que se encontraría encantado conmigo en la estación de autobuses de Providence para intercambiar la otomana en cuestión por cincuenta dólares en efectivo, una suma más de tres veces mayor que el precio publicado original. «Hay más gente interesada», me amenazó. El correo electrónico que mandé al romper el alba, «¡¡¡¡¿¿¿¿SIGUE LA OTOMANA EN VENTA????!!!!», podía interpretarse como un poco desesperado. Tenía que pagarle lo que quisiera. Después de gastarme veinte dólares en el billete de autobús de ida y vuelta, me quedaban solo cinco dólares y unas monedas para llegar hasta Año Nuevo. Nunca había estado tan arruinado. Tendría que vivir a base de *ramen*, renunciar a los capuchinos unos días, pero valía la pena. «¿Cuáles son las dimensiones?», le había preguntado por correo a K. Mendez. Él respondió que medía más o menos treinta centímetros de alto y que pesaba unos diez kilos. «¡Me la quedo!», contesté. Pensé que podía ir a Providence, comprar la otomana, dar media vuelta, subirme al siguiente autobús de regreso a casa y mandarle un correo de respuesta a Britt Wendt a las nueve. Cerré los ojos cuando el autobús viró para salir de la ciudad. No tendría libro, ni auriculares, ni nada para distraerme de mis pensamientos y sed y hambre y dolor de cabeza durante tres horas y siete minutos. Podía vivir a base de aire frío con olor a orinal lo que hiciera falta, me dije a mí mismo. Britt Wendt no tardaría en estar a salvo entre mis brazos para siempre.

A mitad de camino de Providence, el autobús se paró en el McDonald's de la entrada de New Haven. Hacía más de una década que no ponía el pie en aquella ciudad. En el baño, me examiné en el espejo. Si mi yo de veintidós años pudiera verme ahora, me pregunté, ¿qué pensaría? Llevaba mi chaquetón marinero cruzado de cachemir de Junetree, un jersey de cuello vuelto de cachemir de doble hebra de Boxtrot, un cinturón *vintage* de Fendi, mis vaqueros negros habituales, mis botas Amberline, el sombrero de Japón, mi pañuelo de Yasir Arafat, los guantes forrados de piel de conejo.

—Pareces un cretino —es lo que me imaginaba que diría el Nick de veintidós años.

—Pero mira mi pelo —protesté—. ¿Un cretino tendría el pelo de Jesucristo?

Ese era mi debate de ida y vuelta en el mingitorio. El pis me olía a residuos tóxicos.

—Sí —dijo Nick en el espejo al salir.

Me imaginé lo que debía de haberle parecido a la mujer del Iga la noche antes. Debió de pensar que yo era uno de aquellos imbéciles ricos que estaban echando a perder el barrio.

Volví al autobús.

En Providence, esperé, paseé y me enfurecí, y cuando apareció K. Mendez en la estación de autobuses treinta y seis minutos más tarde a bordo de un taxi, estaba a punto de derrumbarme. El chaval aparentaba veintipocos, era alto y delgado, llevaba vaqueros sueltos, una camiseta de Thrasher y una cazadora de esquí desabrochada con una capucha forrada de piel falsa. Apenas me miró mientras bajaba la otomana y la sostenía a horcajadas entre sus Vans. Me preocupaba que se manchara el tapizado con la capa salada y sucia de aguanieve medio derretida del suelo, pero estaba demasiado asombrado por sus agallas y su fanfarronería como para transmitirle mi inquietud. Le tendí el dinero. Se dio la vuelta y escupió y encendió un cigarrillo y me dijo con tono monocorde y desapasionado:

—Ahora vale doscientos dólares. Más lo que cuesta el taxi.

—Estás loco —discutí—. Tengo cincuenta y cinco dólares. Y una tarjeta regalo del Burger King de quince dólares. Es todo lo que tengo.

—Que le den al Burger King —contestó.

Sin decir otra palabra, levantó la otomana y se encaminó de vuelta a la parada de taxis que había frente a la estación de autobuses.

—¡Espera! —grité, arrastrando los pies tras él. Era un tonto, un gamberro, privilegiado y codicioso, pero tenía lo que yo quería. Le dije mientras me quitaba el pañuelo del cuello y se lo ofrecía—: ¡Te daré esto!

K. Mendez se paró y se dio la vuelta para encararme. Tenía las mejillas plagadas de tenues cicatrices rojas de acné. Sus dientes parecían colmillos. Sus ojos eran indescifrables. Era probable que estuviese vendiendo sus muebles para comprar droga. ¿Qué otra cosa podía ser?

—Sí, vale —dijo, para mi sorpresa—. Y el sombrero. Y el abrigo. Con eso debería bastar.

—Este abrigo cuesta mil doscientos dólares —me reí. Le tendí el pañuelo y lo agité—. Toma. Y el dinero.

Me dio la espalda y se puso a la cola para el taxi; de vez en cuando, me echaba miradas furtivas, como un perro. Era un duelo estrafalario, y es probable que lo hubiese ganado yo de no haberle cedido terreno. Pero estaba impaciente. Mi futuro estaba en juego. Salí apenas vestido. Hasta se llevó mi tarjeta del Burger King. La otomana era un trozo de mierda, pero eso, al final, era lo de menos.

Aquella noche en Brooklyn, mientras volvía a casa andando desde el metro con la otomana, no podía evitar sonreírle a toda la gente simpática y feliz. Todas las caras me parecían espectaculares en su originalidad, como un retrato andante. Todo el mundo era guapo. Todo el mundo era especial. Hacía frío y viento y solo llevaba puesta una camiseta, pero había luna llena, las aceras estaban limpias de nieve y brillaban con la sal. Resonó una flota de camiones de bomberos, ensordecedora y alegre. Cuando torcí para entrar en mi calle, allí estaban otra vez. La pensión de mala muerte estaba llena de humo. Los bomberos se pavoneaban por la zona buscando, supuse, una boca de incendios. Mis vecinos, los amantes del otro lado de la pared, estaban en la calle, al otro lado del fuego, desnudos salvo por unas toallas, observando cómo las llamas saltaban desde una ventana abierta como una bandera roja. Conforme me acercaba, vi que los ojos de la chica estaban rojos y llenos de lágrimas. Era flaca y bajita, tenía la nariz torcida como si le hubiesen pegado, los hombros cóncavos y blancos y la piel de gallina por el aire glacial. Llevaba las piernas flacas metidas en unas enormes botas moteras negras que probablemente fueran de su novio, que estaba a su lado sobre la nieve. Este era porfiadamente alto y desgarbado, tenía el musculoso tórax salpicado de verrugas negras que parecían motas de barro. Tosió y alargó el brazo hacia abajo y rodeó a la chica. La disparidad vertical de sus cuerpos me hizo preguntarme cómo se las arreglaban para tener de hecho tantas relaciones sexuales. Vino un paramédico de protección civil y les dio a cada uno una gruesa manta gris. Quería una para mí, pero me daba vergüenza pedirla.

—Creen que alguien se dejó encendida la estufa —me dijo la chica mientras se colocaba la manta sobre los hombros, temblorosa.

Se me cayó el alma a los pies, aunque no del todo.

—¿Has sido tú? —preguntó el chico. Su boca parecía la de un caballo, llena de espuma y temblando conforme soltaba penachos de vapor blanco y baba en el aire helado—. ¿Has provocado *tú* el fuego?

—Venga —dijo la chica con dulzura—. No te metas en peleas. No es más que un montón de basura ardiendo. ¿A quién le importa?

El chico escupió y volvió a toser y la abrazó, se le dilataron las enormes fosas nasales y le gotearon los mocos.

Puse la otomana en la nieve y sopesé la pregunta del chico.

—No he provocado el fuego —dije, como el imbécil en el que me había convertido—. Ha sido un acto divino.

La subrogada

—Este traje será tu vestuario —dijo Lao Ting señalando la falda negra y la chaqueta que colgaban del perchero en una esquina de su oficina—. Le dirás a la gente que eres la vicepresidenta de la empresa. Quizá te consideren un objeto sexual y esto será una ventaja en las negociaciones. He notado que los empresarios estadounidenses son muy fáciles de manipular. ¿Te ha dicho alguien alguna vez que te pareces a Christie Brinkley, la supermodelo norteamericana de los años ochenta?

Le dije que me lo habían dicho unas cuantas personas. Que me parecía a Christie Brinkley y a Jacqueline Bisset y a Diane Sawyer, me habían dicho. Medía uno ochenta y dos, pesaba cincuenta y ocho kilos, tenía el pelo castaño claro, largo y sedoso, los ojos azules, que Lao Ting dijo que era el mejor color para alguien en mi puesto. Tenía veintiocho años cuando me convertí en la vicepresidenta subrogada. Iba a ser la imagen de la empresa en las reuniones presenciales. Lao Ting pensaba que los empresarios lo discriminarían por su aspecto. Parecía un pastor de cabras. Era bajo y delgado y llevaba una casaca de lino blanco y un cinturón de cuerda alrededor de las bermudas playeras. Tenía la barba casi blanca y le colgaba como una cola mágica desde la barbilla hasta el pubis. En mi trabajo anterior había sido representante de los hoteles Marriott, anotaba las reservas por teléfono desde casa. Había estado viviendo en un estudio encima de una panadería mexicana de Oxnard, a una hora al nordeste de Los Ángeles. Por mi ventana se veía una pared de hormigón.

—Tu apellido será Reilly —me dijo Lao Ting—. ¿Sugerirías un nombre de pila para tu entidad profesional?

Propuse Joan.

—Joan es demasiado conmovedor. ¿Se te ocurre otro?

Sugerí Melissa y Jackie.

—Stephanie es un buen nombre —dijo—. A un hombre le recuerda a papel de seda bonito.

La empresa, llamada Value Enterprise Association, era manejada desde la planta baja del lujoso complejo familiar de tres plantas que tenía Lao Ting en la playa de Ventura. Era un negocio familiar y su carácter chapado a la antigua me tranquilizaba. Nunca entendí la naturaleza de los servicios que prestaba la empresa, pero me gustaba Lao Ting. Era amable y generoso y no veía razón para cuestionarlo. El trabajo era fácil. Tenía que memorizar unos cuantos nombres, algunas cifras, ponerme el traje, laca en el pelo, perfume, tacones y cosas así. Todo el mundo en la oficina era muy amable y profesional. No se cotilleaba, no se tonteaba, no había faltas de respeto. En vez de un dispensador de agua fría, tenían un gran samovar de acero inoxidable con agua hirviendo instalado en el recibidor. La familia bebía té verde y leche malteada marca Horlicks en grandes tazas de cerámica. La mujer de Lao Ting, Gigi, me dio mi propia taza para que la usara, como si fuese parte de la familia. Me pasaba mucho tiempo sentada en el muelle, contemplando el mar. Me hacía bien salir durante el día y que me apreciaran. Lao Ting me aseguró que no tenía previsto que me involucrara en actividades contrarias a la ética profesional con clientes o proveedores, y nunca lo hice. Todo se llevaba a cabo de manera honorabilísima.

En el puesto de subrogada ganaba seis veces más que contestando el teléfono para los hoteles Marriott. No tardé nada en terminar de pagar mi deuda de la tarjeta de crédito y en mudarme a un loft reformado en una zona industrial de El Río. Lo amueblé con mobiliario de alquiler y adornitos de tiendas de regalos. Fue un alivio vender mi coche, un

Cadillac blanco enorme al que estaba a punto de fallarle el motor. Lao Ting contrató un servicio que me llevaba en coche a todos los sitios a los que tenía que ir por trabajo; cuando iba a discotecas y fiestas los fines de semana, pedía un taxi. Me lo podía permitir. Iba sobre todo a las discotecas *underground* y a *afters* en el centro o en mitad del desierto. La gente allí era extraña: bichos raros salidos de la escena de Los Ángeles, pervertidos del valle, raveros de mediana edad, ratas tecnológicas puestas de ácido, chavales puestos de éxtasis, mujeres mayores, los prostitutos de siempre. Los fines de semana me vestía de forma especial. Me gustaba ponerme una gabardina, un sombrero viejo como de detective y gafas grandes con los cristales tintados. Debajo del abrigo me ponía un body rojo de encaje. Había recortado la tela en la parte de la entrepierna para que me cupieran los genitales, que tenía anormalmente hinchados por una enfermedad de la pituitaria. Debajo del picardías, me pegaba con cinta monedas de céntimo sobre los pezones y una foto recortada de la cara de Charlie Chaplin en el pubis. Me sentía bien al ponerme todo aquello. Incluso antes de tener el trabajo de subrogada, la ropa normal me parecía toda un disfraz.

Me daba vergüenza llevar hombres al estudio de Oxnard porque olía a freidora y no había sitio para sentarse salvo la moqueta mugrienta del suelo o la cama, que me parecía demasiado íntima. Cuando llevaba hombres al loft de El Río, lo que hacía pocas veces, miraban mis cosas y me preguntaban en qué trabajaba.

—Soy la vicepresidenta subrogada de una empresa —decía yo.

Los sentaba en el sofá alquilado y les daba una bolsa de plástico transparente para que se la pusieran en la cabeza si así lo deseaban. Cuando tenía la hinchazón especialmente mal, me hacía un poco la reprimida.

—No quiero hacer el amor —me acuerdo de que le dije a un hombre.

Era guapo y estaba bronceado. Llevaba ropa blanca para bailar capoeira, que es lo que me atrajo de él.

—No quieres —repitió él sofocado dentro del plástico, con los ojos brillantes.

—No quiero sexo —expliqué—. Solo quiero desnudarme.

En el largo camino a casa en taxi desde la discoteca, me había hablado así:

—Todo lo paga mi trabajo: las bebidas, la comida, los viajes, los hoteles. Voy a Canadá todo el tiempo. Cafeterías, entradas para el cine, todo. Me reembolsan el dinero. Abre comillas, cierra comillas —decía una y otra vez.

Las manos se le crispaban y tenía los ojos en cortocircuito y erráticos, como si tuviese un relámpago atrapado dentro de los globos oculares.

—Cuéntame algo secreto —le dije, desatándome el cinturón del abrigo.

—Tengo conejos de mascotas —me dijo. Se sentó derecho en el filo del sofá—. Blancos con los ojos rojos. Les doy carne. Les doy atún —y dijo otra vez—: Cuando me voy a Canadá, abre comillas, cierra comillas, un vecino cuida de mis pequeñines —etcétera.

Que me mirasen era el único placer erótico del que podía disfrutar. Después de quitarme la gabardina, me quité los zapatos. Acto seguido, me quité los broches del picardías y lo dejé caer a mis pies.

—No deseo hacer el amor —reiteré mientras me arrancaba los céntimos de los pezones.

—¿No deseas? —repitió el hombre—. ¿Por qué hablas así?

—Para darle énfasis —dije.

Le dije que me despegara la fotografía de Charlie Chaplin del pubis. Tiró de la cinta adhesiva con los dedos largos y morenos. No tenía ninguna prisa. Era como si ya tuviese bastante emoción dentro de los globos oculares. Quizá, para él, el resto de la vida fuese solo así-así.

—¿Quién es este tío? —preguntó.

—Hitler —dije.

Se quedó sin aliento y se quitó la bolsa de plástico de la cabeza.

—Limusinas, cenas, discotecas —decía.

Tiró de la fotografía y los labios vaginales me cayeron sobre los muslos.

—Ja, ja —dijo, dándoles con el dedo—. Eres más de lo que salta a simple vista.

Gigi era la gerente general. Me ayudaba a peinarme y maquillarme y me preparaba para las reuniones con los empresarios. Llegamos a conocernos muy bien. Una vez, le conté mis problemas románticos.

—No puedo relacionarme con gente normal —le expliqué—. Cuando voy al supermercado o salgo a cenar a un restaurante normal, tengo miedo. No entiendo cómo hay que actuar. Los hombres me hacen caso por mi aspecto, pero siento que es un error buscar amor en esa gente normal. Son demasiado neuróticos. No son capaces de amar, solo de consuelo y serenidad.

—No te preocupes por encontrar marido —me decía Gigi—. Cuando es la mujer la que caza, lo único que encuentra son hombres débiles. Todos los hombres fuertes desaparecen. Así que no tienes que cazar, Stephanie Reilly. Vive en un plano superior. Tú anda por ahí y te encontrarás con alguien. Así conocí yo a Lao Ting. Fue como si hubiese un foco sobre él y caminase sobre el aire a medio metro del suelo. Lo vi a un kilómetro de distancia, flotando por el bulevar Rego. Es raro imaginárselo ahora, pero era un hombre muy guapo.

—Eso es muy bonito, Gigi —le dije.

—Es una historia de amor muy bonita. Otro día te contaré más.

Value Enterprise Association contrataba a otro subrogado para que hiciera de mi abogado en las reuniones importantes. Nos sentábamos en largas mesas de cristal en edificios de oficinas de Los Ángeles, bebíamos agua helada y les dábamos a los empresarios contratos para que los firmasen. Salvo esas reuniones, las comunicaciones entre la familia y los empresarios se llevaban a cabo por escrito y por teléfono. Lao Ting y otros usaban el nombre Stephanie Reilly en su correspondencia. Gigi se hacía pasar por Stephanie Reilly al teléfono. Hablaba y se reía como una perfecta estadounidense. Cuando los empresarios me conocían en persona, decían:

—Es un placer ponerle cara. ¡No esperaba que fuese tan joven!

—Por favor, llámame Stephanie —decía yo, mientras cruzaba y descruzaba las piernas y deslizaba el contrato por el cristal de la mesa.

—Muy bien, Stephanie, ¿podemos volver a repasar los números una vez más? Porque parece haber unos cuantos puntos que no teníamos previstos.

—Por supuesto. No quiero que haya sorpresa alguna.

Lao Ting me enseñó a hablar así.

Revisaba con ellos despacio los puntos, refutando sus objeciones antes siquiera de que las plantearan.

—Que no dejen de asentir —me enseñó Lao Ting.

Yo malmetía a los viejos contra los jóvenes.

—¿Lo ves? Te dije que ese era el problema —le decía uno a otro mientras yo sonreía.

—No prevean sus necesidades basándose en resultados anteriores o, lo que es más, en las expectativas chinas —me gustaba añadir—. Nuestros servicios no funcionan así, es lo que nos hace tan atractivos. Casi todas las compañías que coordinan contratos estadounidenses y chinos no saben navegar esas aguas. De todas formas, si quieren hablar directamente con los chinos...

—No, no. Por supuesto, por supuesto. Lo entendemos —decían los empresarios.

Me levantaba y me inclinaba sobre la mesa para señalar el sitio en el que Gigi había colocado todas sus flechas de colores. Si seguían titubeando con los bolígrafos, Robbie se ponía nervioso en el silencio.

—Todo está cubierto por el seguro, por supuesto —decía—. Tenemos póliza de seguro, bla, bla. Pero, por favor, no nos demanden.

—Déjalos que piensen —decía yo—. Deja que los hombres piensen.

Los empresarios firmaban todo lo que yo les daba. Estaban siempre ansiosos por complacerme, ansiosos por demostrarme que estaban de mi parte. Nadie demandó nunca a Lao Ting.

Robbie era un homosexual de Arroyo Grande muy guapo y a mi entender de mucho talento. Era un maniático de la salud. Corría veinte kilómetros todas las mañanas descalzo por la playa. Viajaba con frecuencia a Hawái para ver a un curandero que le reparaba el espíritu. En una vida anterior, Robbie fue una mula maltratada horriblemente por su dueño. Robbie decía que lo mataba de hambre en un establo del tamaño de un armario pequeño.

—¿En qué país eras una mula? —le pregunté una vez.

—En Rusia —dijo—. A unos cuarenta kilómetros de Finlandia. Los veranos eran lo peor porque el sol no se ponía nunca y mi dueño tenía insomnio. Sufría de psicosis y nadie lo entendía. Iba montado sobre mí al bosque donde nadie pudiera oírlo, y entonces me pegaba mientras gritaba y lloraba. Dios mío, era espantoso. Sentía lástima por él, también. No es que no me diera lástima. Es solo que no puedo superar que me metiera en aquel establo. Supongo que era demasiado cobarde como para cortarme la cabeza.

—¿Abusaba de ti sexualmente? —pregunté.

—Solo emocionalmente —me dijo Robbie—. Mi curandero me está dando ceniza de lava antigua. Se me pone la lengua gris, así que tengo que chupar caramelos rojos —sacó la lengua para enseñarme lo roja que estaba—. Para cuando tengo audiciones.

—Se ve bien —le dije.

—Todo ingredientes naturales, aunque te pudre los dientes igual. Todos los azúcares lo hacen. Hasta la fruta. Pero ahora me siento un poco más asentado, creo, tomando la ceniza de lava.

Robbie no comía con la familia. Vivía principalmente a base de zumos vegetales, frutos secos y hierbas. La familia no lo juzgaba por eso. Lo apoyaban de manera incondicional. Por su cumpleaños, le regalaron un pequeño almendro. Por mi cumpleaños, me regalaron una bata blanca de seda con un dragón rosa bordado en la espalda. Lao Ting y Gigi eran las personas más amables de la Tierra. Eran las almas más tiernas con las que una podría esperar encontrarse.

—Superarás lo que te pasó, estoy segura —le dijo Gigi a Robbie—. Anoche soñé que eras un corcel blanco que corría libre por la tundra.

—Sí, saldrás vencedor. Y querida, querida Stephanie Reilly —dijo Lao Ting desde el otro lado de la mesa—. Robbie y tú estáis haciendo un trabajo excelente. Nos hace muy felices teneros en nuestras vidas. Sois nuestro hijo guapo y nuestra hija guapa de Estados Unidos. Estamos tan orgullosos de vosotros. ¡Miraos! ¡Tan apuestos! ¡Tan preciosos!

Lao Ting tenía un problema digestivo que le restringía la dieta a gambas y boniato hervido. La dieta y su régimen diario de natación y estiramientos y tenis de mesa parecían mantener el problema a raya. Como era el cabeza de familia y el jefe del negocio, y como la familia era muy disciplinada en su lealtad, lo único que se ofrecía en las comidas eran gambas, boniatos y arroz. Una vez le pregunté a Lao Ting si no se cansaba nunca de comer lo mismo una y otra vez todos los días.

—Nunca me canso de la comida —contestaba, y se daba palmadas en el estrecho torso.

A mí no me gustaba cocinar. Tenía vajilla de lujo y unas cuantas ollas de hierro colado, pero prefería tomar drogas recreativas a hacer la comida y comérmela. Los días laborables, todo lo que comía, lo comía con la familia. Me gustaba el arroz que preparaban. Lo cocinaban en un vaporizador de bambú enorme y sabía a madera antigua, era el mismo olor de una tienda de antigüedades. Las gambas las hervían enteras y luego las untaban con mantequilla y especias chinas. La familia se comía las gambas masticando primero las cabezas. Escupían al suelo, entre las patas de los escabeles de plástico que usaban de sillas alrededor de una mesa baja en el comedor, las pequeñas antenas y los ojos negros como de araña. Se metían las gambas enteras en la boca, las masticaban y escupían los exoesqueletos. El hijo mayor, Jesse, barría y fregaba el comedor después de cada comida. Eran cuatro hijos: tres niños y una niña. Todos menos Jesse seguían en el instituto. Cuando volvían a casa, ayudaban a sus padres con el papeleo y recogían. El complejo estaba siempre muy limpio y olía a incienso prendido. Todo el suelo era de mármol color carne. Las paredes estaban decoradas con grandes cruces tejidas con cordones de seda roja.

—Vienen de China —me dijo Gigi—. Dan buena suerte. Significan nacimiento y prosperidad.

Una vez, Gigi me mostró en el mapa de dónde venían los antepasados de la familia.

—El padre de la madre de mi madre es de este pueblo. La madre del padre de la madre de Lao Ting nació aquí, en este río. La madre de la madre de mi padre es de este pueblo. ¿Ves ese punto? Es muy bonito. ¿Sabes lo que es la neblina? Hay tanta neblina en ese sitio. Es como un fantasma grande, el pueblo entero es un enorme fantasma feliz.

—Me gustaría ir algún día —dije.

—Puedes ir cuando quieras. Allí hay toda clase de cosas mágicas. A lo mejor vas y te vuelves loca. A veces hay que volverse un poco loca, divertirse un poco. A veces creo que pareces triste demasiado a menudo, pero creo que pronto serás feliz. Ven, deja que te bendiga.

Nunca le hablé a Gigi de mi problema pituitario, que era el origen de toda mi tristeza. Cada vez que tenía un resfriado o un sarpullido o molestias de estómago, Gigi me hacía una infusión de hierbas chinas que guardaba en un baúl de madera cerrado en el dormitorio principal del segundo piso. Cada infusión tenía un sabor distinto y por lo general me volvía a sentir bien. Estoy segura de que si le hubiese contado a Gigi lo de mi enfermedad, me habría hecho una infusión para eso también, y a partir de entonces me habría preguntado todos los días: «¿Va mejor? ¿La carne está más pequeña ahora o sigue hinchada? Pobre Stephanie Reilly. Eres tan guapa. Tenemos que conseguir que tu *gah-gah* recupere la salud».

Una noche soñé que Gigi me decía que convirtiera las voces de los demonios que tenía dentro en un programa de radio. Eso hacía yo, y cuando el programa salía al aire, el mundo escuchaba las cosas malvadas que decían los demonios dentro de mí y todo el mundo enloquecía y se mataba. Me quedé paralizada, mientras soñaba, en la cama. El techo se abrió y una nave espacial alienígena lanzó hacia abajo un poderoso rayo de luz vacua y exorcizó todos los demonios sacándolos de mi pecho. Tardó unos diez segundos.

—Me pregunto si se habrán ido de verdad —le dije a Gigi—. Si se han ido, me pregunto qué me va a pasar. Me pregunto si seré diferente a partir de ahora.

—Yo también tuve un sueño anoche —dijo Gigi—. Conocía a una mujer joven en un puestito en algún lado. Era un negocio familiar, sucio, no muy bonito. Aquella mujer cogió una bebida del estante y rompió la botella contra el suelo. Luego empezó a comerse las pequeñas esquirlas. Yo intentaba levantarla del suelo. «¡No hagas eso, querida niña!», le gritaba, pero ella usaba los fragmentos para cortarme los brazos. El pelo se le enredaba en la cara. Tenía el pelo como las afroamericanas cuando se lo planchan. Era como lazos atados con nudos que le cruzaban la cara. Cuando me desperté del sueño, estaba pensando que la gente podría intentar llevar el pelo así, atado con nudos cruzándole la cara. Si se hace bien, podría ser muy ornamental y precioso —dijo Gigi. Se volvió a su hija, que tenía el pelo liso y negro—. Me podrías dejar que probara a hacerte algún peinado luego.

La chica masticó la comida y agitó los palillos adelante y atrás.

—¿No? —le dijo Gigi—. Te arrepentirás —se rio—. Espero que tus demonios hayan desaparecido, dulce Stephanie Reilly, pero por favor no cambies mucho. Te echaría de menos. Todos echaríamos de menos tu espíritu cálido y frágil.

Los demonios no me abandonaron, sin embargo. Estaban ahí siempre, burlándose de mí, llenándome la pituitaria de veneno. Un día, después de una reunión de negocios que fue muy bien, le conté a Robbie lo de mi pituitaria mientras volvíamos en coche al complejo.

—Entiendo tu frustración —me dijo—. Mi curandero dice que el cuerpo mana de la mente. Todo es emocional. Las ideas y los sentimientos. ¿Estás almacenando alguna emoción en la pituitaria, algún sentimiento negativo que haga que los genitales se te pongan grandes y asquerosos?

—Supongo que tengo un montón de sentimientos escondidos, pero no es nada malo. Es amor. Es solo amor pudriéndoseme por dentro.

—No había oído nunca un problema semejante.

—Es eso —dije—. Tengo demasiado amor, creo, y nadie a quien dárselo.

—Qué dilema —dijo Robbie—. Te puedo dar el número de un mago que conozco. Transforma las energías para que se puedan purgar y donar a la gente que las necesita.

—Estaría bien ayudar a alguien —dije.

—Cuando tenía tendinitis, me dijo que le transfirió mi inflamación a un mosquito moribundo. Y luego un mosquito me picó, ese mismo día. Fue maravilloso. No sé si era el mismo mosquito, pero la muñeca me mejoró casi al instante.

—Eso es asombroso, Robbie —dije.

—La vida es asombrosa, Stephanie Reilly. Hemos ganado la lotería al poder vivir en esta hermosa Tierra. Cuando consigo tener esa actitud positiva, podría venir un loco y pegarme todo lo que quisiera. Romperme todos los huesos del cuerpo. El dolor no existe. Las experiencias no son más que el tiempo pasando de modos distintos. El tiempo pasa y sigue y sigue. No tiene otro sitio adonde ir. Llámalo —me dijo Robbie.

Me anotó el número de teléfono del mago en la parte de atrás de una tarjeta de visita.

—¿Sabes qué pasa cuando saltas de un puente?

Este era otro hombre al que recuerdo. Tenía una cicatriz en la frente, como un tercer ojo. Cuando lo conocí mendigaba en la puerta de la tienda de licores de Saticoy. Era intenso y estaba perturbado y olía a aceite de motor y a vómito, que es lo que me atrajo de él. Le dije que podía dormir en mi sofá si me prometía que no me tocaría y me lo llevé al loft. Resultó ser un crío, tenía solo diecinueve años. Se había escapado de su casa en Nebraska y estaba haciendo autostop hacia Venice Beach.

—Básicamente, te desangras hasta la muerte —me dijo—. Si chocas contra el agua, los huesos se convierten en cuchillos dentro del cuerpo. O el corazón te explota por la presión. Y te rompes el cuello. ¿Puedo usar tu baño?

—Siéntate —dije, señalando el sofá.

En el taxi, me había hablado así:

—¿Sabes cuántos cuerpos asesinados no se llegan a descubrir nunca? ¿Sabes cómo distinguir si el alma de una persona ha abandonado el cuerpo? ¿Sabes el tío que estaba ahí en la puerta de la tienda de licores? Creo que estaba poseído o algo.

—Yo estoy poseída —le conté—. Hay mucha gente que lo está.

—¿Cómo es? ¿Te pones a hablar en otros idiomas? ¿Alguna vez haces cosas de las que te arrepientes pero que no puedes deshacer?

—No es eso —dije—. Es más bien un problema médico.

—¿Sabes que hay gente en la India a la que si le cortas las manos le vuelven a crecer? Hay gente con poderes especiales. Ojalá pudiese ir a la India. Me gusta tu piso. ¿Está tu marido en casa? ¿Está acostado por algo?

No me desnudé para el chico. Le di lo poco de comer que tenía en el frigorífico: una manzana, yogur, almendras bañadas en chocolate, una samosa congelada. Nos sentamos juntos en el sofá, hablamos de todas las maneras diferentes de morirse que hay. Cuando salió el sol, me bajé las braguitas para que me diese su opinión sobre la situación; esperaba que me dijera que había visto cosas mucho peores, pero no fue así.

—Deberías venirte a la India conmigo —me dijo—. Gurús, doctores especiales, salmodias.

—Siempre está la opción de la cirugía —empecé a decir.

—Sí, pero eso no llega a la raíz del problema. Los demonios, ¿no? De todas formas, eres muy guapa —dijo—. Tienes esa ventaja.

La vida a veces es extraña y no parece que saberlo la haga menos extraña. Sé que no tengo ninguna sabiduría verdadera. No tengo ninguna idea maravillosa. Tengo la suerte de haber conocido a unas cuantas personas buenas aquí y allá.

Lao Ting se fue a nadar al océano una mañana y nunca volvió. Mandaron barcos a buscarlo, pero había desaparecido. Es probable que se lo hayan comido los tiburones, decía la familia. No hubo funeral ni denuncia por desaparición, pero hubo exequias: una reunión familiar silenciosa en el patio al atardecer. Yo fui a las últimas horas. Robbie estaba fuera, grabando un ejercicio en vídeo con su curandero en Hawái. Cuando el sol se puso, Gigi le dio a todo el mundo una taza de té especial, y cuando me la tomé, me quedé dormida en el sofá de dos plazas de piel blanca y no soñé con nada, ni un ruido, solo un torbellino de aire gris en un espacio infinito. Por la mañana, los niños guardaron todas las pertenencias de Lao Ting. Vino una furgoneta de beneficencia a recoger las cajas. Me rompió el corazón ver lo ordenado que estaba todo, la eficacia con la que apartaron a Lao Ting.

No hubo más reuniones, más empresarios, ni gambas, ni boniatos, ni arroz. Gigi pedía pollo frito y lo dejaba en la cocina con el aceite naranja filtrándose a través de los cubos de papel y manchando el mantel blanco. Pero era fuerte. Nunca la vi derramar ni una lágrima. Los hijos varones fueron a la playa y quemaron documentos y estuvieron mirando fijamente el agua y llorando a gritos su dolor. La hija se quedó en su dormitorio, escuchando música de campanitas en el ordenador. Sin Lao Ting, la compañía no podía funcionar.

—Es lo mejor —me dijo Gigi, mientras me firmaba mi último cheque—. Venderemos el complejo. No necesitamos tanto lujo. ¿Sabes, Stephanie Reilly? Cuando conocí a mi marido, era una prostituta adolescente. Hice cosas que espero que no haga nunca mi hija, ni por dinero ni gratis. Cuando Lao Ting me vio por primera vez en la calle, no era más que una zorra china flaquita que llevaba puesta una parte de arriba de biquini. ¿Te lo puedes creer? En aquel entonces, todos mis sueños eran pesadillas. Nada bueno. Ningún lugar seguro donde dormir. Lao Ting me dio esto —se desabrochó la parte de arriba de su vestido negro de luto y sacó una diminuta piedra preciosa color rojo sangre que colgaba de la cadena de oro que llevaba alrededor del cuello—. Me dijo que esta piedra me curaría el corazón roto. Ya sé lo tontas que suenan las palabras bonitas, lo romántico, pero funcionó. Me dio fuerzas. Esta no es toda la historia. Es solo para decirte, Stephanie Reilly, que a todos nos hace falta calma. Necesitamos algo sólido a lo que agarrarnos. Cuando te miro, veo cabos sueltos, como en un cojín de seda restregado durante cien años, pobre muchacha.

Unos años más tarde, cuando estaba desesperada y quería terminar con mi vida, llamé al mago de Robbie. Por aquella época, estaba viviendo en una habitación alquilada en Van Nuys e iba todos los meses a Tijuana en autobús a comprar hormonas especiales que me había dicho un médico que quizá equilibrasen un poco el problema. No estaban funcionando. Se lo expliqué al mago por teléfono. Lloré. Dije:

—Los días buenos, hasta las cosas mínimas son encantadoras. Todo es un milagro. No existe el vacío. No hay necesidad de perdón o escape o drogas. Escucho el viento en los árboles y a mis demonios incubando sus planes sagrados, fundiendo todos los trozos rotos para formar una manta de hielo. He descubierto que bajo ese hielo siento que soy una persona normal. En la oscuridad y el frío, estoy en «paz».

—¿Cómo te llamas? —preguntó el mago.

Así que me mudé a Vacaville para estar con él. Está bien tener a alguien a quien recurrir tarde por las noches, cuando las voces me gritan en la cabeza y no hay drogas que las apaguen. Al mago no le importa mi hinchazón. Él florece como un árbol ante mis ojos, un hombre de setenta y cinco años, revitalizado por mi dolor y mi tristeza. Me sienta bien verlo prosperar.

La habitación cerrada

Takashi se vestía con andrajos negros y largos, medias de red rotas y botas negras enormes con cordones largos y sueltos que hacían *plaf* en el suelo cuando caminaba. Olía muy fuerte a sudor viejo y a humo de tabaco y tenía la cara llena de costras de reventarse los granos y estrujarse el pus con las uñas sucias y mordidas. Se tapaba las costras con un maquillaje que era demasiado pálido para su piel. Usaba tijeras para cortarse todas las pestañas. A veces se dibujaba un bigote retorcido con rotulador negro. Era muy inteligente y le angustiaban la muerte y el sufrimiento. Tenía un algo que me gustaba mucho. Llevaba el pelo largo y decolorado y teñido con los colores del arcoíris. En ocasiones se mordía el labio y la sangre le corría hasta la barbilla. A veces vomitaba en público solo para montar el espectáculo. Los desconocidos corrían en su ayuda, ofreciéndole pañuelos y botellas de agua. La gente se paraba a hacerle fotos cuando andábamos por la calle. El gusto de Takashi en música clásica era justo igual que el mío: Saint-Saëns, Debussy, Ravel. Tenía talento para el violín. Decía que su instrumento valía más que el coche de su padre. A veces mascaba chicle de regaliz, su sabor favorito, pero su boca seguía sabiendo a excremento cuando nos besábamos. Takashi fue mi primer novio verdadero.

La primavera pasada, nos quedamos encerrados en un cuarto de ensayo, encima de la gran sala de conciertos de la escuela de música donde los dos íbamos a clase los sábados por la mañana. Esto pasó durante un ensayo de la orquesta joven, en la que Takashi tocaba el violín. Primero pensé que a lo mejor Takashi había organizado la trampa para aprovecharse de mí sexualmente, pero no era el caso. Cómo sucedió fue muy divertido: subimos por una escalera de caracol secreta que había detrás de la sala de conciertos mientras la orquesta afinaba. Solo queríamos explorar un poco antes de que empezara el ensayo de Takashi. En el cuarto de ensayo, cerramos la puerta y luego no la pudimos volver a abrir.

El cuarto cerrado contenía un sofá, un radiador, varias sillas y atriles, pero piano no. Como era pianista, nunca formé parte de ninguna orquesta. En aquel entonces estaba estudiando composición más que nada, y eso me impedía tocar con frecuencia. No era tan extrovertida como Takashi. Todo me ponía nerviosa, de hecho. En parte por eso me gustaba tanto Takashi, que parecía no tener miedo, como si pudiese hacer lo que quisiera, aunque fuese algo asqueroso. En un rincón del cuarto había un perchero con trajes que reconocí del montaje estudiantil de *Fígaro*. La ópera había sido parte del festival en el que se estrenó mi primera composición para violín y orquesta. Takashi había tocado muy bien la parte del violín. La parte del clavecín era tan difícil y yo estaba tan nerviosa que mi profesora de piano, la señora V, tuvo que sustituirme en el último momento.

Aporreamos la puerta cerrada y chillamos, pero nadie nos oía. Escuchamos gritar al director y después la orquesta empezó a tocar. Intenté abrir la cerradura con una de mis horquillas. Takashi tenía un cuchillo pequeño que llevaba a todas partes para autolesionarse y los dos intentamos usarlo como destornillador para desarmar la cerradura o sacar la puerta de sus goznes, pero fue imposible. La otra puerta era una salida de incendios de acero reforzado y estaba atrancada. Después supimos que detrás de aquella puerta había otra escalera secreta que usaban solo los de mantenimiento. El cuarto tenía una ventana que daba a un callejón. Al otro lado del callejón había un aparcamiento de hormigón de varias plantas. Estábamos en un quinto piso.

—Deberíamos anudar los trajes unos a otros, hacer una cuerda, atar un cabo al radiador y lanzar el otro al callejón. Luego podrías bajar y volver a subir y sacarme —le dije a Takashi.

Se rascó las venas de la muñeca.

—Quedémonos aquí para siempre —dijo—. De todas formas, deberías bajar tú. Pesas menos. Eres una chica.

Después de eso, estuvimos un rato callados. Luego saqué unos cuantos trajes de las perchas y me los probé. Veía mi reflejo en la ventana. Parecía una payasita minúscula con la blusa y el chaleco grandes. Takashi encontró una peluca corta gris y se la probó.

—Te sienta muy bien esa peluca —le dije.

Se la quitó y la sostuvo entre las manos y la acarició como si fuese un gatito al que quisiera mucho.

Me quité el traje y até todas las prendas del perchero unas a otras con un nudo doble. Takashi sujetó en alto una camiseta interior azul, la olisqueó y la tiró al suelo.

—Si tenemos que mear, podemos mear en ella —dijo.

Por suerte, no tuve que mear. Atamos la cuerda improvisada al radiador. Abrimos la ventana y lanzamos la cuerda. El cabo no llegaba al suelo, pero si uno de los dos bajaba por ella hasta el final, la distancia que quedaba hasta la acera era solo de una planta o dos. No creí que fuese un salto letal.

Me vino una idea a la mente. Era una pregunta: «¿Estás viendo esto, Dios?». Dios parecía una mosca en la pared, una cámara oculta. Le mencioné la idea a Takashi. Me dijo que era ateo, pero que creía en el infierno. Me asomé por la ventana abierta y miré hacia abajo. Un vagabundo empujaba un carrito de la compra lleno de basura por el estrecho callejón.

—¡Eh! —grité.

Takashi me agarró del brazo y me dijo que me callase.

—¡Estamos atrapados aquí arriba! —chillé.

Cuando Takashi me tapó la boca con la mano, le sabía a polvos de talco de la peluca y a excremento.

Le mordí un dedo, no muy fuerte, pero sí lo bastante para que me soltara. Cogí la camiseta interior azul para mear y la tiré por la ventana, esperando que llamase la atención del vagabundo. La camiseta flotó a la deriva hasta un lado del callejón y desapareció detrás de un contenedor. Le hablé a Dios con el pensamiento. «Por favor, abre la puerta», le dije. Volví a intentar abrir ambas puertas. Seguían cerradas, por supuesto. Entonces me sentí muy estúpida.

Intenté explicarle a Takashi la idea de que la mente domina la materia.

—Si crees algo, en serio y de verdad, se convierte en realidad —le dije—. ¿No crees?

—Creo en la muerte —fue su respuesta.

Se asomó a la ventana y escupió sangre al callejón. Le burbujeó por la barbilla un poco de sangre y saliva. Se sentó en el sofá y volvió a acariciar la peluca.

Tenía que intentar escaparme de la habitación cerrada. Tiré de la cuerda. Parecía que estaba bien asegurada al radiador, así que me la enrollé alrededor del brazo y me agarré y empecé a salir al alféizar de la ventana. Takashi se incorporó en el sofá y se rascó las costras de la cara y me observó. Le dije que no me daba miedo caerme, y durante un instante no estuve nerviosa. En absoluto.

Lo que pasó después es completamente cierto. Una vez que había salido del todo por la ventana, me aferré a la cuerda, bajé un poco y apoyé las suelas de los zapatos contra el costado del edificio. Luego, un coche subió chirriando por el callejón. Era de color cobre muy brillante. El motor hacía mucho ruido. El coche se detuvo con un chirrido debajo de mí. Me quedé congelada. Takashi lanzó la peluca gris por la ventana y me pasó al lado. Grité y tiré hacia arriba para volver a entrar por el alféizar de la ventana. Miré hacia abajo, a pesar de que me mareaba. Allí arriba en el cielo hacía mucho viento. Salió un hombre del coche. Hizo gestos violentos y enojados mientras me señalaba con el dedo y gritaba:

—¡Jovencita, será mejor que vuelvas a meterte dentro en este mismo instante! —no había visto nunca a nadie tan enfadado. Ni siquiera mi madre me había parecido nunca así de enfadada. El hombre repitió—: ¡Jovencita!

Movió el dedo en mi dirección, como si estuviese acuchillando el aire. Ahora, me lo imagino con un traje negro y zapatos negros lustrosos, pero desde tan arriba colgando en el aire no podía distinguir sus pantalones o sus zapatos. Creo que en realidad llevaba una camiseta blanca y gafas de sol oscuras. Por supuesto, hice lo que me dijo que hiciera. Forcejeé con la cuerda, me icé por encima del alféizar y escalé de vuelta a la habitación. Me escondí al lado del sofá. Se estaba tan calentito y tranquilo dentro del cuarto. Me oía el martilleo del corazón. Takashi se levantó a mirar por la ventana. Dijo ver al hombre negando con la cabeza y metiéndose en el coche. Escuché la puerta cerrarse y el coche alejarse.

—Deberíamos volver a poner la ropa en el perchero —dijo Takashi mientras subía la cuerda con indolencia.

Yo estaba muy conmocionada. Quería hablar del hombre con Takashi, pero Takashi ni me miraba. Le ayudé a subir la cuerda y desatamos las prendas y las volvimos a poner en el perchero. Quería que Takashi me dijera que le alegraba que hubiese vuelto a la habitación a salvo y que habría sentido mucho que yo muriera. Quería hablar del hombre enfadado. Quería decir que creía en el ángel de la guarda, pero me daba miedo que Takashi me mirase con condescendencia. Se sonó la nariz en una camisa blanca y se pellizcó un grano del cuello. Nos sentamos en el suelo con la espalda apoyada en el sofá y contemplamos cómo se oscurecía el cielo detrás del aparcamiento al otro lado del callejón. El ensayo de la orquesta había terminado hacía horas. Sabía que mi madre estaría enfadada por que no estuviera en casa a la hora de la cena. Takashi sacó un cigarrillo de su cartera y lo encendió. Nos lo pasamos y echábamos el humo al trozo de luna visible desde donde estábamos sentados en el suelo al lado de la ventana. Al final, Takashi me contó su teoría sobre el hombre del coche.

—Ha sido una alucinación. Estamos en un vórtice. Estamos en un agujero negro. Llevamos en él desde siempre. No hemos visto nunca nada real. Lo único real es esta habitación —se sacudió la ceniza del cigarro sobre la lengua—. No deberías haber tirado la camiseta azul por la ventana. Ahora nuestra realidad se ha pinchado. Y tengo que mear.

—No deberías haber tirado la peluca gris —le dije.

Se me volvió a acelerar el corazón al pensar en cómo había pasado volando a mi lado aquella peluca gris, como un gatito pequeño pateando en el aire. No sé qué pasó con la peluca gris. A lo mejor el hombre del coche la cogió y se la llevó a su casa.

Le dije a Takashi que ya no quería ser su novia. No dijo nada.

Después de eso, me deprimí mucho. Toda la eternidad pareció extenderse ante mí y no había nada más que el sofá y las sillas y los atriles, los trajes arrugados, el radiador y Takashi. Allí estaba el infierno, en aquella habitación cerrada. Cuando se terminó el cigarrillo, Takashi intentó besarme. Yo aparté la cara.

No mucho después, vino un conserje y nos dejó salir.

—He olido humo —dijo, mirando de reojo la costra de sangre en los labios agrietados de Takashi.

Lloré mientras bajábamos la escalera secreta y cruzábamos los pasillos oscuros y silenciosos de la escuela de música. Takashi encontró su violín y yo encontré mi cuaderno de composición donde los habíamos dejado, debajo de una mesa de la sala de conciertos en la que había ensayado la orquesta.

Fuera, la noche era cálida y agradable, como si todo estuviese bien. Takashi se despidió con la mano en la parada de autobús y yo caminé hasta el tranvía. Cuando llegué a casa, me senté en la cocina y mi madre me dio una patata hervida fría, café solo instantáneo y un vasito de yogur desnatado.

—Deberías esforzarte más por complacerme —dijo—. Por tu propio bien.

—Me esforzaré más —le dije—. Lo prometo.

Pero no me esforcé mucho por complacer a mi madre. De hecho, nunca me esforcé por complacer a nadie en absoluto después de aquel día en la habitación cerrada. Ahora me esfuerzo solo por complacerme a mí misma. Eso es lo único que importa. Ese es el secreto que descubrí.

Un lugar mejor

Vengo de otro lugar. No es un lugar real de la Tierra o algo que pudiera señalar en un mapa, si acaso tuviera un mapa de ese lugar, que no lo tengo. No hay mapa porque ese sitio no es un sitio del que se puede estar cerca o dentro o en él. No es un sitio ni un lugar, pero tampoco es que sea ninguna parte. No tiene un dónde. No sé qué es, pero este sitio de aquí seguro que no, con todos vosotros que sois tontos. Ojalá supiera lo que es, no porque crea que sería genial contároslo; es solo que lo echo tanto de menos. Si supiera lo que es, quizá podría hacer algo igual aquí en la Tierra. Waldemar dice que es imposible. La única manera de llegar allí es yendo.

—Waldemar —le digo a mi hermano—. ¿Cómo volvemos al lugar, a la cosa, a lo que sea?

—Ah, te tienes que morir. O tienes que matar a la persona adecuada.

Eso me contesta ahora. Durante mucho tiempo creyó que solo era cierta la primera forma, pero con el tiempo lo ha pensado largo y tendido y ha averiguado que hay una segunda manera. La segunda manera es mucho más difícil. No sé cómo la ha averiguado, pero gracias a Dios por Waldemar, que es mucho más sensato que yo, aunque solo tenga un día más que yo. Tardé un poco más en salir de la mujer. Tenía mis dudas, ya entonces, sobre este lugar en la Tierra, con todas las cosas idiotas que hay por todas partes. Fue Waldemar quien me persuadió al final para que saliera. Oía sus gritos y sentía sus puñitos golpeando a través de la piel de la mujer. Es mi mejor amigo. Todo lo que hace, al parecer, lo hace porque me quiere. Es el mejor hermano de todos los hermanos que hay aquí en la Tierra. Lo quiero tanto.

—Bueno, no me quiero morir —le digo—. Todavía no. Aquí no.

Hablamos de esto de vez en cuando. No es que sea nada nuevo.

—Entonces tienes que encontrar a la persona a la que tienes que matar. Una vez que hayas matado a la persona adecuada, se abrirá un agujero en la Tierra y te podrás meter dentro directamente. Te llevará de vuelta al sitio del que viniste a través de un túnel. Pero ten cuidado. Si matas a quien no es, te meterás en líos. No sería bueno. Iría a visitarte a la cárcel, pero la posibilidad de que la persona adecuada esté sentada a tu lado en la celda es escasa. Y las cárceles que tienen para las niñas pequeñas son las peores. En ese momento, la única forma para llegar al sitio sería morirte, así que tienes que estar segura de verdad de la persona a la que tienes que matar. Es lo más difícil de hacer, estar segura de algo así. Yo nunca he estado lo bastante seguro y por eso sigo aquí. Por eso y porque te echaría de menos y me preocuparía dejarte aquí sola.

—A lo mejor al final me muero —le digo.

Me canso tanto de estar aquí, acordándome de lo mucho mejor que era estar allí, en el lugar del que venimos. Lloro mucho por eso. Waldemar siempre me tiene que estar calmando.

—Podría matarte yo —se ofrece—. Pero no estoy seguro de que seas tú a quien tengo que matar. Pero ¿no sería fantástico? ¿Que lo fueras?

—¡Sería ideal! —digo.

No sé qué haría sin mi hermano. Es probable que llorase todavía más de lo que lloro ahora y tomase venenos que me debilitaran el cerebro y me cansaran el cuerpo y que así no tuviese fuerzas siquiera para pensar en el otro lugar. Intentaría sacarme el lugar de la cabeza con veneno. Pero dudo que sea posible. Algunas noches odio tanto estar aquí que tiemblo y sudo y mi hermano me sujeta para que no empiece a dar patadas a las paredes o a romper cosas. Cuando pateo las paredes, la mujer se enfada.

—¿Qué está pasando ahí arriba, niños?

Cree que nos estamos peleando y nos amenaza con separarnos. Ella no sabe nada del otro lugar. No es más que una mujer humana, al fin y al cabo. Nos da comida y ropa y de todo, como les gusta hacer a las madres humanas. Mi hermano dice que está seguro de que la mujer no es la persona a la que mataría para volver al lugar. Yo no estoy segura de que no sea a quien tengo que matar. A veces creo que lo es. Pero si la matase y estuviera equivocada, lo lamentaría. Sobre todo por Waldemar.

Una mañana, mientras estamos tumbados en las camas, le digo a mi hermano:

—Waldemar, creo que sé a quién tengo que matar —no lo sé en realidad, sigo soñando de alguna forma, pero entonces me invento un nombre y lo digo—: Se llama Jarek Jaskolka y voy a encontrarlo y a matarlo, acuérdate de lo que te digo.

—Pero ¿estás segura? —me pregunta mi hermano.

—Creo que sí —digo.

Y, luego, de pronto, estoy segura. Jarek Jaskolka es la persona a quien tengo que matar. Lo siento en lo más hondo de mi ser. Estoy tan segura de que es Jarek Jaskolka como lo estoy del sitio y de que Waldemar y yo somos de ahí mismo.

—Tienes que estar completamente segura —me advierte mi hermano.

Se levanta de la cama y se pone la manta sobre la cabeza como una vieja que va al mercado. Se le oscurece la cara y su voz de pronto es grave y aterradora.

—Si no estás segura, te podrías meter en problemas, ¿sabes?

—Pareces una bruja, Waldemar. No hagas que me burle de ti —le digo.

A Waldemar no le gusta que lo ridiculicen.

—Si matas a quien no es... —empieza a decir.

Pero ahora estoy segura. No puedo retroceder y fingir que no lo estoy. Tengo que volver al lugar de alguna forma. Lo echo muchísimo de menos. Me duele el cerebro y lloro todo el tiempo. No quiero estar aquí en la Tierra ni un minuto más.

—¡Es ese maldito Jarek Jaskolka! —grito.

No es más que un nombre que me he inventado, pero es el nombre correcto, estoy segura. Salto de la cama. Tiro del cordel para abrir las cortinas. La habitación donde dormimos Waldemar y yo da al bosque. Fuera hay suaves nubes grises colgando entre los árboles. Algunos pájaros idiotas cantan unas cuantas notas bonitas. Echo tanto de menos el otro lugar que quiero llorar. Pero me siento valiente.

—Te encontraré, Jarek —le digo a la ventana—. ¡Donde sea que te escondas!

Cuando miro a Waldemar, ha vuelto a meterse debajo de las mantas. Veo su pecho subir y bajar. Me duele demasiado la cabeza como para intentar consolarlo. Y, de todas formas, no hay consuelo en la Tierra. Hay simulación, hay palabras, pero no hay paz. Aquí no hay nada bueno. Nada. En cualquier lugar de la Tierra al que vayas, hay más tonterías.

Para desayunar, la mujer nos da cuencos de yogur tibio recién hecho y pan tibio recién hecho y té con azúcar y limón, y para Waldemar una rodaja de cebolla hervida en miel porque ha estado tosiendo.

—Jarek Jaskolka —susurro para recordarme a mí misma que dentro de poco estaré lejos de este lugar y de todos sus horrores. Cada vez que digo el nombre en voz alta, me siento mejor. Le digo a Waldemar—: Jarek Jaskolka.

Sonríe con tristeza.

La mujer, al oírme decir el nombre de Jarek Jaskolka, deja caer la larga cuchara de madera, que resbala por el suelo de la cocina goteando yogur delicioso. Viene hacia mí.

—Urszula —dice—. ¿De qué conoces ese nombre? ¿Dónde lo has oído? ¿Qué has hecho?

No está enfadada, como suele estarlo. Se le ha puesto la cara blanca y tiene los ojos muy abiertos. Tiene los labios apretados y el ceño fruncido, me agarra por los hombros. Tiene miedo.

—Ah, no es más que una persona —digo, pestañeando para que no vea el asesinato en mis ojos.

—Jarek Jaskolka es un hombre malo, malo —dice la mujer, sacudiéndome por los hombros. Dejo de parpadear—. Si lo ves por la calle, sal corriendo. Escóndete de él. A Jarek Jaskolka le gusta hacer cosas malas. Lo sé porque vivía en Grjicheva, en la casa de al lado de la mía antes de que la derruyeran para que pasara el tranvía cuando yo era pequeña. Muchas niñas salían de su casa llenas de moratones y ensangrentadas. ¿Has visto mis cicatrices?

—¡Oh, no, Madre! —grita Waldemar—. ¡No se las enseñes!

Pero es demasiado tarde. La mujer se levanta la falda por encima de una rodilla y señala. Allí están, unas cicatrices que parecen gusanos de tierra hinchados, suficientes como para formar una protuberancia en un lado, pobre mujer.

—Jarek Jaskolka te hará lo mismo —dice—. Ahora vete al colegio y no seas idiota. Y si te encuentras con ese hombre malo por la calle, sal corriendo como una niña buena. Y tú también, Waldemar. ¿Quién sabe en qué andará ahora Jarek Jaskolka?

La mujer tiene la costumbre de entrometerse en las cosas buenas que quiero hacer.

—Jarek Jaskolka le hizo esas cicatrices a la mujer, pero ¿y qué? —le pregunto a Waldemar cuando vamos andando camino al colegio—. ¿Qué tienen de malo unas tristes cicatrices?

—No te gustaría tener esas cicatrices —me contesta Waldemar—. Terminarás como Madre, enfadada siempre. Solo tiene pesadillas.

—Pero yo ya tengo pesadillas —digo—. Todos mis sueños son sobre este sitio de aquí y todas sus cosas y sus gentes aburridas y estúpidas.

—Te lo tomas muy a pecho —dice Waldemar—. Las cosas aquí no son tan malas. De todas formas, ¿y si el otro lugar no es mejor que este? A lo mejor vuelves y es igual de conflictivo.

—Imposible —le digo, pero me lo pregunto—. ¿Qué crees que le hizo Jarek Jaskolka a la mujer? ¿Cómo aparecieron ahí las cicatrices?

—Son cosas que hacen los hombres. Nadie lo sabe. Es como un truco de magia. Nadie lo puede resolver.

No me suena tan mal. Los trucos de magia son fáciles de resolver. Hay un hombre viejo en la plaza del pueblo que come fuego y hace desaparecer en una nube de humo los cuervos que deambulan bajo el gran árbol que hay allí. Cualquier idiota se da cuenta de que simplemente se meten volando en las ramas para esconderse.

—¿Me ayudarás a encontrar a Jarek Jaskolka? —le pregunto a Waldemar—. De verdad que me quiero largar de aquí, aunque te echaré de menos cuando me vaya.

—Lo intentaré —contesta frunciendo el ceño.

Está enfadado conmigo, lo noto. Cuando mi hermano se enfada, arranca las bayas venenosas de los arbustos de la carretera y se las mete en la nariz. Todo el mundo sabe que ahí está el cerebro, ahí arriba en la nariz. A Waldemar le gusta envenenarse así la cabeza. Le hace sentirse mejor. A mí me gusta tragarme las bayas venenosas como si fueran pastillas. Entonces, como Waldemar arranca bayas, yo arranco bayas también y me las trago una a una. Están suaves y frías. Si me engancho una en un colmillo, se derrama la pringue y sabe amarga, como el veneno que es.

En el colegio nos sentamos en pupitres diferentes. En el coro veo la boca de Waldemar moviéndose, pero sé que no está cantando la canción. Cuando salimos de la vieja iglesia de piedra, le vuelvo a preguntar a Waldemar.

—¿Me ayudarás a buscarlo? No solo por mí, sino por la mujer. A lo mejor, si lo mato, la mujer no estará tan enfadada todo el tiempo. Parece muy resentida.

—No te ayudaré—dice Waldemar—. Y no intentes animarme a ello. Mejor piensa en cómo lo vas a matar cuando sepas dónde está. Yo no te voy a ayudar.

Waldemar tiene razón. Necesitaré algún tipo de cuchillo para matar a Jarek Jaskolka. Necesitaré el cuchillo más afilado que encuentre. Y necesitaré veneno. Las bayas venenosas del arbusto nos dan un poco de sueño, pero eso es todo. Si hago que Jarek Jaskolka se coma muchas bayas venenosas, quizá se quede dormido y entonces lo podré matar con el cuchillo, entrar en el agujero y volver por fin al lugar. Este es mi plan.

De camino a casa con Waldemar aquel día después del colegio, me lleno la falda de bayas venenosas. Parezco una granjerita sosteniendo así la falda. Le digo a Waldemar que se llene los bolsillos de bayas, pero dice que se aplastarán y que, de todas formas, he recogido bastantes para matar a Jarek Jaskolka.

—¿En serio? ¿Son bastantes para matarlo? —le pregunto a mi hermano.

—Ay, no lo sé. No me preguntes.

Waldemar sigue muy enfadado. No lo culpo. Intento cantarle una canción graciosa mientras doblamos la esquina y cruzamos la plaza, pero Waldemar se tapa los oídos.

—Lo siento, Waldemar —digo.

Pero no lo siento. A veces Waldemar me quiere demasiado. Piensa que es mejor que me quede con él en la Tierra en vez de ser feliz sin él en el otro sitio.

—Cuando te mueras, volveremos a estar juntos —le digo para intentar consolarlo—. O quizá encuentres a la persona a la que tienes que matar. No te rindas.

Se me quedan las piernas frías mientras hacemos el resto del camino a casa. Pero tengo muchas bayas venenosas. Estoy feliz.

—Haré mermelada venenosa de bayas —digo—. He visto a la mujer hacerla de cerezas.

—No te dejará usar la olla —dice Waldemar.

Me mira. Sé que podría convencer a Waldemar para que me ayude a hacer la mermelada, pero no quiero. Cuando se enfada conmigo, siento que me quiere más, y eso me hace sentir bien, aunque también me hace sentir muy mal.

Cuando llegamos a casa, la mujer está afuera colgando la ropa mojada en la cuerda entre los árboles. Me imagino otra vez las cicatrices que tiene en los muslos. Son como verdugones, como babosas reptando para subirle por la pierna. Mis muslos son iguales que mis brazos. No son más que piel y carne sin cicatrices. Son piel vacía y limpia y carne. Nada reptará nunca por ellas, jamás, decido. Me moriría antes de permitir que nadie me hiciese cicatrices como las de la mujer, decido. Aunque sean solo cicatrices mágicas. Me escondo con la falda llena de bayas venenosas detrás de Waldemar cuando pasamos por delante de la mujer y la saludamos. Entramos en la casa. Saco una gran olla negra del armario y la lleno con las bayas venenosas.

—¿Cómo se hace la mermelada, Waldemar? —le pregunto a mi hermano.

—Añades azúcar y lo cocinas mucho tiempo.

—Ay, me encanta el azúcar —digo—. La haré esta noche mientras la mujer duerme.

—Será mejor que no la pruebes mucho. No te olvides de que el veneno se vuelve más fuerte al cocinarlo.

—¿Me ayudarás a recordarlo, Waldemar?

—No —dice, y se mete unas cuantas bayas venenosas más por la nariz—. Tengo que dormir por la noche. Si no duermo, me siento mal durante el día. No me gusta sentirme mal en el colegio.

—Oh, pobrecito Waldemar —digo, burlándome de él.

Me trago unas cuantas bayas y llevo la olla a nuestra habitación y la escondo en el armario.

Cuando la mujer vuelve de tender la ropa, dice:

—Id a jugar fuera, niños. Waldemar, sal a corretear mientras sigue brillando el sol. Urszula, ve a moverte un poco. Estás muy seria. Pareces una vieja. Sal y diviértete. Te hará bien.

—No me gusta divertirme —le digo.

Waldemar resopla y sale a jugar fuera. Quiero jugar con Waldemar, pero tengo que quedarme en mi habitación para vigilar el tarro de bayas venenosas que tengo en el armario. Si la mujer lo encuentra, empezará a hacer preguntas. Se interpondrá en mi asesinato de Jarek Jaskolka y entonces me quedaré atrapada aquí en la Tierra con ella para siempre. Me imagino lo que dirá si descubre mi plan.

—Algo malo te pasa, Urszula.

—No —le diré—. Algo malo pasa en este sitio. Algo malo te pasa a ti y a todo el mundo de aquí. A mí no me pasa nada, nada, nada malo.

De todas formas, todavía tengo que encontrar a Jarek Jaskolka. No puedo matarlo si no sé dónde está, al fin y al cabo. Mientras Waldemar sigue fuera jugando, voy a la cocina. Huele a arroz cocinándose y a perejil.

—Hola —le digo a la mujer—. ¿Jarek Jaskolka sigue viviendo en Grjicheva?

—Pues claro que no. A no ser que viva en un agujero en la pared. Derruyeron todas las casas. Espero que se fuera a vivir muy lejos. Su hermana es la señora de la biblioteca.

—¿La gorda grandota?

—No seas cruel.

—Creo que necesito un libro —digo.

—Entonces vete, vete —dice la mujer enfadada—. No sé en qué andas, pero acuérdate de lo que te he dicho de Jarek Jaskolka. Acuérdate de las cicatrices. Pero vete, haz lo que quieras, como si me importara.

—¿Ahora te enfadas conmigo porque quiero leer un libro?

—Urszula es Urszula —es lo único que dice.

Sale de la cocina limpiándose las manos en el delantal y va a ver a Waldemar, que está construyendo una torre de piñas. La mujer es mala y estúpida, pienso. Todo el mundo es estúpido. Encuentro un cuchillo afilado de carnicero en el cajón y me lo llevo a mi habitación y lo escondo en mi mochila. Le doy patadas a la pared un rato. Luego me voy a la biblioteca a encontrar a la hermana gorda del hombre que voy a matar.

—¿Jaskolka? —me pregunta la mujer gorda—. Ya no uso ese apellido. ¿Qué quieres? ¿Por qué preguntas?

—Solo por curiosidad. ¿Qué pasó cuando derruyeron tu casa para que pasara el tranvía? Mi madre también vivía en Grjicheva antes.

—¿De quién eres hija? —me pregunta la señora gorda.

—Me llamo Urszula —es todo lo que digo.

—Aquellas casas de Grjicheva eran todas pobres y feas y está bien que ahora ya no existan, si no se nos habrían caído encima de la cabeza y nos habrían matado.

—¿Matado? —pregunto.

—Nos mudamos a un piso pequeño cerca del río, si es lo que quieres saber.

—¿Tú y tu familia? ¿Y tu hermano?

Suelta el sello de goma que tiene en la mano y cierra el libro que hay sobre el mostrador. La luz del sol que entra a través de las ventanas le cae en la cara cuando se inclina hacia mí.

—¿Qué sabes de mi hermano? ¿Qué? ¿Por qué me haces esas preguntas?

—Estoy buscando a Jarek Jaskolka —digo. La señora es tan gorda y parece tan perezosa que poco importa lo que le cuente—. Tengo que matarlo.

La señora se ríe y vuelve a coger el sello de goma.

—Adelante —dice—. Vive subiendo la calle, en la casa frente al cementerio. Estará encantado de tener visita. No te imaginas lo encantado que estará.

—Voy a matarlo —le digo a la señora.

Se ríe.

—Buena suerte. Y no vuelvas aquí corriendo bañada en lágrimas —dice—. Las chicas curiosas reciben su merecido.

—¿Qué quieres decir?

—No me hagas caso.

—Lo mataré, ¿sabes? —le digo—. De ahí mi interés.

—Haz lo que quieras —dice—. Ahora, quédate callada. Hay gente intentando leer.

De camino a casa, atravieso andando el cementerio, paso por delante de la tumba de mi padre y miro por las ventanas de la que creo que es la casa de Jarek Jaskolka. El sol se está poniendo y el cielo tiene hermosos colores y me gustaría que Waldemar estuviese aquí conmigo, agarrándome la mano.

—¿Por qué será, Waldemar, que, habiendo cosas tan bonitas aquí, solo quiero morirme? —le preguntaría.

—Porque te recuerda al otro sitio —me diría Waldemar—. El sitio más bonito de todos.

La casa de Jarek Jaskolka es de listones pintados de verde turbio, como el agua de un estanque, y las ventanas que dan al camino están cubiertas con una cortina oscura. Faltan los escalones de la entrada y en su lugar hay grandes trozos rotos de hormigón apilados unos encima de otros.

Hay arbustos secos alrededor de la casa llenos de alondras naranjas. Cojo una piedrecita y la tiro a la ventana de Jarek Jaskolka, pero el cristal no se rompe. La piedra repica un poco contra el cristal. Las alondras empiezan a piarme, quejándose como bebés lloriqueando. Me da igual. Podría tirarles piedras si quisiera. Podría machacarlas con el talón del zapato. Espero, escondida entre los arbustos, espero a ver si pasa algo. Luego tiro otra piedra. Esta vez, sale Jarek Jaskolka a la ventana. Lo veo descorrer la cortina. Agarra la tela oscura con su gran mano arrugada y, por un momento solo, le veo la cara. Parece un abuelo normal con los ojos caídos, la barba blanca, las mejillas arrugadas y una nariz como una vela derretida. Cuando se aparta de la ventana, golpea el cristal con las uñas. Las tiene largas y amarillas como las de un ogro, pero está claro que no es más que un viejo enfermizo. Será fácil darle de comer la mermelada, después lo trocearé con un cuchillo, supongo. Los viejos son fáciles de trocear. Tienen la carne como una zanahoria vieja y blanda. Pero si Waldemar tiene razón en lo de que se abrirá un agujero negro y si Jarek Jaskolka es la persona adecuada para mí, entonces no tendré que preocuparme de trocearlo entero. Quizá un solo corte será suficiente para matarlo y podré saltar dentro del agujero y volver al otro lugar.

Cuando la cortina vuelve a replegarse en la ventana, huyo corriendo y atravieso de nuevo el cementerio, pateando las piedras que señalan a la gente tonta que ha pasado por aquí, y me pregunto dónde habrán ido, si hay otros lugares para cada uno de nosotros y si mi padre de verdad está, como siempre nos ha dicho la mujer, en un sitio mejor que este.

Esa noche la mujer se enfada conmigo otra vez. Quiere saber qué he estado leyendo en la biblioteca.

—Espero que no hayas sacado ningún libro que te vaya a llenar de ideas locas.

—No he encontrado ningún libro bueno en la biblioteca —le digo—. Eran todos aburridos. Eran todos idiotas.

—Ay, Urszula —dice la mujer—. Te crees más lista que nadie.

—¿Y no lo soy? ¿Quién es más lista que yo? Enséñame a esa persona. ¿No dices siempre que...?

La mujer siempre ha dicho que no les hiciera caso a los otros niños en el colegio cuando me molestaran y que soy la más lista y la mejor por los siglos de los siglos, amén.

—Olvídate de lo que digo siempre —dice la mujer—. Tienes que aprender a respetar.

—¿Respetar a quién? ¿A ti?

—¡Dios no lo quiera!

Me da la espalda y corta una rebanada de pan con un cuchillo de carnicero, aunque no es tan grande como el que he robado. Estoy impaciente por matar a Jarek Jaskolka y dejar este lugar, creo. Vuelvo a desear que la mujer fuera la persona que tengo que matar, pero no lo es. Ahora estoy segurísima de eso.

—Y tú, Waldemar... —dice la mujer cuando se da la vuelta—. ¿Quién te ha quitado el caramelo? ¿Por qué frunces el ceño como un niñito perdido?

A Waldemar se le ve triste empuñando su cuchara de sopa. No me mira. Le coge un trozo de pan a la mujer y no contesta.

—¿Has hecho algo? —me pregunta la mujer—. ¿Le has hecho daño a mi niño querido?

—Nunca le haría daño a Waldemar. ¿Por qué iba a hacerlo? Es a quien más quiero.

—A veces eres un poco bruta, Urszula. No demuestras tu cariño de la mejor manera. ¿Cuándo fue la última vez que hiciste algo bonito por mí? ¿Cuándo fue la última vez que me diste las gracias?

Waldemar se levanta y se va de la mesa.

—Waldemar, vuelve, por favor. Se te va a enfriar la sopa —dice la mujer con dulzura.

—Deja que se vaya —le digo—. Está llorando por esas cicatrices que nos enseñaste. Cree que son por su culpa, pero son culpa tuya.

Es verdad que me creo muy lista.

La mujer se sienta y baja la cara, que se le pone oscura y triste, y veo que el alma se le escapa un poco por encima del cuerpo, como si ella tampoco quisiera estar aquí, como si tuviese un sitio mejor al que ir.

—Jarek Jaskolka —digo bajito mientras alargo la mano para tocar la suave rodilla de la mujer por debajo de la mesa.

—¡Ay! —dice, encogiéndose de miedo. Arrastra las patas de la silla por el suelo al apartarse—. Eres un fastidio —me dice, y se pone de pie y va por toda la cocina abriendo y cerrando los armarios.

Creo que está buscando la olla de hierro que he escondido en mi armario. Pero no pregunta si la he cogido ni se da cuenta de que ha desaparecido su cuchillo grande de carnicero. Pone el pan en la panera y me quita el cuenco de sopa, lo vacía en el fregadero, se desata el delantal y va y se pone al lado de la ventana, se queda mirando fijamente a la nada, o eso parece, a la oscuridad de entre los árboles.

Esa noche sueño con el viejo mago de la plaza del pueblo. Me está enseñando sus trucos.

—Así —refunfuña y me pone en la mano un montón de bolitas. Cuando las dejo caer al suelo, estallan en nubes de humo—. Están hechas de piedras de luna —dice. Señala el oscuro cielo nocturno—. ¿Ves esa oscuridad? ¿Y ves la luz de la luna? No existen la una sin la otra.

Supongo que digo algo para demostrar interés por cómo es posible su magia, aunque sé que es solo una farsa.

—No eres más que una niña pequeña —dice—. ¿Por qué te afecta tanto lo que no sabes todavía?

Me despierto y Waldemar está durmiendo en la cama de al lado. La habitación está muy oscura y silenciosa. La mujer está dormida en su cama al otro lado de la pared. La oigo roncar. De noche, el ruido que le sale de la nariz es como una locomotora resoplando. Estamos acostumbrados. Creo que el ruido que le sale de la nariz es tan inmenso porque su cerebro quiere irse en tren muy lejos de aquí. Sé que no es feliz. Waldemar le gusta, pero yo no. Parece apropiado que deje este lugar. La hará feliz, creo, que me vaya, pero Waldemar se pondrá triste.

Tan silenciosa como puedo, saco la gran olla de bayas del armario y la llevo a la cocina. Enciendo un fuego en el fogón y pongo la olla sobre la llama y arrastro una silla para poder subirme en ella y remover las bayas. Añado una taza de azúcar y remuevo y escucho las bayas chamuscándose y echando humo. La única luz proviene de unas cuantas estrellas solitarias a través de las ventanas oscurecidas y del fuego azul de la cocina.

—Jarek, esto es para ti —digo entre dientes e inhalo el olor a baya venenosa.

El olor me reconforta un poco el cerebro. Se me caen los ojos. Pero sigo removiendo. Me siento triste ahí completamente sola en la cocina a oscuras. Ojalá estuviese aquí Waldemar para ayudarme. Esta es mi última noche en la Tierra, pienso para mí misma. Y aquí estoy, afanándome sobre el fogón como hace la mujer todo el día. «Ja», me río. Porque de pronto estar cocinando me parece divertido, como si me estuviera burlando de la mujer y de su estúpida vida. Sigo removiendo. Cuando las bayas ya se han derretido y aplastado y mezclado con el azúcar, las meto con una cuchara en uno de los viejos tarros de cristal que guarda la mujer en la estantería para sus propias mermeladas y jaleas. Apago el fogón, vuelvo a poner la silla al lado de la mesa de la cocina, cojo el tarro con una mano y llevo la olla sucia de vuelta a mi habitación, donde Waldemar sigue durmiendo. Con todo ese alboroto, no se oye nada en la casa salvo el motor de la locomotora, la mujer alejándose roncando de aquí. Escondo la olla sucia en el armario otra vez. Siento el calor del tarro de mermelada venenosa en las manos. Vuelvo a meterme en la cama y dejo el tarro enfriándose en la mesita de noche. Duermo un poco, pero no tengo más sueños.

Por la mañana, meto el tarro de mermelada venenosa en la mochila. Me comporto como si todo fuese como siempre.

—Buenos días, Waldemar —digo. Intento fingir que estoy igual que siempre, pero Waldemar sabe que no lo estoy.

—¿Qué pasa? ¿A qué viene esa sonrisa?

—Ah, nada, es solo que hoy voy a matar a Jarek Jaskolka y a volver al otro lugar. Siento que no puedas venir conmigo.

Intento sonar alegre, como si no supiera que Waldemar tiene roto el corazón. Él se da cuenta de todo. Tiene esa capacidad por ser mi hermano.

—No me gusta la idea, Urszula. Creo que Jarek Jaskolka no se comerá la mermelada. Creo que en vez de eso te hará daño. Te dejará las mismas cicatrices que a Madre y te convertirás en una mujer enfadada igual que ella.

—Pero si ya estoy enfadada —le digo—. Con o sin cicatrices, da lo mismo. Necesito salir de aquí. Y si atravieso el agujero y vuelvo al otro sitio, sea lo que sea, ¿qué más me dará si tengo las piernas llenas de lombrices?

—¿Lombrices?

—Lombrices.

Pienso de pronto en el cementerio, en la tierra negra y fértil que fue excavada para hacer sitio para enterrar a nuestro padre. Me pregunto si, una vez que atraviese el agujero de vuelta al lugar, mi cuerpo quedará atrás. Después, ¿irá Waldemar al cementerio y mirará cómo excavan la tierra para enterrarme a mí? ¿Querrán comerse mi carne los gusanos? ¿Masticarán mi carne y escupirán fango, que dice el maestro que es bueno para plantar cosas? No puedo hablar de esto ahora con Waldemar. Lo pasaría fatal contestándome a semejantes preguntas. Nos vestimos para el colegio y vamos a la cocina a desayunar. La mujer está cortando una cebolla en rodajas, llorando. No la puedo mirar. Me preocupa que se dé cuenta de que usé el fogón anoche. Me preocupa que el aire siga oliendo a mermelada venenosa.

—Se te ve cansada, Urszula —dice—. Se te ve enferma. A lo mejor deberías quedarte hoy en casa. A lo mejor se te está contagiando la tos de Waldemar.

—Sí —dice Waldemar—. Deberías quedarte en casa. No vayas a ninguna parte. Quédate en la cama y lee un libro. Te traeré las tareas del colegio. No vayas a hacer ninguna locura.

—Hablas igual que la mujer —le digo a Waldemar.

—Llámame Madre —dice la mujer.

La mujer nos da nuestro pan y nuestro yogur, la cebolla de Waldemar hervida en miel y otra para mí también.

—Gracias, Madre —dice Waldemar.

Lo miro con desdén.

Comemos en silencio, Waldemar se sorbe los mocos y carraspea. Yo clavo la mirada en el suelo de madera gastado. «Adiós, suelo estúpido —me digo—. Adiós, suelo de madera viejo, feo, estúpido». Pero ¿qué me importa el suelo? Una casa está llena de vida un día y luego al siguiente derruida y hecha escombros. Se extienden tranvías. Millones de personas tontas atraviesan un cachito de la Tierra y no saben qué hubo antes en ese lugar. Ni siquiera sabemos quién está enterrado bajo nuestros pies. Ha ido y venido tanta gente, ¿y dónde están ahora? Pienso en el mejor lugar. «Jarek Jaskolka», me digo, pero no en voz alta. No quiero que me oigan Waldemar o la mujer. No quiero más problemas. Creo que estoy lista para abandonarlos.

Ahora mi mochila pesa mucho, con el tarro de mermelada venenosa y el cuchillo de carnicero hundidos bajo mis libros de texto. Waldemar se ofrece a llevarme la mochila.

—Tienes cara de cansada —dice—. ¿Por qué no me dejas que te quite eso de la espalda?

—Ah, ¿te crees que lo puedes resolver todo? No eres más que un niño pequeño. Puede que tengas más músculos que yo, pero solo tienes un día más. ¿Te crees más listo que yo por eso? Te crees que lo sabes todo, ¿verdad?

Waldemar no dice nada. Me emociona la idea de que muy pronto me habré ido. Por fin me voy a casa, me digo. Intento odiar a Waldemar, pero no puedo. Intento no pensar en cuánto lo quiero de verdad. Es difícil hacerlo.

Seguimos subiendo por el camino. Respiro como respiran las personas locas. El corazón me late como el corazón de una persona loca. «No hagas ninguna locura», me había advertido Waldemar. ¿Qué tiene de locura lo que estoy haciendo? ¿Qué significa *locura* exactamente? Hay una persona a quien todo el mundo llama «loca». Es una señora mayor que vive entre los cubos de basura, detrás del mercado. Se cubre de hojas de col y de las hojas de los tallos de las zanahorias y de papel encerado viejo y manchado de grasa animal, y habla sola y se fuma las colillas sucias que le tiran los hombres cuando de día se tumba a regodearse al sol bajo el monumento a los mártires de la plaza del pueblo. Pero ni siquiera ella parece tan loca. Es probable que solo esté triste, como yo, y sea de otro sitio completamente diferente. Sin embargo, parece sacarle todo el partido a su tiempo en la Tierra, haciendo lo que le place. No trabaja ni tiene un bebé llorón al que atender. Nadie se le va a acercar. Nadie le va a hacer moratones y hacerla sangrar. Huele igual que muchos inodoros, pero hace lo que le apetece. Es una mujer adulta. Si no puedo matar a Jarek Jaskolka, me digo a mí misma, seré igual que esa señora loca y me cubriré de basura.

—¿Estás loca? —me pregunta Waldemar mientras le da una patada a una piedrecita hasta el otro lado del camino.

—Lo siento —le digo—. No he dormido bien. Estoy de muy mal humor. Tengo el cerebro como si fuera una picadura de mosquito que me he rascado hasta hacerme sangre. Lo siento —digo otra vez.

Waldemar me pasa el brazo por encima del hombro, arranca unas bayas del arbusto al pasar. Se mete una por la nariz y me alarga el resto.

—Gracias —le digo.

Pero no me trago ninguna baya. Ya no quiero envenenarme más. Quiero estar despierta y lista para saltar y hundirme en el agujero cuando se abra para mí. No quiero estar somnolienta y perder mi oportunidad, en caso de que el agujero se abra solo un segundo. Y quiero estar alerta para cuando mate a Jarek Jaskolka. Waldemar se mete otra baya en la nariz. Ahora siento que soy más valiente que él. Parece el niñito perdido del que habló ayer la mujer. Dejo caer las bayas venenosas de la mano. Cuando llegamos a la plaza, giro en dirección al cementerio. Waldemar gira hacia el camino que lleva al colegio. Nos paramos y nos miramos el uno al otro.

—¿De verdad lo vas a hacer? —me pregunta Waldemar.

—Merece la pena intentarlo —me encojo de hombros.

Mi despreocupación es fingida. Por dentro, estoy decidida.

—Iré contigo —dice Waldemar—. Quiero decir que iré andando contigo a la casa de Jarek Jaskolka, solo para ver qué pasa. Si él es la persona que tienes que matar y lo matas y se abre el agujero, a lo mejor puedo saltar contigo.

Por alguna razón, no me creo lo que dice Waldemar. Me parece que está dándome una excusa para seguirme. Me preocupa que vaya a sabotear mis planes. Pero entonces lo miro a los ojos. No. No se interpondrá en mi camino. Es mi hermano. Nunca me impedirá ser feliz.

Así que le permito a Waldemar que me siga por el camino hacia el cementerio. Caminamos callados. No le pregunto qué está pensando. No quiero saberlo. Cuando llegamos a casa de Jarek Jaskolka, nos paramos y observamos un rato las ventanas con cortinas oscuras. Llega una alondra y da un golpecito con el pico en el cristal y merodea. Luego viene otra y vuela derecha contra el cristal y se rompe el cuello. Su cuerpo cae al suelo. La primera alondra se escapa volando. Parece un buen presagio.

El sol sale de detrás de una nube. Las sombras de mi cuerpo y del cuerpo de Waldemar se extienden delante de nosotros como si fueran agujeros en el suelo. Poso con cuidado la mochila y rodeo a mi hermano con los brazos.

—Lo siento —le digo—. Tengo que entrar sola. Ya sabes que en el agujero solo cabe uno. Lo sabes, ¿verdad?

Waldemar asiente. Nos hemos entendido el uno al otro toda la vida. Hasta cuando estamos enfadados, hay demasiado amor para fingir que pensamos que lo que sabemos que es verdad es solo una historia inventada. Esos son los modos crueles de toda esta gente tonta: te dicen que lo que crees no es más que una historia tonta. Por eso odio este sitio. Todo el mundo piensa que estoy loca. Suelto a Waldemar y cojo mi mochila y empiezo a subir los grandes trozos rotos de hormigón hasta la puerta de la casa de Jarek Jaskolka.

—¿Volverás por mí? —pregunta mi adorable hermano.

Tiene lágrimas en los ojos. Se le ve tan pequeño y perdido y triste desde donde estoy, por encima de él. Le digo que ojalá pudiera quedarme con él, pero no aquí, no en la Tierra. La Tierra no es un buen sitio para mí, nunca lo ha sido y nunca lo será hasta el día que me muera.

—Intenta, si puedes, mandarme una carta desde el lugar. Y si hay alguna manera de volver, vuelve a buscarme.

—Vale, Waldemar. Lo intentaré —le digo.

Pero nunca volveré. Aunque pudiese volver, no volvería. Tiro mi mochila a la tierra de abajo. Los libros caen con fuerza, como el sonido de un «adiós». Mantengo los brazos detrás de la espalda, con el cuchillo de carnicero en una mano, el tarro de mermelada envenenada en la otra, pateo la puerta de Jarek Jaskolka. Waldemar llora y se esconde contra la pared de la casa, sujetando entre las manos la alondra muerta. Aprieta los ojos cerrados.

—¡Te echaré de menos, Waldemar! —susurro.

Espero a que el hombre malo me deje entrar.

Índice

Este libro se terminó
de imprimir en
Móstoles, Madrid,
en el mes de
abril de 2022

«Para viajar lejos no hay mejor nave que un libro.»
EMILY DICKINSON

Gracias por tu lectura de este libro.

En **penguinlibros.club** encontrarás las mejores
recomendaciones de lectura.

Únete a nuestra comunidad y viaja con nosotros.

penguinlibros.club